ハヤカワ文庫 SF

〈SF1959〉

ヴァリス

〔新訳版〕

フィリップ・K・ディック

山形浩生訳

早川書房

7368

VALIS
by
Philip K. Dick

Translated by
Hiroo Yamagata
Published 2014 in Japan by
HAYAKAWA PUBLISHING, INC.
This book is published in Japan by
arrangement with
THE WYLIE AGENCY (UK) LTD.
through THE SAKAI AGENCY.

The official website of Philip K. Dick: www.philipkdick.com

正しい方向性を示してくれた
ラッセル・ゲイレンへ

VALIS（アメリカの映画から。巨大活性諜報生命体システム（Vast Active Living Intelligence System）の略）：自己監視型のマイナスエントロピー渦動が自律的に形成され、次第に環境を吸収・編入して情報の配列にするような現実フィールドの摂動。準意識と目的、知性、成長、円環的なまとまりが特徴。

——大ソヴィエト辞典
第六版、一九九二年

目次

ヴァリス〔新訳版〕

第１章

ホースラヴァー・ファットの神経衰弱は、グロリアから電話がかかってきてネンブタールを持っているかときかれた日に始まった。なぜそんなものがいるのか尋ねると、自殺するつもりなの、と言う。知り合いみんなに電話をかけていた。すでに五十錠あったけれど、確実に死ぬにはもう三十錠か四十錠要る。

即座にホースラヴァー・ファットは、これは彼女なりに自分に助けを求めてるんだという結論にとびついた。自分に人が助けられるというのは、もう何年も続いているファットの妄想だった。前に精神科医に、治るには二つのことをしなきゃいけないよ、と言われた。ヤクをやめること（やめてなかった）、そして人を助けようとするのをやめること（いまでも人を助けようとしてた）。

実はネンブタールなんか持ってなかった。睡眠薬なんか全然なかった。睡眠薬には手を出したことがない。アッパーの人だった。だからグロリアに自殺用の睡眠薬をあげるというのは、ファットの能力を超えていた。それに、手持ちがあってもあげたりはしなかっただろう。

「十あるよ」とファットは言った。だってホントのことを言ったら電話を切られるから。

「じゃあそこまで車で行くから」とグロリアは理性的で落ち着いた声で言った。錠剤を要求したのと同じ声の調子で。

そこで気がついたのだ。彼女は助けなんか求めちゃいない。死のうとしてるんだ。完全に狂ってる。正気なら、自分の目的を隠す必要があることくらい気がつく。死ぬつもりだとはっきり言うことで、グロリアはファットを自殺幇助の罪に陥れてる。同意したら、ファットはグロリアに死んで欲しいと思っていることになる。そんなことを願う動機はファットには――そして他のだれにも――なかった。グロリアは温厚で礼儀正しかったけれど、LSDをやたらにやっていた。明らかにLSDが、前に話をして以来のこの六カ月で、彼女の頭をめちゃくちゃにしたんだ。

「どうしてたの」とファット。

「サンフランシスコのマウントザイオン病院に入ってたのよ。自殺しようとしたらお母さんに入れられたの。先週退院させてくれたわ」

「治ったの？」

「ええ」

これでファットは気がふれはじめた。この時には知らなかったけれど、ファットは口にするも忌まわしい心理ゲームに引き込まれたんだ。出口無し。グロリア・クヌードソンは、友人ファットを、自分自身の脳といっしょにめちゃくちゃにした。たぶん他にも六、七人、みんな彼女を愛していた友人たちを、これまで似たような電話でめちゃくちゃにしてきたんだろう。父親と母親を破滅させたのもまちがいない。ファットは彼女の理性的な調子の中にニヒリズムの響きを、虚無の反響を聞き取った。自分が相手にしてるのは人間じゃない。電話の向こうにいるのは、神経の反射弓っぽいモノだ。

ファットがあずかり知らなかったのは、ときには発狂するのは現実に対する適切な対応だということだった。グロリアが死なせてと理性的に言うのを聞くのは、伝染病を吸い込むようなもの。中国の指罠みたいなもので、逃げようとして引っ張れば引っ張るほど、罠も固く締まる。

「いまどこ？」とファット。

「モデスト。両親の家」

ファットの住まいはマリン郡だったから、車で数時間かかる。ファットなら、よほどの理由がなきゃそんなドライブはしないぞ。これまた狂気のお膳立てだった。ネンブタール十錠のために、片道三時間のドライブ。車でどこかにつっこめばすむのに。グロリアは、その非理性的な行動すら理性的に実行していない。ティム・リアリーさんありがとうよ、とファットは思った。あんたと、そのヤクを通じた拡大意識の布教に大感謝だ。

これが自分の命を左右する話だというのをファットは知らなかった。これは一九七一年のこと。一九七二年には、あいつは北のカナダはブリティッシュ・コロンビアのヴァンクーヴァーへ引っ越して、外国の町でたった一人、貧乏で怯えつつ、自殺しようとすることになる。いまのあいつは、そんなことを知らずにすんでいる。グロリアをなんとかだましてマリン郡まで呼び寄せて、助けてあげたいだけだ。神の大いなる慈悲の一つは、永遠にぼくたちの目をふさいだままにしてくれることだ。一九七六年に、悲しみで完全に発狂したホースラヴァー・ファットは手首を切り（ヴァンクーヴァーでの自殺は失敗に終わったものだから）、高純度ジギタリスを四十九錠飲み、閉めきったガレージで車のエンジンをかけっぱなしにした――そしてそれでも失敗した。まあ肉体は、精神の知らないような力を持っているけれど、グロリアの精神は肉体を完全にコントロールしていた。彼女は理性的に、理性的に発狂していた。

ほとんどの狂気は、異様で芝居がかった様子からわかる。頭にフライパンをのっけて腰にタオルを巻き、全身紫色に塗って外に出たりするわけだ。グロリアはいつになく平静だった。ていねいで礼儀正しいままだった。古代ローマか日本に住んでいても、たぶんだれも気がつかなかっただろう。運転能力も、まるで損なわれていなかったはず。赤信号ではいちいちちゃんと停まり、制限速度も超えない——ネンブタール十錠をもらいに行く道中にも。

ぼくはホースラヴァー・ファットだ。そしてぼくはこれを、必要不可欠な客観性を得るべく三人称で書いている。ぼくはグロリア・クヌードソンを愛してはいなかったけれど、嫌いじゃなかった。バークレーでは、グロリアとその旦那は優雅なパーティーを開いて、ぼくと妻もいつも招かれた。グロリアは何時間もかけて小さなサンドイッチをつくり、いろんなワインを注いで回り、そして着飾っていて、その砂色でショートカットのカールがかった髪で、とってもきれいだった。

とにかく、ホースラヴァー・ファットはグロリアにあげるネンブタールなんか持ってなくて、一週間後にグロリアはカリフォルニア州オークランドのシナノンビル十階の窓から身を投げ、マッカーサー大通り沿いの舗道で全身バラバラにたたきつぶし、そしてホースラヴァー・ファットは苦悩と病へのじわじわとした長い退行を続けた。それは天文物理学者たちの主張によれば全宇宙を待ち受けているはずのカオスだ。ファットは時代の先を、宇宙の先を行っていた。やがてあいつは、自分のエントロピーへの退行のきっかけとなった出来事を忘れた。神は慈悲深くもぼくたちを、未来のみならず過去に対しても盲目にしてくれる。グロリアの死を知って二カ月、ファットは泣いてテレビを見てもっとクスリをやった——あいつの脳も死につつあったけれど、でもそれは知らなかった。神の慈悲はまことに果てしない。

実はファットは、一年前に自分の妻も精神病で失っていたのだった。これは疫病みたいなものだ。どこまでがドラッグのせいなのか、だれもわからない。当時――一九六〇年代から七〇年代――のアメリカとこの場所、北カリフォルニアのベイエリアは、完全にイカレてた。言いたくはないんだけど、でもホントだから仕方ない。かっこいい用語だの小難しい理屈だのでも、この事実は隠せない。警察当局は、自分の狩りたてる相手と同じくらい狂ってきた。体制派のクローンじゃないやつをみんな収監したがった。警察当局は憎悪まみれだった。ファットは、犬みたいなどう猛さで警察が自分に向かってうなるのを見た。黒人マルクス主義者のアンジェラ・デイヴィスをマリン郡刑務所から移送する日、当局は市民センターを丸ごと解体した。これはもめごとを起こそうとする過激派の意表をつくためだった。エレベータの配線が切られ、ドアにはにせの表示が張り直された。ファットはこれをすべて見た。その日、市民センターに図書館の本を返しにいったのだ。市民センターの入り口にある電子探知機のところで、おまわりが二人、ファットの持っていた本と書類を引き破るように開いた。ファットはきょとんとした。その日一日、きょとんとさせられ続けた。カフェテリアでは、武装警官がみんなの食べるところを監視していた。ファットはタクシーで帰宅した。自分の車が怖かったし、自分の頭がおかしいんじゃないかと思ったからだ。確かに頭がおかしかったけれど、でもそれはほかのみんなも同じだった。

ぼくは職業的にはSF作家だ。妄想を扱う。ぼくの生涯も妄想だ。それでもグロリア・クヌードソンはカリフォルニア州モデストの箱の中で横たわっている。葬式花輪の写真がぼくのアルバムにある。カラー写真なので花輪がどんなにきれいだったかわかる。背景に駐車したフォルクスワーゲンが映ってる。そのフォルクスワーゲンに乗り込もうとしているぼくも映っている。式典のまっ最中なのに。もうたまらなくなったんだ。

墓所での式典が終わって、グロリアの前夫ボブとぼくと、ボブの——そしてグロリアの——涙まみれの友人一人は、モデストの墓場近くの派手なレストランで遅い昼ご飯を食べた。ウェイトレスはぼくたちを奥の席に案内した。ぼくたち三人が、スーツにネクタイをしていてもヒッピーみたいに見えたからだ。どうでもよかった。何の話をしたかは忘れた。前の晩、ボブとぼく——じゃなくて、ボブとホースラヴァー・ファット——はオークランドまでドライブして映画『パットン大戦車軍団』を観た。墓場での式典の直前に、ファットは初めてグロリアの両親に会った。亡き娘と同じように、二人は実に礼儀正しく接してくれた。グロリアの友人がたくさん、その気取ったカリフォルニア農場スタイルの居間にすわって、みんなを結びあわせている人物を回想してた。もちろんクヌードソン夫人はメークが濃すぎた。女はだれかが死ぬとかならずメークを濃くしすぎる。ファットは死んだ娘のネコ、毛主席と遊んでいた。自分の持っていないネンブタールを求めてグロリアが自宅まで無駄足を踏んだときに、いっしょに過ごした数日間のことを思い出した。ファットがウソだったことを告げても、彼女はそれを冷静どころか無関心をもって受け止めた。死のうってときに細かいことは気にしないのだ。

「自分で飲んじゃったんだ」ファットはウソにウソを重ねたのだった。

二人はビーチまでドライブすることにした。ポイント・レイイエス半島にある、太平洋に面したビーチだ。グロリアのフォルクスワーゲンで、運転はグロリアで（彼女が衝動的に、自分を道連れに彼女自身と車を消失させるかもしれないとは、つゆほども思い当たらなかった）、そして一時間後に二人は砂の上で大麻を吸っていた。

ファットが一番知りたかったのは、なぜ彼女が自殺したいのか、ということだった。

グロリアは何度も洗ったジーンズと、ミック・ジャガーのにやけ面が正面についたTシャツを着ていた。砂がいい感触だったので、靴は脱いでいた。ファットは、彼女の足の爪がピンクに塗ってあって、完璧にペディキュアされているのに気がついた。かれが内心思ったのは、彼女は生きたままの姿で死んだ、ということだった。

「やつら、あたしの銀行口座を盗んだのよ」とグロリア。

しばらくしてファットは、彼女の計算ずくで雄弁な語り口から、「やつら」なんてのはいないんだ、ということに気がついた。グロリアが展開したのは、完全で容赦なき狂気の風景で、それが実にがっちり構築されている。歯科工具のように厳密な道具だてで、あらゆる細部を埋め尽くしている。その説明にはどこにも一分の隙もなかった。ファットはそこに何もまちがいを見つけられなかったけれど、もちろん唯一の例外がその説明の前提で、それはだれもが自分を嫌っていて、自分をやっつけようとしていて、自分はあらゆる点で無価値だというものだった。しゃべるにつれて、彼女は消えていった。ファットは彼女が消えるのを眺めた。オドロキ。グロリアは実に節度ある形で、一言ごとに自分の存在を語り去った。合理性が利用されて――うーんと、非存在に利用されてるのか、とファットは思った。彼女の精神は巨大な優れた消しゴムになっていた。もうホントに残っているのは、彼女のどん殻だけ。つまり、中身のない死体だけ。

彼女はもう死んでるんだ、とファットはその日ビーチで気がついたのだった。

大麻を吸い終わって、二人は歩きながら海藻やら波の高さやらについてあれこれ話した。頭上ではカモメが鳴き、フリスビーのように滑空してる。何人かがそこここにすわったり歩いたりしていたけど、でもビーチはほとんど無人だった。標識が、強い底流に注意と警告している。いくら考えても、どうしてグロリアがあっさり海に入っちゃわないのかわからなかった。彼女の考えはとにかくわからなかった。彼女に考えられるのは、まだ必要な、あるいは必要だと想像している、ネンブタールのことだけ。

「一番好きなグレイトフル・デッドのアルバムは『ワーキングマンズ・デッド』ね」とグロリアはある時点で言った。「でもコカインを奨励すべきじゃないと思う。ロックを聴く子供は多いんだし」

「別に奨励してるわけじゃない。あの歌は単に、コカインをやってる人のことを歌ってるだけだ。そしてそいつも間接的に、そのせいで死んだだろう。列車をぶつけて」

「でも、あたしがクスリを始めたのはそのせいなのよ」とグロリア。

「グレイトフル・デッドのせい、なの？」

「みんながあたしにやれと言ったから。もう人にやれと言われた通りにするのはいやになっちゃったの」

「自殺なんかするなよ。オレと一緒に住もうよ。こっちは一人暮らしだし。君のことも大好きだし。とにかくしばらく試すだけでもいいから。荷物はこっちで運ぶからさ、オレと友だちとで。一緒にできることもたくさんあるし、たとえば今日みたいにビーチに行ったりとか。ここ、すてきだろ？」

これに対し、グロリアは何も言わなかった。

「君が自分を始末したりしたら、オレは残り一生すごくいやな気持ちになっちゃうよ」今にして思えば、ファットは彼女が生きるためのまちがった理由ばかりを羅列したわけだ。他人へのお情けとして生きることになっちゃう。何年がかりで探しても、これよりひどい理由は見つからなかったろう。フォルクスワーゲンをバックさせてひき殺してあげたほうがましだ。だからこそ自殺ホットラインにぼんくらは配置しないのだ。ファットは後にこれをヴァンクーヴァーで、自分が自殺しそうになってブリティッシュコロンビア危機センターに電話して専門家の助言をもらったときに学んだ。これと、あの日あいつがグロリアに話したこととの間には何の相関もない。

足にくっついた小石を払い落とそうと立ち止まってグロリアは言った。「今夜、一泊させてほしいんだけど」

これを聞いて、ファットは思わずセックスの光景を目に浮かべてしまった。「すげえ」当時あいつはこういう口をきいた。カウンターカルチャーは、ほとんど何の意味も持たないフレーズを山ほど持っていた。ファットはそれをたくさん数珠つなぎにしたものだ。この時もそうで、あいつは自分が友人の命を救ったのだと、己自身の肉欲に幻惑されて思いこんだのだった。ファットの判断力は、もともと大したことなかったけれど、鈍重ぶりの最低記録をさらに更新したのだった。やつのいい人の部分が宙づりになって、ファットの持っているバランスの中で宙づりになって、その時のやつが考えられるのはセックスの見込みだけ。「いかす」と歩きながらやつは口ばしった。「もうサイコー」

数日後、彼女は死んだ。その晩、二人はいっしょに過ごしたけれど、きちんと服を着たまま眠った。セックス無し。翌日の午後、グロリアは車ででかけた。モデストの両親の家から荷物を取ってくるという口実で。二度と彼女には会えなかった。数日にわたり、また顔を出すのを待っていると、ある晩電話が鳴って、彼女の元夫のボブだった。

「君、いまどこにいる?」とボブは尋ねた。
この質問には面食らった。家の電話のあるところ、つまり台所にいて、ボブは平静に聞こえた。「ここだよ」とファット。
「グロリアが今日、自殺した」とボブ。

＊

毛主席を抱いたグロリアの写真を持ってる。ひざまずいてにっこりして、目が輝いてる。毛主席は下に降りたがってる。左にはクリスマスツリーの一部が見える。裏にクヌードソン夫人が几帳面な字でこう書いていた。

こうしてわたしたちの愛に対する感謝の念を抱いてもらいました。

クヌードソン夫人がこれを書いたのが、グロリアの死の前なのか後なのか、ついぞわからなかった。クヌードソン夫妻はこの写真をぼくに、グロリアの葬式の──この写真をホースラヴァー・ファットに、グロリアの葬式の一カ月後に送ってくれた。ファットは彼女の写真が欲しいと手紙を書いたのだ。最初はボブに頼んだけど、きつい調子で「グロリアの写真なんてどうするつもりだ?」と詰問され、ファットは返事ができなかった。ファットがぼくにこれを書かせ始めたとき、どうしてあの依頼に対してボブ・ラングレーがあんなに腹を立てたのか、と尋ねてきた。わかんない。どうでもいい。もしかするとボブは、グロリアとファットが一晩一緒に過ごしたのを知ってて、焼き餅を焼いていたのかもしれない。ファットは、ボブ・ラングレーが分裂症だと言っていた。ファットによれば、当のボブ自身がそう言ったんだそうな。分裂病者は、思考に適正な情動が伴わない。「情動の平坦化」なるものが生じる。分裂病者は、自分についてそういうことを言わないほうがいいとは絶対に考えない。一方で、ボブは墓地での式典の後でかがみこんで、グロリアのお棺にバラをのせた。これはファットがフォルクスワーゲンのほうに逃げ出したくらいの頃だった。どっちの反応がもっと適正なんだろう。停めた車の中で一人で泣いてるファットか、それともバラを持ってかがみこみ、何も言わず、感情も示さず、でも何か行動を示した元夫か……ファットが葬式にもたらしたのは、モデストに遅れればせながらやってくる道中で買った花束だけだった。クヌードソン夫人にそれを渡すと、本当にきれいですね、と夫人は言った。その花を選んだのはボブだった。

葬式の後、ウェイトレスが三人を見えないところに案内した派手なレストランで、ファットはボブに、グロリアがシナノンなんかで何をしてたのかきいた。だって彼女は荷物をまとめてマリン郡まで車をとばし、自分といっしょに暮らすはずだったのに――ファットはそう思っていた。

「カーミーナが説得してシナノンに行かせたんだよ。クスリの前歴があったから」とボブ。カーミーナというのはクヌードソン夫人だ。ティモシー、というのはファットの知らない友人だったが、こう言った。「まったく、ろくな役にたたなかったようだな」

何が起きたかというと、グロリアがシナノンの玄関を入った途端に、連中がすぐに彼女を狩り立てたのだった。だれかが、面接を待っている彼女の横を通りすがりに、わざと彼女がすごく醜いと言った。次に彼女のそばを通りがかった人物は、あんたの髪の毛はネズミの巣みたいだ、と言った。グロリアは昔から、自分の髪のカーリーな毛を気にしていた。世界の他の髪の毛みたいにまっすぐだったらいいのに、と。第三のシナノン団員が何を言うはずだったかは、考えるだけ無駄だ。その頃にはグロリアは、十階目指して上がっていくところだったからだ。

「シナノンってそういうとこなの？」ファットは訊いた。

ボブ曰く「人格をたたきつぶす技術なんだよ。ファシスト療法で、人を完全に外からの指示に従わせて、グループに依存させるんだ。その後で、ドラッグ指向でない人格を作り直せる」

「自殺傾向があるってわからなかったのかな」とティモシー。

「もちろんわかってた。電話して話をしてたもの。名前も知ってたし、なぜきたかも知ってたよ」とボブ。

「彼女が死んで、やつらと話をしたのか？」とファット。

ボブ曰く「電話して、上層部に話をさせろと言って、お前らがうちの女房を殺したんだと言ってやったよ。そしたらそいつ、なんならここにやってきて、自殺傾向のある人の扱いを教えてくれ、だって。すっげえ動転してたよ。かわいそうなくらい」

このところで、これを聞いたことで、ファットはボブ自身も頭がどうかしてると思った。ボブは、シナノンをかわいそうとか言ってる。ボブはもうめちゃくちゃだ。みんなめちゃくちゃ。カーミーナ・クヌードソンも含め。北カリフォルニアには正気な人間なんて残っちゃいない。どっかよそに引っ越す頃合いだ。すわってサラダを食べながら、どこに引っ越そうかと思案した。国を出よう。カナダに逃げるんだ、徴兵抗議者たちみたいに。ベトナムで戦うのがいやでカナダにすり抜けた連中を十人、個人的に知っていた。たぶんヴァンクーヴァーでなら、知り合い半ダースくらいに出くわすだろう。ヴァンクーヴァーは、世界で最も美しい都市の一つだとされる。サンフランシスコと同じ、大きな港町だし。人生を一からやり直して、過去を忘れられる。

サラダをつつきまわしてすわっているうちに、ボブが電話をかけてきたとき「グロリアが自殺した」と言わずに「グロリアが今日自殺した」と言ったのを思い出した。まるで彼女がいつか自殺するのは必然だったとでも言うように。ひょっとして、決め手になったのはこれかも、この想定かも。グロリアは時間制限を切られてたんだ、まるで数学の試験でも受けるみたいに。本当に狂ってるのはだれだろう。グロリアか自分か（たぶん自分だ）、その元夫か、それともその全員か、ベイエリアか、それも比喩的な意味で狂ってるんじゃなくて、ことばの厳密な専門的意味で狂ってるのは？　精神病の最初の症状は、その人物が自分は精神病になりかけてるんじゃないか、と感じることだと言う。これまた中国の指罠だ。そのことを考えようとすれば、実際にそれにならざるを得ない。狂気について考えることで、ホースラヴァー・ファットはだんだん狂気にすべりこんでいった。

ぼくがあいつを助けてあげられたらよかったのに。

第2章

ホースラヴァー・ファットを助けるために、ぼくができることは何もなかったけれど、でもあいつは結局死を免れた。救いにやってきた最初のものは、通りを下ったところに住む十八歳の女子高生の形をとり、二番目が神様だった。両者のうち、女の子のほうが有能だった。

神様のほうは、少しでも役にたったのかどうか。実はある面では、神様はあいつの病気をもっとひどくした。これはファットとぼくとで意見が一致しない話題だった。ファットは、神様が自分を完全に癒してくれたと確信していた。そんなことはあり得ない。『易経』にはこんなくだりがある。「いつも病気だが決して死なない」。これはまさにわが友人だ。

ステファニーがファットの人生に入ってきたのは、ヤクの売人としてだった。グロリアが死んでからファットはクスリをやりすぎて、あらゆる入手源からクスリを買いあさる必要が出てきた。高校生からヤクを買うのは、あまり賢いやり方じゃない。ヤクそのものはどうでもいいんだけれど、法と道徳の問題がある。子供からヤクを買ったが最後、目をつけられる。理由は説明するまでもないでしょ。でもぼくが知っていたのは――そして当局が知らなかったのは――こういうことだ。ホースラヴァー・ファットは、実はステファニーが売っていたヤクには興味がなかったんだ。彼女はハッシシと大麻は扱ったけれど、アッパーは売らなかった。アッパーは納得いかないんだと。ステファニーは、自分の納得いかないものは決して売らなかった。どんなに圧力をかけられても、幻覚剤は売らなかった。ときどきコカインは売った。その根拠はだれにもわからなかったけれど、でも何らかの根拠づけがそこにはあった。通常の意味では、ステファニーはまるで考えなかった。でも決断は下したし、いったん決断を下したら、だれもそれをひっくり返せない。ファットは彼女が気に入っていた。

それが話の要点だ。あいつが好きなのは彼女であってヤクではなかったけれど、でも彼女との関係維持には買い手である必要があって、つまりハッシシをやる必要があったということだ。ステファニーにとって、ハッシシは人生の――少なくとも生きる価値のある人生の――始まりにして終わりだった。

神様ができの悪い二番手でやってきたにしても、少なくともステファニーのような違法なことはしていなかった。ファットは、ステファニーが牢屋にぶちこまれると確信していた。いつ逮捕されてもおかしくないと思ってた。ファットの友人たちはみんな、ファット自身がいつ逮捕されてもおかしくないと思ってた。みんなそれを心配し、またあいつがゆっくりと憂鬱症や神経症や孤独に落ち込むのを心配していた。ファットはステファニーのことを心配した。ステファニーはハッシシの値段を心配した。それ以上に、コカインの値段のことを心配した。彼女が真夜中にガバッと起きあがって「コカインがグラム百ドルに値上がりしたわ！」と叫ぶところをみんなで想像したりしたっけ。ヤクの値段に関するステファニーの心配ぶりは、普通の女性がコーヒーの値段を心配するのと同じだった。

ぼくたちみんなで、ステファニーは六〇年代以前には存在できなかったと論じたものだ。ヤクが彼女を存在させ、まさに地面から召喚したのだ。彼女はヤクの係数で、ある方程式の一部だった。そしてそれでも、ファットがやがて神様への道をたどるようになったのは、彼女を通じてのことだった。彼女のヤクを通じてじゃない。ヤクは全然関係なかった。ヤクを通じた神様への道なんかない。あれは性悪な連中が売りつけるウソだ。ステファニーがホースラヴァー・ファットを神様に導いたのは、彼女が蹴りろくろで作った小さな粘土の壺経由でのことだった。その蹴りろくろは、彼女の十八歳誕生日プレゼントとして、ファットが支払いの一部を負担してやったものだ。カナダに逃げたときも、その壺は下着や靴下やシャツにくるんで、たった一つのスーツケースに入れて持って行った。

それはふつうの壺に見えた。ずんぐりして薄い茶色、縁に青い釉薬《ゆうやく》が少々。ステファニーは特に上手な壺作りじゃなかった。この壺は、彼女が初めて作った壺の一つだ——少なくとも高校の陶芸の授業以外では。当然ながら、最初の壺の一つはファットにわたることになる。彼女とファットはとても仲がよかった。あいつが取り乱すと、ステファニーは自分のハッシパイプをたっぷりすわせて落ち着かせた。でもその壺はある点でふつうじゃなかった。その中に神様がまどろんでいたんだ。神様はその壺の中で長いことまどろんでいた。もう長すぎるくらいに。一部の宗教では、神様は最後の最後になって介入する、という説がある。そうなのかもしれない。ぼくにはわからない。ホースラヴァー・ファットの場合、神様は本当に最後のギリギリのところまで待って、その時でさえギリギリの最小限しかやらなかった。ギリギリ最小限で、ほとんど手遅れといっていいくらい。それはステファニーのせいじゃない。彼女は蹴りろくろを手に入れてすぐに壺をつくり、釉薬をかけて焼いた。彼女は友人ファットを助けるべく手を尽くした。ファットは先だったグロリアみたいに死に始めてたんだから。ファットが友だちを助けようとしたのと同じく、ステファニーも友だちを助けたけれど、ステファニーのほうが上手だった。でも、それが彼女とファットとの差だ。危機にあって、彼女はどうすればいいか知っている。ファットは知らない。だからファットは生き延びてグロリアは死んだ。ファットはグロリアより友だちに恵まれた。あいつにしてみれば、逆だったらよかったのにと思うかもしれないけれど、それはあいつが選べることじゃない。自分で自分にいろんな人を差し出すわけじゃないもの。それをやるのはこの宇宙だ。宇宙は何らかの決断を下して、その決断に基づいてある人は生き、ある人は死ぬ。厳しい法則だ。でもあらゆる生き物はそれに従うしかない。ファットは神様を得て、グロリア・クヌードソンは死を得た。不公平だし、それをまっ先に主張するのはファットだろう。その点はあいつのことも認めてやらないと。

神様に会ってから、ファットは神様への不自然な愛を抱くようになった。それはふつうだれかが「神様を愛する」というときの愛じゃない。ファットの場合、それは本物の飢餓感だった。そしてもっと変なことに、あいつはぼくたちに、神様が自分を傷つけて、それでも自分はアル中が酒を渇望するように神様を渇望するんだ、と語った。あいつの話だと、神様はピンクの光線をまっすぐ当てたんだと。その頭に、目に。ファットは一時的に目がくらみ、何日も頭痛がした。そのピンクの光線を説明するのはとっても簡単、とファット。目の前でフラッシュがたかれたときに、燐光の残像として見えるものとまったく同じ。ファットはその色に霊的に取り憑かれていた。ときどきそれはテレビの画面に出てきた。あいつはその光を求めて生きた。その特定の色だけを求めて。

でも、それを二度とまともに見つけることはできなかった。光のその色を生成できるのは神様だけだった。言い換えると、通常の光にはその色は含まれていない。あるとき、ファットは色彩表を調べた。可視スペクトルの一覧だ。その色はなかった。あいつはだれにも見ることのできない色を見た。それは端からはみ出したところにあった。

周波数的に光の次にくるものってなんだっけ？　熱かな？　電波？　知ってるべきなん

だけれど、知らない。ファットの話では（これがどこまでホントか知らないけれど）太陽光スペクトルの中であいつが見たのは七百ミリミクロン以上だとか。フラウンホーファー線で言うと、BをAに向かって過ぎたあたりなんだと。好きなように解釈してくれ。ぼくはそれが、ファットの神経衰弱症状の一つだと思う。神経衰弱で苦しんでいる人は、しばしばたくさん調査をして、自分に何が起きているか説明を見つけようとする。調査はもちろん、失敗する。

失敗するというのはぼくたちから見ればの話だけれど、不幸な事実として、それは時には崩壊中の精神に対しインチキな裏付けを与えたりする──グロリアの「やつら」みたいに。ある時フラウンホーファー線というのを調べてみたんだけれど、「A」なんてのはない。ABC順で見つかる一番最初のやつはBだ。フラウンホーファー線はGからBへ、紫外域から赤外域へと進む。それだけ。それ以上はない。ファットの見たもの、あるいはファットが見たと思ったものは、光じゃなかったのだ。

あいつがカナダから──神様を手に入れてから──戻ってかなりいっしょに長時間過ごし、そして夜にいっしょに出歩くうちに（これはぼくたちのよくやることで、アクションを求めてさまよい、何が起きているか見て回るのだ）、ある時駐車しようとしていたら、いきなりぼくの左腕にピンクの光の点があらわれた。それまで見たことのないものだったけれど、なんだかわかった。だれかがぼくたちにレーザー光線を向けてたんだ。

「レーザーだよ」とぼくはファットに言った。ファットもそれを見たからだ。その光点は電柱やらガレージのコンクリート壁やら、そこらじゅう動き回っていたんだもの。

通りのずっと向こうにティーンエージャーが二人立っていて、その間に四角い物体を抱えている。「あいつらがこれを作りやがったんだ」とぼく。

ガキ二人はにたつきながらこっちにやってきた。何かキットから組み立てたんだ、と話してくれた。いかに感銘を受けたか話してやると二人はだれか別の人を脅かしに歩み去った。

「あの色のピンク？」とぼくはファットに尋ねた。

あいつは何も言わなかった。でも、腹を割って話してもらっていない気がした。ぼくは、あいつの言う色を見たことがあるという気がしていた。もしそうなら、なぜそれを言ってくれないのか、ぼくにはわからない。それを認めたら、もっとエレガントな理屈が壊れるからなのかもしれない。精神障害者は、科学的単純性の原理、つまり与えられた事実を説明するのに最も単純な理論を採用する、という考え方をとらない。連中はバロック的に、理屈をごてごてと太らせるほうを選ぶ。

あいつを傷つけ、目をくらませたピンク光線の体験をめぐってファットがぼくたちに強調した重要な論点がある。即座に――光線が自分にあたったとたんに――これまで知らなかったようなことを知った、とあいつは言うんだ。具体的には、自分の五歳の息子が診断で見落とされた誕生時の障害を持っていて、その生まれつきの障害が何かが、解剖学的な細部に至るまでわかった。それどころか、医師に伝えるべき医学的詳細までわかったのだそうな。

あいつが医師にそれをどう告げたか見たかった。どうやって医学的な細部がわかったかを説明するところを。あいつの脳は、ピンク光線が叩きつけた情報をすべて捕捉したけれど、でもどうやってそれを説明する？

ファットは後に、宇宙は情報でできているという説を編み出した。あいつは日誌をつけはじめた――実はそのずいぶん前からこっそりつけていたのだった。イカレた人物のコソコソした行動。神様との出会いは、ページの上にあいつの――ファットのであって、神様のじゃないよ――手書きですべて書かれていた。

「日誌」というのはぼくの言い方で、ファットのじゃない。あいつの用語は「釈義」で、これは聖典の一部を説明解釈する書き物を指す神学用語だ。ファットは自分に向けて発射されて次第に頭に入り込んだ情報が、聖なるところから出てきたもので、だから一種の聖典としてとらえるべきだと信じていた。それが適用されるのが、睾丸瘤《こうがんりゅう》を破って陰嚢《いんのう》にまで落ち込み、診断から見落とされた右の鼠蹊《そけい》ヘルニアだけだったとしても。ファットが医師に告げたニュースはこれだった。このニュースは実は正しくて、ファットの前妻がクリストファーを検査に連れて行ったときに確認された。そして翌日に手術の予定を入れられた。つまりは、できるだけすぐに、ということだ。外科医はファットと前妻に向かって嬉々として、クリストファーの命はもう何年も危うかったんだと告げた。自分の腸がからまって夜中に死んでしまった可能性もある。われわれ（かれら）が見つけてよかったですよ、と外科医。というわけでまたもやグロリアの「かれら」だけど、この場合にはこの「かれら」はホントに実在した。

手術は成功で、クリストファーがやたらに駄々をこねるのも止まった。生まれてからずっと苦痛にさらされていたわけだ。その後、ファットと前妻は息子を別の一般医に連れて行った。もっと目のある医者に。

ファットの日誌の段落の一つにはすごく感心させられたので、書き写してここに入れておこう。右鼠蹊ヘルニアの話はしてなくて、もっと一般的な性格のもので、宇宙の本質は情報だというファットのますます強化されてきた見解を表明したものだ。あいつがそんなことを信じるようになったのは、あいつにとって宇宙——あいつの宇宙——ってのは、実際に急速に情報と化しつつあったからだ。神様は、いったんあいつに向かってしゃべりはじめたら、二度と口を閉じないらしい。聖書にそんなことは書いてなかったと思うぞ。

日誌記述37。脳の思考は、われわれには物理的宇宙の中の並び方や並び替え——変化——として体験される。でも実は、それは実際にはわれわれが物質化している情報

と情報処理なのだ。われわれは脳の思考を単なる物体として見るだけでなく、むしろ物体の運動、あるいはもっと正確には、物体の配置として見る。でも並び方のパターンは読み取れない。そこにある情報を抽出することはできない――つまりそれを、その実体である情報としては引き出せない。脳による物体の結びつけや結び直しは、実は言語なのだけれど、でもわれわれの言語のようなものじゃない（というのもそれは自分自身に向かってのもので、自分の外のだれかや何かに向かってのものじゃないからだ）。

ファットはこの個別テーマを何度も何度も練り直した。日誌の中でも、友人たちとの口頭での対話の中でも。あいつは、宇宙が自分に話しかけ始めたんだと確信していた。日誌の別の記述はこんな具合だ。

36。この情報、あるいはこの叙述は、自分の中の中立的な声として聞くことができるはずだ。でも何かがおかしくなった。すべての創造物は言語だし、言語以外の何物でもないのだけれど、でもそれは何か説明のつかない理由のために、われわれは外にあるものを読むこともできないし、自分の中で聞くこともできない。だから、われわれは白痴になったんだと言おうか。何かがわれわれの知性に起こった。オレの理由づけはこうだ。脳の部分の並び方が言語だ。われわれは脳の一部だ。したがってわれわれは言語だ。だったら、なぜわれわれはこれを知らないのか？　われわれは自分が何であるかさえ知らず、まして自分がその一部を構成する外的現実が何なのかなんてまるで知らない。「白痴」ということばの起源は「私的」ということばだ。われわれはそれぞれ、私的存在となってしまい、もはや脳の共通の思考を共有していない――識閾下の水準以外では。よってわれわれの実際の生活と目的は、われわれの識閾以下で執行されている。

これに対してぼくは個人的にこう言いたくてたまらない。ファット、そりゃテメーだけの話だろ、と。

長いことかけて（あるいはファットなら「広大なる永遠の砂漠を経て」と言うだろう）、ファットは自分の神様との接触とそこから得た情報を説明するための、へんてこな理論をたくさん開発した。その一つは他とはちがっていて、ことさら面白いなと思えた。それはファットによる、自分が体験していることについての精神的な条件付き降伏とも言うべきものだった。この理論では、実際にはあいつは何一つ体験しちゃいないんだという。脳の部位が選択的に、遠くから発しているエネルギービーム、ひょっとして何百万キロも遠くから放たれたビームによって刺激されているのだ。こうした選択的な脳部位の刺激はあいつの頭の中に、自分がホントにことばや絵や人の姿や印字ページ、つまりは神様や神様のメッセージ、あるいはファットお好みの表現ではロゴスを見聞きしているんだ、という印象を——あいつに対して——生成している。でも（この理論によれば）実はあいつは、そういうことを体験したと想像しているだけだ。それはホログラムみたいなもの。ぼくがびっくりしたのは、キチガイが自分の幻覚をこんな洗練された形で割り引いたものにしているという奇妙さだった。ファットは知的に、自分を狂気のゲームから足抜けさせてしまい、同時にその光景や音を楽しんでいた。実質的にあいつは、もはや自分が体験したことが実在していたとは主張していないわけだ。ということは、あいつが治り始めたしるしだろうか？　まさか。いまやあいつは、「やつら」だか神様だかだれだかは、長射程緊密高密情報エネルギービームを自分の頭に集中させているんだという見方をするようになっていた。これじゃちっとも改善してないとぼくは思うけれど、でも確かに変化ではある。ファットはいまや心から自分の幻覚を割り引いて見られるようになり、つまりは幻覚を幻覚として認識するようになったということだ。でもグロリアと同じく、あいつもいまや「やつら」を持っていた。ぼくに言わせれば一歩進んで二歩下がるたぐいの勝利。ファットの人生は、まさにその手のセコイ勝利の定番話みたいに見えて仕方なかった。たとえば、グロリアを救ったやり方みたいに。

ファットが何ヵ月も何ヵ月もがんばった釈義は、その手の一歩進んで二歩下がる勝利としか思えなかった。一歩進む分の勝利があったかも怪しい――この場合には、悩みを抱えた精神が、不可解なものに意味を見いだそうとする試みでの勝利。もしかすると、精神病ってのは要するにそういうことなのかも。理解不能の出来事が起こる。人生が、かつては現実だったものの、インチキめいた大波小波のゴミためになる。そしてそれだけじゃない――それだけじゃ不足だとでも言うように――その人は、それでもファットと同じように、その上下動についていつまでも考え続けて、それを何らかの一貫性の中におさめようとしてみるけれど、でも実は何も筋が通らず、ただすべてを自分の認識できる形やプロセスに復元したいという欲求のために自分が押しつける勝手な解釈だけが意味をなす。精神病でまっ先に逃げ去るのがおなじみのものだ。そしてそれと入れ替わるのは悪い知らせばかりで、それは理解不能なだけじゃなくて、他人にそれを伝えることもできない。狂人は何かを体験するけれど、それが何でどこからきたかはさっぱりわからない。

ファットの風景が砕け散った時点は、グロリア・クヌードソンの死にまでさかのぼれるけれど、その風景の中でファットは、神が自分を治してくれたと想像していた。いったんセコイ勝利が目についたら、もうそこらじゅうに見かけるようになる。

昔知り合いだった、癌で死にかけの女の子を思い出す。お見舞いにいくと、彼女はもう見わけがつかないほど変わり果てていた。ベッドに起きあがった彼女は、小さな毛のないお爺さんみたいだった。化学療法のおかげで、でかいブドウみたいにふくれあがってた。

癌と治療法のおかげで彼女はほとんど目も見えず、耳もきこえない寸前、絶えず痙攣を起こしていて、ぼくがかがみ込んで気分はどうかと尋ねたら、こう答えた（ぼくの質問が理解できたときだけだが）。「神様が癒してくれているのがわかるの」。彼女は宗教に入れ込んでいて、修道院に入りたいと思っていたのだった。ベッド脇の金属のスタンドに、彼女自身だかだれだかが、彼女のロザリオをきれいに置いていた。ぼくに言わせれば、それが**「神様くそくらえ」**の標識なら適切だったろう。ロザリオは不適切だ。

でもなんだかんだ言いつつ、神様——あるいは神様と自称するだれか、といってもこれは単なることばのちがいでしかない——が貴重な情報をホースラヴァー・ファットの脳に放射して、おかげで二人の息子クリストファーの命が助かったことは、認めざるを得ない。神様はある人は救い、ある人は殺す。ファットは、神様はだれも殺さないと言う。病気、苦痛、不当な苦しみは、神様からじゃなくて、どこか別のとこから生じるんだ、と。これに対してぼくは尋ねる。その「どこか別のとこ」はどこから出てきたの？　神様って二人いるの？　それとも宇宙は神のコントロール下から逃れちゃったわけ？　ファットはプラトンを引用したもんだった。プラトンの宇宙論では、ヌースまたは精神が、アナンケまたは盲目的な必然——あるいは一部の専門家によれば盲目的な偶然——を屈服させる。ヌースがぶらぶら歩いていると、驚いたことにたまたま盲目的な偶然を見つけちゃったというわけだ。盲目的な偶然、言い換えればカオスに対し、ヌースが秩序を押しつけたわけだ

（ただしこの「説得」がどうやって行われたのか、プラトンはどこにも書いていない）。ファットによれば、わが友人の癌は知覚ある形になるよう説得されていない無秩序でできているそうだ。ヌースまたは神様は、まだ彼女のところまで手がまわっていないだけだ、という。これに対してぼくは言う。「ふん、手がまわるようになった頃にはもう手遅れだったわけだ」。ファットはこれに答えられなかった。少なくとも口頭での反論としては。たぶんこそこそ逃げ出して、日誌にこの話を何か書いたんだろう。あいつは毎晩朝四時まで起きていて、日誌にこちゃこちゃ書き込んでる。たぶん宇宙の秘密のすべてが、あのがらくたの中のどこかに転がってるんだろうよ。

ぼくたちみんな、ファットを釣って神学論争に持ち込むのを楽しんだ。あいつはいつも怒って、この問題についてのぼくたちの見解がどうでもよくはないんだ——この問題そのものがどうでもよくはないんだ——という立場を取りたがったから。この頃には、あいつはもう完全にイカレきってた。みんな議論の皮切りに、さりげない一言を発しては喜んでいた。「おい今日、高速道路で神様にスピード違反の切符を切られちまったぜ」とかなんとか。ファットはすぐに罠にはまって、反撃に出る。みんなこうやって、ファットをちんけな形で拷問にかけつつ、楽しく暇をつぶしたもんだ。あいつの家から帰るときにも、これをすべてあいつが日誌に書いているのがわかっているので、それがおまけの楽しみにもなった。もちろんその日誌の中では、ファットの意見がいつも勝つ。

ファットをつまらない質問で釣るまでもなかった。たとえば「神が全能なら、自分で飛び越せないほど広い溝は創れるの？」とか。ファットに答えが出せない本物の問題はいくらでもあった。友人ケヴィンは、いつも同じやり方で攻撃を開始した。「おれの死んだネコはどうなんだよ？」とケヴィンは尋ねる。数年前、ケヴィンは夕方に外でネコを散歩させてた。ケヴィンはバカだからネコをヒモでつないでなくて、ネコは通りに駆けだして通りすがりの車の真ん前に飛び出した。ネコの残骸をケヴィンが拾い上げたときにはまだ生きていて、血まみれの泡をふきながら、ケヴィンを恐怖に満ちた目つきで眺めていた。ケヴィンはよく言ったもんだ。「最後の審判の日、大審問官の前に連れ出されたらこう言ってやるんだ。『ちょっとまったぁ！』そして上着の中から、おれの死んだネコをさっと取り出す。『こいつはどう説明してくれるんだ？』と聞いてやる」ケヴィンに言わせると、その頃にはネコはフライパン並に硬直してるはずだ。だからネコを取っ手、つまり尻尾のところで持って掲げ、納得のいく答えを待つんだと。

ファット曰く「どんな答えでも納得しないだろ」

「お前の出せるような答えならな」とケヴィンはせせら笑った。「そりゃ神様はお前の息子の命を救ったかもな。じゃあなぜおれのネコが通りに駆け出すのを五秒遅らせてくれなかったんだ？　三秒でもいいぜ？　大した手間じゃないはずだろ。もちろん、どうせネコなんてどうでもいいんだろ」

「なあケヴィン、お前がネコをつないどけばよかっただけのことだろ」とぼくは一度指摘した。

「いやそうじゃなくて」とファット。「確かに一理ある。オレも気になってたんだ。ケヴィンにとっては、ネコは宇宙について理解できないことすべての象徴なんだ」

ケヴィンはつっけんどんに言った。「理解なら十分してる。単に宇宙はイカレてると思うだけだよ。神様は無力か、バカか、どうでもいいと思ってるかだ。あるいはその三つ全部かも。邪悪でまぬけで弱いんだ。おれ、自分でも釈義を始めようっと」

「でも神様はお前には語りかけない」とぼく。

「ホースにだってだれが語りかけてるのやらわかりゃしないだろ。真夜中にホースに語りかけるなんて？　惑星バカの住民かよ。ホース、知恵の神の名前ってなんだっけ？　聖ナントカって言ったっけ」

「ハギア・ソフィア」ホースは用心深く言った。

ケヴィンは言った。「ハギア・バカってどう言えばいい？　聖バカって？」

「ハギア・モロン」とホース。あいつはいつも負けることで自衛した。「モロンはハギアと同じくギリシャ語だ。オクシモロンの綴りを調べてたときに出くわしたんだ」

「でも接尾辞 -on は中性の語尾じゃないか」とぼく。

これを見ると、ぼくたちの神学談義がおおむねどんなオチになったかは見当がつくだろう。ろくに知識もない連中がいがみあってるわけだ。あと、われらがローマカトリックの友人デヴィッドと、癌で死にかけてた女の子シェリーもいた。彼女は緩解して、病院から出されたのだった。彼女の視力や聴力は、ある程度は永続的に障害を残してはいたけれど、それ以外は健康体に見えた。

ファットはもちろん、これを神様とその癒す愛の証拠として使い、デヴィッドや当然ながら当のシェリーもこれに同調した。ケヴィンは彼女の緩解を、放射線治療と化学療法の奇跡とツキのせいだと見ていた。それと、あの緩解は一時的なんだよ、とかれはこっそり言っていた。いつ何時、また状態が悪くなりかねない。ケヴィンは、次に彼女が悪化したら、もう次の緩解はないよ、と暗く匂わせた。ときどき、ケヴィンは本気でそうなることを願ってるんじゃないか、と思うこともあった。そうすればかれの宇宙の見方が証明されるからだ。

ケヴィンの口先の小技集の中では、宇宙が苦悩と敵意でできていて、いずれはみんなとっちめられるのだ、というのが基本線だった。かれの宇宙観は、ほとんどの人が未払いの請求書を見るような見方だった。いずれ支払わされることになるんだ、と。宇宙はみんなの釣り糸を繰り出して、はね回って飛び上がったりさせて、それからたぐり込む。ケヴィンはずっと、これが自分で始まるのを待っていた。ぼくについても、デヴィッドについても、そして特にシェリーについて。ホースラヴァー・ファットとなると、ケヴィンはもう釣り糸が何年も繰り出されてないと信じていた。ファットはずいぶん前から、糸をたぐりこむ段階に入ってた。かれに言わせると、ファットは潜在的に呪われているどころか、実際にいま呪われているのだった。

ファットはケヴィンの前でグロリア・クヌードソンの話をしないだけの知恵はあった。もしてたらケヴィンは彼女を自分の死んだネコに追加しただろう。最後の審判の日に、ネコといっしょに彼女を上着の中からサッと取り出すとか言い始めるだろう。

カトリックだったデヴィッドは、まちがったことはすべて人間の自由意志に還元した。これにはぼくですら頭にきた。いちどやつに、シェリーが癌になったのも自由意志の一例なのかと聞いてやった。デヴィッドが心理学の最新のニュースを追いかけているのを知ってていたから、シェリーが無意識のうちに癌になりたがっていて自分の免疫系を停止させたんだとうっかり主張することは百も承知だった。これは先進の心理学業界に漂ってる見方の一つだった。もちろんデヴィッドはしっかり罠にはまってその通りのことを言った。

「じゃあなぜ改善したんだよ。無意識のうちによくなりたいと思ったわけ？」とぼく。

デヴィッドは困惑した様子だった。病気を彼女自身の意志のせいにするんなら、その緩解だってつまらないもののせいにするしかなくて、超自然のせいにはできない。神様は何の役目も果たさない。

「C・S・ルイスならこう言ったと思うんだけれど」とデヴィッドが切り出し、その場にいたファットはすぐに腹をたてた。デヴィッドが自分の何のひねりもない正統教義を擁護するためにC・S・ルイスを引き合いに出すと、あいつはむかつくのだ。

ぼくは言った。「シェリーは神様を乗り越えたのかもな。神様は彼女を病気にしたかったけれど、シェリーはそれと戦ってよくなった」。デヴィッドが出そうとしていた議論はもちろん、シェリーは頭をやられたせいで神経症から癌になったけれど神様が介入して彼女を助けた、というものだ。ぼくはそれを予測してひっくり返したのだ。

ファットが言った。「いいや。その反対だよ。神様がオレを治したときみたいに」

幸運なことに、ケヴィンはその場にいなかった。ケヴィンはファットが治ったとは思っていなかったし（だれも治ったなんて思ってなかった）、どのみちそれをやったのは神様じゃないと思っていた。ちなみに、これはフロイトの攻撃している論理だ。二重の命題が自分を打ち消し合う構造。フロイトはこの構造は合理化のしるしだと考えた。だれかが馬を盗んだと責められると、そいつがこう答える。「おれは馬なんか盗まないし、どうせお前の馬なんかクズだろう」。この理由づけをよく考えてみたら、その背後にある実際の思考プロセスがわかる。二番目の議論は、最初の議論を強化していない。強化しているかのように見えるだけだ。ぼくたちの永遠に続く神学論議——ファットの聖なるものとの遭遇と称するものが引き金だ——においては、この二命題自己打ち消し構造は、こんな感じになる。

一．神様は存在しない。

二．どのみち神様なんてアホだ。

ケヴィンの皮肉っぽい声高な議論をよく見ると、いたるところにこの構造が見られる。デヴィッドは絶えずC・S・ルイスを引用する。ケヴィンは神様を貶めようと熱心なあまり、論理的な矛盾におちいる。ファットはピンクの光線が頭に放った情報について、得体のしれない言及をする。死ぬほど苦しんだシェリーは、敬虔にぶつぶつと言い散らすばかり。ぼくは、そのときの相手次第で、立場をころころ変えた。だれ一人として状況をきちんと把握してなかったけれど、でもみんなそうやって無駄にできる時間はたっぷりあったのだ。いまやドラッグをキメる時代は終わって、みんな新しいオブセッションの対象を求めてうろうろしていた。ぼくたちにとっての新しいオブセッションは、ファットのおかげで神学だった。

ファットの大好きな古代の引用はこんな具合だ。

「そして偉大なるエホバは眠ると思っていいのだろうか

シェモシュやその他名高き神々のように？

ああ、いや！　天はわたしの考えを聞いてそれを書きつけた――
そうにちがいない」

ファットはこの残りを引用したがらない。

「これがわたしの頭を悩ませ
胸に幾千もの痛みを流し込み
狂気に押しやるのだ……」

これはヘンデルのアリアからだ。ファットとぼくは、セラフィム版のLPでリチャード・ルイスが歌うのを聞いたもんだ。『深く、さらに深く』。一度ファットに、同じレコードの別のアリアがお前の精神状態を完璧に表現しているよ、と告げた。

「どのアリア？」ファットは用心深げに言った。

「『皆既日食』」とぼく。

「皆既日食！　太陽もなく、月もなく

すべて真昼のさなかに暗く！
ああ輝かしき光！　歓迎すべき昼日で
我が目を楽しませるざわめく光線もなし！
なぜこのように、汝の主たる神意を奪うのか？
太陽も月も星々もわたしには暗く見える！」

これに対してファットはこう言った。「オレの場合は正反対だな。オレは別世界から投射された聖なる光によって啓蒙されたんだ。オレには他のだれにも見えないものが見える」

確かに一理あった。

第３章

ドラッグの十年紀でぼくたちが対応を学ばなきゃいけなかった問題があって、それは「お前の脳はイカレちゃってるよ」というニュースをどうやって当人に告げればいいか、ということだ。この問題は、ホースラヴァー・ファットの神学世界においても、ぼくたち――かれの友人たち――が実地に対処すべき問題として入り込んできていた。

ファットの場合、両者を結びつけるのは簡単だ。あいつが一九六〇年代にやったヤクが、一九七〇年代に至るまで脳をおしゃかにしちまった、というわけ。つじつまを合わせてこういう具合に考えられるもんなら、ぼくだってそうしてただろう。ぼくはいろんな問題に同時に答えられるような解決策が好きなのだ。でも、本当にそういうふうには考えられなかった。ファットは幻覚剤はやってなかった。少なくとも本格的には。一度、一九六四年に、サンドス社のＬＳＤ-25がまだ買えた頃――特にバークレーでは簡単に買えた――ファットは一度に大量に飲んで、抑圧を解除されて時間をさかのぼったか時間を前に進んだか、上に上がって時間の外に飛び出したかした。とにかくラテン語でしゃべりはじめて、

Dies Irae、怒りの日がやってきたと思いこんだ。神様が、激怒してすさまじい音で足を踏みならしているのが聞こえた。八時間にわたり、ファットはラテン語で祈っては泣き言を言っていた。後にあいつは、そのトリップの間は考えるのもしゃべるのもラテン語でしかできなかった、と主張した。ラテン語の引用句集を見つけて、ふつうに英語を読むのと同じくらいすらすら読めたそうな。ま、後の神様キチガイぶりの原因がそこにあるのかも。あいつの脳は一九六四年にLSDのトリップが気に入ったので、それを録画して、将来の再生用にとっておいたのかも。

一方で、こういう理由づけは問題を一九六四年にさかのぼらせるだけだ。ぼくの知る限り、ラテン語で読んだり考えたり話したりする能力が生じるなんて、LSDのトリップとしては普通じゃない。ファットはラテン語なんか知らない。いまも話せない。サンドスLSD-25を大量に飲む前にも話せなかった。後に宗教体験が始まったとき、あいつは気がつくと自分でも理解できない外国語で考えていた（一九六四年には、自分の考えてるラテン語はわかった）。音だけで、かれはいくつか手当たり次第に記憶しておいたそのことばを書き留めておいた。あいつにとって、それはぜんぜん言語じゃなくて、だから書いたものはだれにも見せたがらなかった。あいつの奥さん――後の奥さんベス――は大学で一年ギリシャ語を勉強していて、ファットが不正確に書き留めたものがコイネギリシャ語だと気がついた。少なくとも、何かギリシャ語の一種、アッティカ方言かコイネかだ。

ギリシャ語の「コイネ」というのは、単に「共通」という意味だ。新約聖書の時代には、コイネは中東の共通標準語になって、それ以前にアッカド語にとって代わる存在となっていたアラム語の地位を奪った（ぼくがこういうことを知っているのは、ぼくが専門の作家で、そのため言語について学問的知識を持っていることが重要だからだ）。新約聖書の手稿はコイネ・ギリシャ語で書かれて生き延びた。とはいえ共観福音書のもとになったQ資料は、たぶんアラム語で書かれていただろうけど。アラム語は実際にはヘブライ語の一種で、イエスはアラム語をしゃべった。だからホースラヴァー・ファットがコイネ・ギリシャ語で考え出したというとき、あいつは聖ルカや聖パウロ——二人は親友だった——が使った、少なくとも書いた言語で考えていたわけだ。コイネは書かれると変に見える。記述で単語の間にスペースがないからだ。これはいろいろ独特な翻訳を生み出すことになる。翻訳者は自分が適正だと思ったところ、いやそれどころか、もう好き勝手なところに空白を入れられるからだ。たとえばこんな英語を考えてほしい。

GOD IS NO WHERE
GOD IS NOW HERE

実はこういう問題を教えてくれたのはベスだった、ベスはそれまでファットの宗教体験なんか真に受けてなかったのだけれど、でもまったく触れたこともなく、まともな言語だとすらわからなかったコイネの単語をファットが表音的に書くのを見てそれが変わった。ファットの主張によれば――いや、ファットはやたらにあれこれ主張したから、「ファットの主張によれば」と文を書き出すのはやめないと。あいつが釈義をがんばって書いていた年月――文字通り何年も！――の間に、ファットは宇宙の星の数よりも多くの理論を思いついたはずだ。毎日あいつは新しい理論を開発した。前よりさらに狡猾で、さらにとんでもなく、さらにイカレた代物を。でも、神様は相変わらず不変のテーマだった。ファットは神様への信仰から敢えて離れようとしたけれど、それはかつてぼくが飼っていた臆病なイヌが前庭の芝生からびくびく離れようとするのと同じやり方だった。あいつは――イヌもファットも――まず一歩踏みだし、それからもう一歩、うまくすれば三歩目も踏み出して、そこで尻尾を翻して狂ったようにおなじみの場所に駆け戻る。ファットにとって、神様は自分がツバをつけた領土となっていた。でもヤツにとっては不幸なことに、最初の経験以来、ファットはその領土へ戻る道を見つけられなくなっていた。

神様を見つけたら、その神様をずっと自分のものにしていい、というのを強制力のある契約条項にすべきだ。ファットにとって、神様を見つけたことは（本当に見つけたんだとすればの話だけど）、結局のところずいぶんと割にあわない経験となり、絶え間なく喜びの供給が減ってくみたいなもんで、アッパーの入った袋の中身みたいにどんどん低く低く沈んでく。神様ってだれが売ってんの？ ファットは、教会たちは自分の役にたてないのを知っていたけれど、それでもデヴィッドの神父の一人と相談はしてみた。うまくいかなかった。何もうまくいかなかった。ケヴィンはヤクを勧めた。文学に足をつっこんでるぼくは、十七世紀イギリスのマイナーな形而上詩人を読んだらと勧めた。ヴォーンとかハーバートとか。

「かれは家を持っていると知っているのに、その場所がほとんど見当もつかない
　かれはそれが遠いという
　行き方をすっかり忘れてしまったと」

これはヴォーンの詩「人」からのものだ。ぼくに判断できる限りでは、ファットはこの詩人たちのレベルにまで成長し、そして現代においてはアナクロな存在となってしまった。宇宙はアナクロな存在を消去したがる。しっかりしないと、ファットもそういう目にあうのは見え見えだった。

ファットへの勧めとして、最も有望に思えたものはシェリーが出した。シェリーは相変わらず緩解状態でぼくたちとつるんでたのだった。彼女はファットがかなり落ち込んでるときにこう告げた。「あなた、T‐34の特徴を研究したらいいのよ」

ファットは、T‐34って何だ、と尋ねた。実はシェリーは第二次世界大戦中のロシアの軍備についての本を読んだのだった。T‐34戦車はソヴィエト連邦を救った存在であり、つまりは全連合軍を救った——そしてひいてはホースラヴァー・ファットをも救ったわけだ。というのもT‐34がなければ、あいつがしゃべってたのは——英語でもラテン語でもコイネでもなく——ドイツ語だったはずだからだ。

シェリーは説明した。「T‐34はすごく高速に動いたのよ。クルスクではポルシェのエレファント戦車すら破ったくらい。第四パンツァー戦車隊をどんな目にあわせたか、想像もつかないでしょう」そして彼女は、一九四三年のクルスクにおける状況のスケッチを描き始め、数字を挙げていった。ファットをはじめ、ぼくたちは目を丸くした。シェリーにこんな面があるとは知らなかった。「パンツァー戦車隊に対する戦局を打開するには、ジューコフ自身が出てこなきゃならなかったのよ。ヴァツーチンがへまをやらかしたものでね。ヴァツーチンは後に親ナチのパルチザンに殺されたわ。で、ドイツ軍の持っていたタイガー戦車と、パンツァー戦車をちょっと考えてみてよ」彼女は各種の戦車の写真を見せてくれて、コーネフ将軍がドニエストル川とプルート川を三月二六日までに首尾良く越えた話を熱っぽく語った。

基本的には、シェリーのアイデアはファットの頭を宇宙的なものや抽象的なものから具体的なものに引きずりおろすということだった。そして、第二次大戦中のソ連のでっかい戦車ほどリアルなものはない、という現実的な発想を考案したわけだ。ファットの狂気に対する解毒剤を提供したかったのだ。でも彼女の弁舌は、地図と写真もあって完璧だったけれど、あいつにとってはグロリアの墓場の葬式に出る前の晩に『パットン大戦車軍団』をボブと観にいったな、ということを思い出させただけだった。もちろんシェリーはそんなことは知らなかった。

ケヴィンが言った。「おれ、こいつは裁縫の勉強をしたほうがいいと思うな。ミシン持ってないの、シェリー？　使い方を教えてやれよ」

シェリーは、相当な頑固ぶりを示してさらに続けた。「クルスクでの戦車戦は、装甲車両四千台以上が参加したのよ。史上最大の装甲車戦だわ。みんなスターリングラードのことは知ってるのに、クルスクのことはだれも知らないのよね。ソ連の真の勝利は、クルスクで勝ち取ったものだったのに。考えてもごらんなさいよ——」

デヴィッドが割り込んだ。「ケヴィン、ドイツ人たちはそのロシア人たちに死んだネコを見せて、これを説明してみろと言えばよかったのにな」

「それはソ連軍の攻撃をその場でぴたりと止めただろうな。ジューコフはいまだにネコの死をなんとかして説明しきろうとしてるだろう」とぼく。

ケヴィンに向かってシェリーはこう言った。「クルスクで善玉が大勝利を収めたことを考えれば、ネコ一匹のことなんて文句言うことじゃないじゃない」

「聖書には、落ちる雀がどうしたとかいう部分があるだろう。そして神様がそれにもしっかり目を向けているのだ、とかなんとか。そこが神様のだめなところだよ。目が一つしかない」

「クルスクの戦いで勝ったのは神様だったわけ？」とぼくはシェリーに尋ねた。「ロシア人にしてみれば初耳だろうなあ。特に戦車を作って操縦して殺された人たちにしてみれば」

シェリーは辛抱強く語った。「神様はあたしたちを道具として使い、それを通じて御業をなすのよ」

ケヴィンは言った。「それじゃあ、ホースの場合、神様は欠陥道具を持ってるわけだ。それとも、神様もファットもどっちも欠陥品かね。差し込み式ガソリンタンクをつけたピントを運転する、八十歳のばあさんみたいに」

ファットが言った。「ドイツ軍は、ケヴィンの死んだネコを掲げなきゃならなかっただろうな。どんなネコでもいいってわけじゃない。ケヴィンが気にかけてるのは、あの特定のネコだけだもんな」

「あのネコは、第二次大戦中には存在しなかった」とケヴィン。

「お前、当時そのネコを想って悲しんだりした？」とファット。

「そんなことできるわけないだろ。あのネコは存在しなかったんだから」とケヴィン。

「じゃあ、あのネコの状態は今と同じだったわけだ」とファット。

「ちがうね」とケヴィン。

「どうちがう？　当時のネコの非存在と、いまのネコの非存在とどうちがうわけ？」とファット。

「いまじゃケヴィンが死体を持ってる。掲げられるように。ネコの存在はすべてそのためだったんだ。あのネコが生きたのは、神の善良さに対するケヴィンの反駁用の死体となるためだったんだよ」とデヴィッド。

「ケヴィン、お前のネコはだれが創った？」とファット。

「神様だ」とケヴィン。

「じゃああなたの理屈だと、神様は自分自身の善良さに対する反駁材料を自分で創ったわけね」とシェリー。

「神様はバカなんだ。おれたちはバカな神を持ってる。前にも言ったろう」

シェリーが言った。「ネコの創造ってかなりの技能がいるのかしら？」

「ネコが二匹いればいい。雄と雌と」だがケヴィンは、彼女がどこに話を持っていこうとしているか明らかにわかったようだ。「そして――」そこでケヴィンはニヤニヤして止まった。「わかったわかった。確かに技能は要るよ、宇宙に目的があると仮定するなら」

「あなたは目的がないと思うの？」とシェリー。

ためらいつつケヴィンは言った。「生き物には目的がある」

「その目的をこめたのはだあれ？」とシェリー。

「それは——」ケヴィンはまたためらった。「目的は生き物たち自身だ。生き物とその目的とは不可分だ」

「じゃあ動物は目的の表現なんでしょ。じゃあ宇宙には目的があるわけね」

「ごく一部には」

「そして無目的性が目的を生み出す」

ケヴィンはシェリーをにらみつけた。「くそくらえ」

＊

ぼくの見たところ、ファットの狂気を後押しするのに貢献した単一の要因としては、ケヴィンの皮肉な態度が最大のものだった——最大といっても、何であれそのもともとの原因には劣るだろうけれど。ケヴィンはそのもともとの原因の意図せざる道具となってしまっていて、ファットもそれを見逃さなかった。どんな手段でも形でも形相においても、ケヴィンは精神病にかわるまともな代替案を提示しなかった。かれの皮肉な薄笑いは、死の薄笑いを漂わせていた。まるで勝ち誇った骸骨みたいな薄笑い。ケヴィンは生を打倒するために生きていた。ファットがケヴィンに我慢しているのは驚くべきことだと最初のうちは思ったけれど、後になってその理由が見えてきた。ケヴィンがファットの妄想体系を引き破るたびに――バカにして冗談のネタにするたびに――ファットは強さを増した。自分の疾病に対する唯一の対抗薬が嘲笑であるのなら、ファットとしては狂ったままでいたほうが明らかにマシだったのだ。あれほどイカレてたにしても、ファットにはそれがわかった。実は、ホントのことを言うなら、ケヴィンだってそれがわかってた。でもどうやらかれは頭にフィードバックループができていて、おかげで攻撃をやめるよりもそれをさらに強化する方向に向かった。ケヴィンの失敗がその努力をさらに強化させた。だから攻撃はさらに激しくなって、ファットの強さもさらに増した。まるでギリシャ神話さながら。

ホースラヴァー・ファットの釈義では、この問題の主題が何度も何度も繰り返し提起されている。ファットは、一筋の非理性が宇宙全体に浸透していると信じていて、その非理性がその宇宙の背後にいる神様だか究極精神だかにまで行き渡ってるのだ。と考えていた。あいつはこう書いている。

38. 「精神」は喪失と哀しみのため錯乱してしまった。よってわれわれは、宇宙、つまり「脳」の一部なんだから、部分的に錯乱している。

明らかにあいつは、自分自身がグロリアを失ったことを宇宙的な規模にまで拡大投影してみせている。

35. 「精神」はわれわれに語りかけてはおらず、われわれを手段として語っている。その語りがわれわれを通過して、その哀しみが非理性的な形でわれわれを満たす。プラトンが気がついたように、世界の魂には一筋の非理性的なものがある。

記述32項はこれについてもっと述べている。

われわれが「世界」として経験する、変化する情報は、展開する物語だ。その物語はある女の死について語る（強調はぼくがつけた）。この女性は、ずっと昔に死んだけれど、原初の双子の片割れだった。彼女は聖なるシジギイの半分だった。この物語の目的は、彼女とその死を回想することだ。「精神」は彼女を忘れたくない。だから「脳」の推論は彼女の存在の永久記録で構成され、それを読めば、そういうふうに理解できるだろう。「脳」が処理する情報のすべて――それはわれわれにとっては、物理的な物体の配置と並べ替えとして経験される――は、この彼女を保存しようという試みだ。石ころや岩や棒きれやアメーバは、彼女の痕跡なんだ。彼女の存在と他界の記録は、いまや孤独となった苦しむ「精神」によって、現実のいちばん卑しい水準の上に秩序化されている。

これを読んで、ファットが自分のことを書いているのがわからないんなら、あなたは何もわかってない。

一方で、ぼくはファットが完全にイカレてるのを否定してるわけじゃない。あいつはグロリアから電話をもらったときに下降をはじめて、その後いつまでもずっと下り坂だった。シェリーとその癌とはちがって、ファットは緩解を経験しなかった。神様と出会うのは緩解じゃない。でも、ケヴィンの皮肉な見方がなんと言おうと、それは悪化でもなかった。精神病における神様との遭遇が、癌における死と同じものだとは言えない。つまり、病気が悪化するプロセスの論理的な結果だとは言えない。専門用語——神学的な専門用語であって、精神分析の専門用語じゃないけど——は神性示現だ。神性示現は聖なるものが自分を明かすことだ。それは霊能者がやる何かじゃなくて、聖なるもの——神様だか神々だか、高次の力——がやることだ。萌える柴を創ったのはモーゼじゃない。ホレブ山で低いつぶやく声を生み出したのはエリヤじゃない。本物の神性示現を、霊能者のただの幻覚とどうやって区別すればいいだろう？　その声が何かその人の知らない、知りようのないことを告げるなら、それは本物であって偽物じゃないのかもしれない。ファットはコイネ・ギリシャ語なんか知らなかった。これが何かの証明になるだろうか？　あいつは息子の生まれつきの障害について知らなかった――少なくとも意識的には。ひょっとすると無意識的には、ほとんどからまりかけたヘルニアについて知っていて、単にそれに直面したくなかっただけかも。また、あいつがコイネを知っていたかもしれない別の仕組みがある。これは系統発生的記憶と関連していて、ユングが記録した経験だ。ユングはそれを、集合的無意識とか人種的無意識と呼んでいる。個体発生――つまり個体――は系統発生――つまり種――を繰り返す。そしてこれが一般的に認められている以上、ここにファットの精神が二千年前に語られていた言語を引っ張り出してきた根拠があるのかもしれない。もし個体としての人間精神に系統発生的な記憶が埋め込まれているんなら、そういうものが見つかる可能性だってある。でもユングの概念は思いつきでしかない。だれも本当にそれを確認できてはいない。

もし神聖な存在の可能性を認めるんなら、それが自分を明かす能力を持つことも否定できないはずだ。明らかに、「神様」の名に値するほどの存在または生き物であれば、その程度の能力は楽々と持っているはずだ。本当の問題は（ぼくに言わせると）、なぜ神性示現が起こるのかってことじゃなくて、なぜもっと神性示現が起きないのかってことだ。これを説明する鍵となる概念は、デウス・アブスコンディタス、隠され、秘匿され、秘密にされた、あるいは未知の神様だ。なんでか知らないけれど、ユングはこれを悪名高い発想と呼んでいる。でももし神が存在するなら、それはデウス・アブスコンディタスでしかあり得ない——その珍しい神性示現を例外として。さもなければ、神様はまったく存在しない。この見方のほうが筋が通っているけれど、でも神性示現は、いかにまれとは言ってもその見方に反するものとなる。一つ絶対的に確認された神性示現があれば、いまの見方は完全に否定される。

神性示現と思われるものが、それを受けた人にすごく生々しい印象を与えたからといってそれが本物だという証明にはぜんぜんならない。あるいは多くの人が集団的にその神性示現を知覚したということだって、何の証明にもならない（スピノザが仮定したように、宇宙すべては一つの大きな神性示現かもしれないけれど、でもそれを言うなら一方で仏教観念論者が結論づけたように、宇宙はそもそも存在しないかもしれない）。あらゆる神性示現と称するものはすべてインチキかもしれない。なぜならあらゆるものはインチキかもしれないからだ。切手から化石の骸骨から、宇宙のブラックホールにいたるまで。

宇宙のすべて——ぼくたちの体験しているもの——が偽物かもしれないという発想をいちばんうまく表現したのはヘラクレイトスだ。かれの発想、というか疑惑を受け入れて、初めて神様の問題に取り組む準備ができたことになる。

「目や耳から得た証拠を解釈できるためには、理解（ヌース）が必要だ。目に映るものから隠れた真実にたどりつく道筋は、ほとんどの人が知らない言語による発言を翻訳するようなものだ。ヘラクレイトスは（中略）断片56で、人は知覚可能なものについての知識という点で『ホメロスと同じくらい幻想の犠牲者なのだ』と言っている。外見から真実にたどりつくには、解釈してナゾナゾの答えを当てることが必要だ（中略）が、これは人間能力の範疇にあることに見えるけれど、でもほとんどの人はそれを決してやらない。ヘラクレイトスは一般人の愚かさと、一般人の間で知識と称される代物の愚かさを、ものすごい勢いで攻撃している。一般人は、独自の自分だけの世界で眠っている人たちに例えられている」

これはオックスフォード大学の古代哲学講師でオールソウルズ大のフェロー、エドワード・ハッセーが、著書『ソクラテス以前の哲学者たち』で言っていることだ（Charles Scribner's Sons, New York, 1972, pp37-38）。いろいろ読んだ中で、ぼくは——じゃなくてホースラヴァー・ファットは——現実の性質についての洞察としてこれほど重要なものを見たことがなかった。断片123で、ヘラクレイトスはこう言う。「物事の性質は、とかく自分を隠したがる」。そして断片54ではこう言う。「隠れた構造は、目に見える構造を支配している」。そしてこれにエドワード・ハッセーはこう追記する。「結果として、かれ（ヘラクレイトス）は必然的に（中略）現実がある程度まで『隠されている』ことを認めたことになる」。だからもし現実ってのが「ある程度まで『隠されている』」なら、「神性示現」は何を意味しているんだろう？　というのも、神性示現というのは神様による侵入で、ぼくたちの世界の侵略ともいうべき侵入だけれど、でもぼくたちの世界は単に、見かけのものでしかない。それは単に「目に見える構造」でしかなくて、それは目に見えない「隠れた構造」の支配下にある。ホースラヴァー・ファットには、これを他のすべてにも増して考えて頂きたいもんだ。というのも、もしヘラクレイトスが正しければ、実は神性示現以外の現実は存在しなくて、残りは幻影でしかない。となると、ぼくたちの中でただ一人ファットだけが現実を理解しているわけだけど、ファットはグロリアの電話以来、狂ってるのだ。

キチガイ――心理学的に定義したキチガイで、法的な定義じゃないよ――は現実との接触を失っている。ホースラヴァー・ファットはキチガイだ。よってあいつは現実との接触を失ってる。釈義の記述30項。

現象界は存在しない。それは「精神」が処理した情報の実体化だ。

35. 「精神」はわれわれに語りかけてはおらず、われわれを手段として語っている。その語りがわれわれを通過して、その哀しみが非理性的な形でわれわれを満たす。プラトンが気がついたように、世界の魂には一筋の非理性的なものがある。

言い換えると、宇宙自身――そしてその背後にある「精神」――は狂っている。だから現実と接触のある人は、定義上、狂気とも接触がある。つまり非理性によって満たされている。

要するにファットは自分の精神を観察して、それが壊れているのを見つけた。そして、その精神を使って、マクロコスモスと呼ばれる外部の現実を観察した。それもまた壊れていると判断した。ヘルメス哲学者たちがはっきり述べた通り、マクロコスモスとミクロコスモスはお互いを忠実に反映しあう。ファットは、壊れた道具を使って欠陥ある対象を走査してみて、そしてその走査結果から何もかもがイカレてるという報告を得たわけだ。

おまけに、そこから出口はなかった。壊れた道具と壊れた対象とのインターロックは、これまた完璧な中国の指罠となっていた。自分自身の迷路にとらわれたわけだ、ちょうどクレタのミノス王のために迷路を造ってその中に落ち込み、出られなくなったダイダロスのように。たぶんダイダロスはまだそこにいるんだし、ぼくたちもそうなんだ。ぼくたちとホースラヴァー・ファットとの唯一のちがいは、ファットは自分のいる状況がわかっていて、ぼくたちにはわかってないということだ。だからファットは狂っていて、ぼくたちは正常だ。ハッセーの言うように「一般人は、独自の自分だけの世界で眠っている人たちに例えられている」。そしてハッセーならわかっているだろう。かれは古代ギリシャ思想について存命中の最高権威だもの。ただしフランシス・コーンフォードは例外かもしれないけれど。そして、そのコーンフォードは、プラトンが世界の魂には一筋の非理性的なものがあると信じていたと言ってる（『プラトンの宇宙論、プラトンのティマイオス』Library of Liberal Arts, New York, 1937）。この迷路から出る道はない。迷路は人が中を動くにつれて変わる。なぜならその迷路は生きているから。

パルシファル：ほんの少ししか動いていないのに、すでに遠くまで来たようだ。

グルネマンツ：それはだな、息子よ、ここでは時間が空間に変わるのだ。

（風景全体が不明瞭になる。森がさざ波のように消えて粗い岩壁がさざ波のようにあらわれ、それを通じて門が見える。男二人は門を通過する。森はどうなったのだろう？　二人の人物は実際には動いていない。どこにも行かなかったのに、いまやもともといたところにはいない。**ここでは時間が空間に変わるのだ。**ワーグナーは『パルシファル』を一八四五年に書き始めた。死んだのは一八七三年で、ヘルマン・ミンコフスキーが四次元時空間を提案する（一九〇八）よりはるか前だ。『パルシファル』の材料となる基盤はケルト伝説と、仏陀に関する書かれなかったオペラ『勝利者たち（Die Sieger）』のためのワーグナーの仏教研究だ。リヒャルト・ワーグナーはどこから時間が空間に変われるなんて考えを持ってきたんだろうか？）

そして時間が空間に変われるなら、空間も時間に変われるんだろうか？

ミルチャ・エリアーデ『神話と現実』のある章は「時間は乗り越えられる」と題されている。神話的な儀式や秘蹟の基本目的の一つは、時間を乗り越えることだ。ホースラヴァー・ファットは、自分が二千年前に使われたことば、聖パウロが書いた言語で考えているのに気がついた。**ここでは時間が空間に変わるのだ。**ファットは、神様との遭遇の別の特徴を話してくれた。突然一九七四年のアメリカ合衆国カリフォルニアの風景がさざ波のように消えて、CE一世紀のローマの風景がさざ波のように現れたんだそうな。あいつはその両者が重なり合っているのをしばらく体験した。まるで映画でよく使われる技法みたいだ。あるいは写真とかで。なぜ？　どうやって？　神様はいろんなことをファットに説明してくれたけれど、でもこれは説明してくれなくて、単にこんな謎めいた発言をしただけだった。それが日誌の記述3だ。**3．かれは物事の見かけを変えることで時間が過ぎたように見せかける。**「かれ」ってだれ？　つまり時間は実際には経過していないと解釈すべきなの？　そして本当に経過してないの？　かつては本当の時間があって、それを言うなら本当の世界もあって、それがいまや偽物の時間と偽物の世界があって、それが一種のあぶくみたいにふくれて見かけは変わるけれど、でも実際には前のままってこと？

ホースラヴァー・ファットは、この発言を日誌だか釈義だかあいつが何とでも呼んでいるものに挙げるにふさわしいと考えた。日誌の記述4、つまり次の記述はこんな具合。

「精神」の前にあっては物質は可変だ。

外には少しでも世界があるんだろうか？　本人たちを含めだれにとっても、グルネマンツとパルシファルはじっと立っているのに、風景は変わる。そして二人は別の空間にいることになる——それまで時間として体験されていた空間に。ファットは二千年前の言語で思考し、その言語にふさわしい古代世界を見た。精神の内なる中身が、あいつの外界の知覚とマッチしたわけだ。ここにはなにやら論理性があるようだ。時間の機能不全が起こったのかも。でもなぜあいつの奥さんのベスもそれを体験しなかった？　聖なるモノとあいつが遭遇したときに、ベスはあいつと一緒に住んでいた。彼女にとっては何も変わらなかったけれど、ただ（語ってくれたところでは）変なポンッという音が聞こえたそうだ。何か過負荷になったみたいに。何かが爆発するところにまで追いつめられ、まるであまりにものすごい力で詰めこまれたみたいに。

ファットと奥さんの二人とも、一九七四年三月当時の別の一面を語ってくれた。ペットの動物たちが特異な変身をとげたんだそうだ。動物たちはもっと知的でもっと平和に見えるようになったのだ。二匹とも巨大な悪性腫瘍で死ぬまでの話だけれど。

ファットと奥さんの二人とも、そのペットたちについてあることを語ってくれて、それがいまだにずっとぼくの心にわだかまってる。その当時、動物たちは二人とコミュニケーションを取ろうとしているかのようで、言語をしゃべろうとしていたという。これはファットの精神病の一部として無視するわけにはいかない——これと、動物の死とは。

ファットによれば、最初におかしくなったのはラジオと関係があった。ある晩それを聞いていると——長いこと眠れない夜が続いていたので——ラジオが忌まわしいことばや文章、言っているはずのないことを言っているのをきいた。ベスは寝ていたのでそれを聞かなかった。だからこれはファットの精神が崩壊しているところだったのかもしれない。その頃には、あいつの心はすさまじい速度で瓦解しつつあった。

精神病は笑い事じゃない。

第4章

錠剤とカミソリと車のエンジンとを使った刮目すべき自殺の試みの後で(これはすべてベスが息子のクリストファーを連れてあいつを捨てたせいだ)、気がつくとファットはオレンジ郡の精神病院に閉じこめられていた。武装警官が、あいつを車いすに乗せて心臓集中治療病棟から地下通路を通り、連結した精神医学病棟まで押してきたのだ。ファットはこれまで収監されたことがなかった。ジギタリス四十九錠のせいで、数日にわたりPAT不整脈が続いていた。というのも、あいつのやらかしたことのおかげで、第三度という最大のジギトキシン性が記録されていたからだ。ジギタリスは遺伝性のPAT不整脈に対するものとして処方されていたけれど、その不整脈はジギトキシン中毒の期間中に体験したものとは比べものにならなかった。ジギタリスの過剰摂取が、まさにそれが防ぐはずの不整脈を引きおこすというのは皮肉なものだ。あるとき、ファットが仰向けになって頭上のCRT画面を見ていると、まっすぐな直線があらわれた。心臓の鼓動が止まったのだ。そのまま眺め続けると、やっと鼓動を追跡するドットがもとの波形に戻った。

神の慈悲は果てしない。

　というわけで、この衰弱した状態で、あいつは武装警備の中を精神病棟の監禁下におかれることとなった。そこであいつはまもなく、廊下にすわって莫大なタバコの煙を吸い込み、疲労と恐怖でがたがた震えるようになっていた。その晩は簡易寝台で眠った——一部屋に簡易寝台六台だ——そして気がつくと自分の簡易寝台には革製の手足拘束具がついていた。ドアは廊下に向かって開けっ放しで、精神療法士たちが患者を見張れるようになっていた。ファットはつけっぱなしの共同テレビを見られた。ジョニー・カーソンのゲストは、たまたまサミー・デイヴィス・ジュニアだった。ファットは、片目がガラスの義眼だとどんな気分だろうと思いつつ眺めた。その時点であいつは、自分がどんな状況におかれているか見当がついていなかった。自分がジギトキシン中毒からは脱したことはわかっていた。どう考えても、自殺しようとしたせいで保護監察下におかれているのもわかった。心臓集中治療病棟に横たわっていたときにベスが何をしていたかは、まったく知らなかった。ベスは電話もしないし見舞いにもこない。最初にシェリーがきて、次にデヴィッド。他にはだれも知らない。ファットは特にケヴィンには報せたくなかった。ケヴィンが顔を出したら自分を——ファットを——ダシにして皮肉を言うだろうから。そしてあいつは皮肉を受け止められる状態じゃなかった。それが善意のものであっても。

　オレンジ郡医療センター《OCMC》の主任心臓医は、カリフォルニア大学アーヴァイン校の医学生の大集団にファットを見せた。OCMCは教育用病院でもあった。みんな、高純度ジギタリス四十九錠の重荷の下で頑張っている心臓の音を聞きたがった。

また、左手首を切って血も失っていた。あいつの命を救ったものは、最初は車のチョークにおける欠陥に端を発していた。暖機してもチョークがきちんと開かず、やがてエンジンが停まった。ファットはよろよろと家に戻ると、ベッドに横たわって死を待った。翌朝、まだ生きたまま目を覚まし、ジギタリスを吐いてしまった。これがあいつの命を救った二番目のもの。第三のものは、救急医療士の大群がファットの家の裏手のガラスとアルミサッシを外して入ってきたことだった。ファットはどこかの時点で薬局に電話して、リブリウムの処方箋分の追加をもらおうとしたのだった。あいつはジギタリスを飲む直前に、リブリウム三十錠を飲んでいた。薬剤師が救急医療士たちに連絡した。神の無限の慈悲についてはあれこれほめるべき点はあるのだけれど、でもなんだかんだ言いつつ、よい薬剤師の才覚のほうがずっと価値がある。

郡の医療病院の、精神科棟の受け入れ病棟で一晩過ごしてから、ファットは所定の精神鑑定を受けた。身なりのいい男女の大群がファットに対面した。それぞれがクリップボードを持って、みんなファットをじろじろと検分している。

ファットはできる限り上手に、正気のふりをした。正気を取り戻したと納得してもらうためならなんでもやった。しゃべっているうちに、だれも自分を信じてくれていないのに気がついた。モノローグをスワヒリ語でやったところで、効果には何のちがいもなかっただろう。ファットがやったことといえば、卑屈になって、最後に残った尊厳すら自分ではぎとってしまっただけだった。自分の一生懸命の努力によって、自尊心を振り捨ててしまったのだ。これまた中国の指罠だ。

ちくしょうめ、とファットはやっと自分につぶやいて、しゃべるのをやめた。

「外に出てください。決定は後でお伝えしますから」と精神療法士の一人が言った。

ファットは立ちあがって部屋を出ながらもしゃべった。「オレ、ホントに思い知ったんですよ。自殺ってのは、本来自分にフラストレーションを与えた相手に向かって、外向的に発揮されるべき怒りを内面に注入しちゃうということです。心臓集中治療室だか病棟だかにいるとき、瞑想する時間がたっぷりあったもんで、長年の自己放棄と自己否定があの破壊的な行動となって表現されたんだってことがわかったんですよ。でもいちばん驚いたのが、自分の肉体がオレ自身の精神から自衛すべきだってことを知っていたのみならず、その具体的な自衛手段まで知ってたってことです。いまやイェイツの言った『わたしは死にゆく動物の肉体に縛られた不滅の魂である』ってのが、人間の状態における実際の物事の状況とまるっきり正反対だってことがわかったんです」

精神療法士はこう言った。「決定を下してから、外でお話ししますので」

ファットは言った。「息子に会いたいんです」

だれもファットを見なかった。

「ベスがクリストファーを虐待するんじゃないかと思ったんです」とファット。部屋に入ってきて以来、これが初めての正直な発言だった。自殺しようとしたのは、ベスに捨てられたからじゃなくて、ベスがよそに住んでたら小さな息子の面倒をみてやれないからだ。

間もなくファットは外の廊下で、ビニールとクロームの長椅子にすわり、夫が寝室のドアの下から毒ガスを注入して自分を殺そうとたくらんだんだと語る太ったおばあさんの話に耳を傾けていた。ファットは自分の人生を振り返ってみた。自分の見た神のことは考えなかった。オレは実際に神様を見た数少ない人間の一人なんだぞ、とはつぶやかなかった。かわりに、あの小さな粘土の壺を作ってくれたステファニーのことを思い返した。その壺は中国の壺みたいに思えたので、ファットはそれをオー・ホーと呼んでいた。今頃ステファニーは、ヘロイン中毒になったか、自分が幽閉されているように牢屋に閉じこめられてるか、死んだか、結婚したか、それともよく話していたみたいにワシントンで雪の中で暮らしているだろうか。彼女はワシントン州を見たこともないのに夢見ていたのだ。そのすべてか、あるいはどれでもないかも。自動車事故で大けがをしたかも。いまのオレに会ったら、ステファニーは何というかな。閉じこめられ、女房と子供には逃げられ、車のチョークも効かず、頭もイカレてるこんなオレをみたら。

頭がイカレてなかったら、あいつはたぶん自分が生き延びているのがいかに幸運だったかを考えたはずだ——幸運って、哲学的な意味じゃなくて、統計的な意味での話だ。高純度ジギタリス四十九錠で生き延びるヤツなんかどこにいる。一般に、処方量の倍のジギタリスであの世行きだ。ファットの処方量は決まっていて一日四錠《qid》だ。あいつは日量処方量の十二・二五倍を飲み込んで生き延びた。神様の無限の慈悲は、実用的な配慮という点からすればまるっきり筋が通らない。それに加えて、あいつは手持ちのリブリウムを全部、クワイド二十錠、アプレソリン六十錠、おまけにワインをボトル半分空けている。手持ちの薬物で残ってるのは、マイルス・ナーヴァインのびんが一つだけ。ファットは実質的に死んでた。

精神的にも、死んでた。

あいつは神様に会うのが早すぎたのか遅すぎたのか。いずれにしても、生存の面ではファットにとって何ら役にたたなかった。生ける神様に会っても、通常の忍耐量を要求する仕事をこなすだけの力を身につける役にはまるでたたなかった。その程度の力なんて、これほど神様にえこひいきされていない一般人でも楽に対処できる程度のものなのに。

でも、ファットが神様を見る以外のことを達成したんだ、という指摘もできる——そしてケヴィンは実際にその指摘をやった。ある日、ケヴィンは興奮して電話をかけてきて、ミルチャ・エリアーデの本をまた手に入れたという。

「聞けよ！　エリアーデが、オーストラリアのブッシュマンたちのドリームタイムについて、何て言ってると思う？　人類学者たちはドリームタイムが過去の時間だと想定しているけれど、それはまちがってるって言うんだ！　エリアーデによれば、それはいままさに起きている別種の時間で、ブッシュマンたちはそれを突破してそこに入り込む。それはブッシュマンの英雄たちとその英雄行為の時代なんだって。待ってろ。そこんとこ読んでやるから」しばらく間があった。そしてケヴィンは言った。「ええいクソッ、見つかんないや。でも連中がドリームタイムに入る準備のやり方ってのは、おそろしい苦痛を体験することなんだって。それがイニシエーション儀式なんだ。お前もその体験をしたときにずいぶんと苦しんだよな。あの抜けない親知らずがあったし、あと――」電話口でケヴィンは声をひそめた。それまでは怒鳴っていたのだ。「ほら、あれだよ、お前、当局につかまるのを怖がってただろ」

「オレもどうかしてたよ。連中はオレなんか眼中になかった」とファットは答えた。

「でもお前はあると思ってて、それでおびえすぎて夜も眠れなかった。それも毎晩。そして感覚遮断を体験した」

「まあ、っていうか、眠れなくてベッドに寝ころんでたんだけど」

「色を見始めたよな、浮かぶ色を」ケヴィンはまた興奮して怒鳴り始めた。皮肉っぽいのが消えると、ケヴィンは躁病的になる。「これは『チベット死者の書』に書いてあるんだよ。それは次の世界へと横切る旅なんだ。お前、精神的に死にかけてたんだよ！　ストレスと恐怖のせいで！　でもそれがやり方なんだ——次の現実に手を伸ばすための！　ドリームタイムへ行くための！」

いまこの瞬間、ファットはビニールとクロームの長いすにすわって、精神的に死につつあって、そして今出てきた部屋では専門家たちがあいつの運命を決めてるところで、あいつの残骸に対して判決と審判を下そうとしている。キチガイへの審判を、技術的な資格を持った非キチガイがすわって下すのは適正なこと。それ以外に考えられますまい。

ケヴィンは叫んだ。「もし連中がドリームタイムにたどりつけさえすれば！　それこそが唯一の本物の時間なんだ。本物の出来事はすべてドリームタイムで起きる！　それは神々の行動なんだ！」

ファットの横で、巨大なおばあさんは、プラスチックのたらいを手に抱えている。何時間も、このおばあさんは無理矢理飲まされたソラジンを吐こうとしていた。ファットにがらがら声で話してくれたところでは、そのソラジンには毒が盛られていると思われるのだとか。おばあさんの夫が——各種の偽名を使って病院職員のトップレベルにまで潜入している——自分の殺害を完了させようとしているのだそうな。

「お前は、上の領域に入り込んだわけだ。日誌ではそういう表現だっただろ？」とケヴィンは宣言した。

49. 二つの領域がある。上と下だ。上の領域は超宇宙ーまたは陽、パルメニデスの第一形態から派生したもので、知覚力があり、意志力もある。下の領域、または陰、パルメニデスの第二形態は、機械的であり、盲目的な動力因により動き、決定論的で知性をもたない。それは死んだ源から発するものだからだ。古代にはそれは「アストラル決定論」と呼ばれていた。われわれはおおむねこの低い領域にとらわれているけれど、秘蹟を通じて、プラスマテを手段として、解放される。われわれはあまりに封じ込められているので、アストラル決定論が破られるまで、それがあることにさえ気がつかない。「帝国は終わっていなかった」。

小柄でかわいい、黒髪の女の子が靴を手に持ったまま、静かにファットと巨大なおばあさんの横を通っていた。朝食時に、その子は靴で窓をたたき割ろうとして、それに失敗すると身長百八十センチの黒人診療士を押し倒した。いま、その子は絶対的な平穏の存在感を漂わせている。

『**帝国は終わっていなかった**』とファットは自分に引用した。この一文は、釈義の中に何度も何度も登場していた。あいつの定番になった台詞だ。もともとこの一文は、大いなる夢の中で明かされたものだ。その夢の中で、あいつはまた子供となり、ほこりっぽい古本屋で、珍しい古いSF雑誌、特に『アスタウンディングス』を探している。夢の中で、あいつは棚から棚へと積み上がった無数のボロボロの雑誌をめくり、「帝国は終わっていなかった」という貴重な連載を探している。それを見つけて読めたら、すべてがわかる。それが夢の中の任務だった。

それ以前に、あの二つの世界が重なるのを体験した中間期に、あいつは一九七四年のアメリカはカリフォルニアを見ただけでなく古代ローマを見て、その重なりの中に、両方の時空連続体に共通するゲシュタルトを見分けた。それは黒い鉄の牢獄だった。夢の中で「帝国」と呼ばれているのもそれだった。あいつにそれがわかったのは、黒い鉄の牢獄を見たときに見覚えがあったからだ。みんなが気がつかないままその中に暮らしている。黒い鉄の牢獄こそがこの世界だった。

だれが――そして何のために――その牢獄を作ったのかはわからなかった。でも一ついことも見て取れた。牢獄は攻撃にさらされていた。キリスト教徒の一団が牢獄に攻撃をかけはじめていて、成功していた。そのキリスト教徒は、日曜日に教会に行ってお祈りをするような普通のキリスト教徒じゃなくて、薄いグレーのローブを着た秘密の初期キリスト教徒たちだ。秘密の初期キリスト教徒たちは大喜びしていた。

ファットはその狂気の中で、その連中が喜んでいる理由を理解した。今回は、初期の秘密の灰色ローブのキリスト教徒たちは、牢獄にやられるのではなく、それをやっつける。聖なるドリームタイムでの英雄たちの行為……ブッシュマンたちによれば、本物である唯一の時間での行為。

かつて、安手のSF長篇で、ファットは黒い鉄の牢獄の完璧な記述に出くわしたが、その舞台ははるか未来なのだった。だから過去（古代ローマ）を現在（二十世紀のカリフォルニア）に重ね、そして『アンドロイドは我がために滝のように泣いた』の遠未来の世界をそこに重ねたら、帝国つまり黒い鉄の牢獄が、超時間的または時間をまたがる定数項として出てくる。これまで生まれた人物すべては、文字通り牢獄の鉄の壁に囲まれている。みんなその中にいるのに、だれも気がついていない――灰色ローブの秘密キリスト教徒たち以外は。

ということは、初期の秘密キリスト教徒たちも超時間的または時間をまたがる存在、つまりはあらゆる時間に存在しているということで、これはファットには理解できないことだった。初期なのに、現在にも未来にもいるってどういうこと？　そして連中が現在に存在しているなら、どうしてだれも連中を見られないんだろう。一方で、なぜ自分を含めだれも四方八方から封じ込めている黒い鉄の牢獄の壁が見えないんだろう。どうしてこんな対立する力が見えるような形で浮かび上がるのは、過去と現在と未来がなんとか――理由はなんであれ――重ね合わされたときだけなのか？

ブッシュマンたちのドリームタイムには時間が存在しないのかもしれない。でも時間が存在しなければ、初期の秘密キリスト教徒たちは爆破に成功したばかりの黒い鉄の牢獄から大喜びで撤収中なんてことはあり得ないだろう。そしておよそCE七〇年頃の古代ローマでどうやって爆破したんだろう、当時は爆薬は存在しなかったのに？　そしてドリームタイムでは時間が経過しなかったなら、どうして牢獄は終わったりしたのか？　それでファットは、「パルシファル」の変な一節を思い出した。「それはだな、息子よ、ここでは時間が空間に変わるのだ」。一九七四年の三月の宗教体験の間、ファットは空間の増大を目撃していた。何キロも何キロもの空間が、ずっと星まで続いている。身の回りの空間が開かれて、閉じこめる箱が取り除かれたかのようだった。自動車でのドライブの間、箱の中に入れて運ばれていた雄ネコが、目的地についたので箱から出されて解放されたような気分だった。そして夜に眠ると、あいつは計り知れない虚空を夢見たが、でもその虚空は生きているのだった。その空虚は拡大し、漂い、まったく空っぽのようだったが、それなのに人格を持っていた。その虚空はファットを見て歓びを表明していた。夢の中のファットには肉体がなかった。あいつもその果てしない虚空のように、とってもゆっくり漂うだけだった。そしてそれに加えて、音楽みたいなかすかなハミングを聴き取っていた。どうやら虚空は、このエコー、このハミングを通じて交信するようだ。

「他ならぬあなた、万人の中であなたこそ、わたしが最も愛する者」とその虚空は伝えてきた。

虚空はこれまで存在したあらゆる人間の中で唯一、ホースラヴァー・ファットと再び結ばれるのを待ち続けてきたのだった。その虚空の愛は、その空間的な広がりと同様に果てしなかった。虚空とその愛は永遠に漂っていた。ファットは生まれてこの方、これほど幸せだったことはなかった。

精神療法士がやってきて言った。「あなたを十四日間、収容します」

「家には帰れないんですか？」とファット。

「はい。あなたは治療が必要だと思われますので。まだ家に帰れる状態ではありません」

「(拘束するなら)権利を読み上げてくれ」とファットは、無力感と恐怖に襲われて言った。

「われわれは裁判所への申し立てなしで、あなたを十四日間収容できます。その後、裁判所から許可があれば、必要に応じてさらに九十日間収容できます」

ここで何か言ったら、一言でも口にしたら、その九十日間の収容をくらうのはわかっていた。だから何も言わなかった。発狂すると、黙ることを覚える。

発狂して、しかもその状態を公の場で見つかってしまうというのは、監獄入りの一つの方法だったというわけだ。いまではファットもこれを知っている。オレンジ郡はアル中収容所を持っているだけでなく、キチガイ収容所も持っていた。あいつが入れられたのはそこだ。ずいぶん長い滞在になるかもしれない。一方、家では、ベスが家にあるもので欲しいものをすべて、借りたアパートに運んでいるにちがいない——アパートがどこか、ファットには教えてくれなかった。どの都市かさえも教えてくれなかった。

実は、ファットはその時点では知らなかったことだけれど、己の愚行からファットは家のローン支払いが止まってしまっていて、車のローンも滞納になっていた。電気料金も電話料金も払っていなかった。ベスはファットの心身両方の状態で手一杯で、ファットが作り出したすさまじい問題にまで対応しろというのは酷というものだ。だからファットが退院して家に帰ると、差し押さえ通知が貼られ、車は消え、冷蔵庫からは水が漏れ、電話で助けを呼ぼうとしても、電話は恐ろしいまでに沈黙を保った。おかげで、多少なりとも残っていた気力も一掃された。そしてみんな自分が悪いのはわかっていた。これが自分のカルマなんだ、と。

現時点では、ファットはこうしたことを知らなかった。知っていたのは単に、自分が最低でも二週間にわたって閉じこめられるということだけ。それともう一つ、ほかの患者たちから発見したことがあった。オレンジ郡はこの収監の費用をファットに請求してくる。実際、請求金額は合計で、心臓集中治療病棟で過ごした分の含めて、二千ドル以上になった。そもそもファットが郡の病院にいったのは、私立病院に行けるだけのお金がなかったからだというのに。というわけで、いまやあいつは発狂についてもう一つ学んだわけだ。やつらはこぶちこまれるのみならず、それはずいぶんお金がかかるのだ、ということだ。やつらはこっちが狂っているということでお金を請求できるし、それを払わなかったり、払えなかったりすれば告訴されるし、判決が出てそれにしたがわなければ、法廷侮辱罪でまたもぶちこまれる。

ファットの最初の自殺未遂が深い絶望から生じたものだということを考えると、現状の魔法というか輝きはなぜか消え失せていた。プラスチックとクロームのベンチにすわったあいつの隣で、あの巨大な老婆は相変わらず自分に与えられた薬を、こういう時のために用意されたプラスチックの洗面器にはき出そうとしていた。精神療法士がファットの腕をつかんで、これから二週間収容されることになる病棟に連れて行った。それは北病棟と呼ばれていた。文句もいわずにファットは精神療法士にしたがって受け入れ病棟を出ると、廊下を横切って北病棟に入る。またもや背後でドアに鍵がかけられた。

ちくしょう、とファットはつぶやいた。

＊

精神療法士はファットを部屋まで案内してくれた——そこには簡易寝台六つではなく、ベッドが二つあった——そしてファットを小さな部屋に連れて行って質問票に記入させた。「ほんの数分ですみますから」と精神療法士は言った。

その小さな部屋には女の子が立っていた。メキシコ人で、がっしりして、粗い荒れた褐色の肌と大きな眼をしていた。暗く平和な目、炎をたたえたような目だ。ファットはその娘の燃える穏やかな巨大な目を見て、立ちつくしてしまった。彼女はテレビの上で雑誌を開いて手に持っていた。そのページに描かれている下手な絵を見せていたのだった。人と動物たちが平和に共存する神の王国の絵だ。『ものみの塔』だ、とファットは気がついた。ほほえみかけている少女はエホバの証人だ。

少女は穏やかな抑制された声で、精神療法士ではなくファットにこう言った。「われらが主なる神はわたしたちが苦痛も恐怖もなく暮らせる場所を用意してくださって、見てください、動物たちも一緒に、ライオンと羊が幸せに横たわっています。わたしたちも、わたしたちみんな、お互いを愛する友人たちが、苦しみも死もなく、永遠にいつまでも神エホバとともに暮らすんです。主エホバはわたしたちを愛し、何をしようとも決してわたしたちを見捨てません」

「デビー、ラウンジから出て行きなさい」と精神療法士は言った。

相変わらずファットにほほえみながら、少女はその下手な絵の中のウシと子羊を指さした。「すべての獣、すべての人、大も小もすべての生きとし生けるものたちは、王国の到来とともに、エホバの暖かみに浴するのです。そんなのはずいぶん先の話だと思うかもしれませんが、キリスト・イエスは今日わたしたちとともにあるのです」そして少女は雑誌を閉じると、まだほほえみつつも無言で、部屋から出て行った。

「すみませんね」と精神療法士はファットに言った。

「すげえ」とファットは驚愕して言った。

「不快になりましたか？　すみませんね。あの子はあんな文献を持ってはいけないはずなんです。だれかがこっそり持ち込んで渡したんですよ」

ファットは答えた。「だいじょうぶ」。あいつはそれに気がついた。頭がくらくらした。

「じゃあ情報を書き込んじゃいましょうか」と精神療法士は、クリップボードとペンを持ってすわった。「誕生日から」

バカだな、とファットは思った。こいつ、どうしようもないバカだな。神様がこのろくでもない精神病院にいるのに、それを知らない。見てもわからない。侵入されたのに気がつきさえしない。

あいつは歓びを感じた。

釈義の第9項を思い出した。**かれはずっと昔に暮らしていたが、いまなお生きている。**いまなお生きている、とファットは思った。あれだけのことが起きたのに。錠剤のあとでも、手首を切った後でも、車の排気ガスのあとでも。ぶちこまれた後でも。いまなお生きている。

＊

数日たって、病棟でいちばん好きな患者はダグだった。大柄で若い、衰えた破瓜病患者で、普通の服を着たことがなく、いつも背中のボタンをあけたまま病院のガウンをはおるだけだ。ダグの髪を洗い、切り、ブラシをかけるのは病棟の女性たちだった。ダグはそういうことを自分でやる能力がなかったからだ。ダグは自分の状況を特に深刻には考えていなかったが、毎朝一斉に朝食のために起こされるときは別だった。毎日、ダグはおびえきってファットを迎えた。

ダグは毎朝言うのだった。「テレビラウンジには悪魔がいるよ。あの部屋に入るのはこわいよ。あなたには感じられる？　ぼくは部屋の横を歩いただけで感じるんだ」

みんなが昼食の注文を出すとき、ダグはこう書いた。

残飯

「残飯を頼むんだよ」とダグはファットに言った。

ファットは言った。「オレはゴミを注文しよう」

中央オフィスは、ガラスの壁と鍵のかかったドアがあった。そこから職員は患者たちを観察してメモをとった。ファットの場合、患者たちがトランプをするとき（これは全体の半分くらいの時間を占めていた。何ら治療を受けていなかったからだ）、絶対に参加しない、ということが記録されていた。他の患者たちはポーカーやブラックジャックをしているのに、ファットは一人で坐って読書をしている。

「トランプしないんですか？」と精神療法士のペニーが尋ねた。

ファットは本をおろして言った。「ポーカーとブラックジャックはトランプゲームというよりお金のゲームだ。ここではお金を持たせてくれないから、ゲームをしても意味がない」

「トランプしたほうがいいと思いますよ」とペニー。

ファットは、これがトランプをやれという命令なのを知っていたから、デビーといっしょに子ども向けのトランプゲームのフィッシュなどをやった。フィッシュを何時間もやった。職員たちはガラスのオフィスから観察し、見たものを記録した。

女性の一人がなんとか自分の聖書を取り上げられずにいた。患者三十五人にたった一冊の聖書だ。デビーはそれを見てはいけないことになっていた。でも、廊下の角の一つが——日中はみんな部屋から閉め出されて、横になって寝ないようにさせられていた——職員から死角になっていた。ファットはときどき、かれらの聖書、共有の聖書をデビーに渡して詩篇の一つを素早く読めるようにしてあげた。職員は何が起きているかを知っていて、だから二人を毛嫌いしたけれど、でも精神療法士がオフィスから出てきて廊下をやってくる頃には、デビーはさっさとよそに向かっていた。

精神病棟の入院患者たちは常に一定の速度で動き、それ以外の速度を出すことはなかった。でもある者は常にゆっくり動き、ある者は常に走った。デビーは太ってがっしりしていたので、ゆっくりと動いた。ダグもそうだった。ファットはいつもダグといっしょだったので、ダグに速度を合わせた。そうやって二人は一緒にぐるぐると廊下をめぐり、会話した。精神病院での会話はバス待合室の会話に似ている。グレイハウンドのバス待合室ではみんなが待っているし、精神病院では——特に郡の監禁精神病院では——みんなが待っている。外に出るのを待っている。

神話的な小説がなんと言おうと、精神病棟では大したことは起きない。患者たちが職員を圧倒したりすることはないし、職員が患者たちを殺したりすることもない。ほとんどの人は本を読んだりテレビを見たり、すわってタバコを吸ったり、長いすに横になって寝ようとしたり、コーヒーを飲んだりトランプしたり歩いたりして、一日三回食事が提供される。時間の経過は食事運搬車の到着でわかる。夜には見舞客がきて、みんないつもほほえんでいる。精神病院の患者たちは、外からの人々がなぜほほえむのかさっぱりわからない。

ぼくにとっても、未だに謎のままだ。

投薬《メディケーション》は、いつも「メド」と呼ばれているけれど、不定期に小さな紙コップ入りで渡される。みんなソラジンと他に何かを与えられる。何を飲まされているか教えてくれないし、薬をちゃんと飲み込んでいるか見張っている。ときどきメド担当ナースがへまをして、同じ投薬トレーを二回持ってくる。患者たちはいつも、十分前にメドを飲んだぞと指摘するけれど、ナースたちはとにかくもう一度投薬する。まちがいはその日の終わりまで発覚せず、職員はその件について患者たちには話さない。患者たちはみんな、体内に規定量の倍のソラジンを抱えていることになる。この二倍投薬が病棟を過剰に静かにしておくための意図的な戦術だと信じている精神病者には、偏執狂の連中でさえ会ったことがない。ナースたちがバカなのはあからさまなほどはっきりしている。ナースたちは、患者たちを見分けるのにさえ苦労していて、それぞれの患者の紙コップも見つけられない。これは、病棟の人員構成が絶えず変化するからだ。新人がやってきて、古い連中が退院する。精神病棟で本当に危険なのは、ＰＣＰ（エンゼルダストとも呼ばれる）でぶっ飛んだだれかがまちがって収監されたときだ。多くの精神病院の方針として、ＰＣＰ使用者は入れず、武装警察に処理させる。武装警察は、いつもＰＣＰ使用者たちを武装していない精神病院の患者や職員に押しつけようとする。だれもＰＣＰ利用者は相手にしたくないし、それはもっともなことだ。新聞は絶えず、ＰＣＰフリークがどこかの病棟に収容されて、他の人の鼻を食いちぎったり自分の目をえぐりだしたりした話を報道している。

　ファットはそういう目にはあわずにすんだ。そんな恐ろしいことがあるとも知らなかった。これはＯＣＭＣの賢い計画によるもので、ＰＣＰ狂いが北病棟には絶対こないようにしていた。事実問題として、ファットはＯＣＭＣに命を負っていた（ついでに二千ドル負っていた）けれど、かれの頭はイカレすぎてこの事実を受け止められずにいた。

ベスがOCMCからの請求明細を見たとき、夫を生かしておくためにOCMCがこれほどのことをやったとは信じられないほどだった。明細は五ページにわたっていた。酸素代すら含まれていた。ファットは知らなかったけれど、心臓集中治療病棟のナースたちは、これは助からないと思っていた。絶えず観察していたのだ。心臓集中治療病棟では、ときどき警告サイレンが鳴る。だれかが重要な生命反応を失ったということだ。ファットは、ベッドに横たわってビデオ画面につながれて、鉄道操車場の隣に置かれたような気分だった。生命維持装置が絶えず各種の音をたてていた。

精神の病んだ者たちの特徴として、自分を助けてくれる人々を憎み、敵対をたくらむ者たちを愛する。ファットはまだベスを愛し、OCMCを毛嫌いしていた。これはかれが北病棟にいるべきだということを示していた。この点、ぼくはまったく疑念を持っていない。ベスはクリストファーをつれて行方をくらませたとき、ファットが自殺しようとするのを知っていた。カナダでもそうしたからだ。実はベスは、ファットが自殺したらすぐに戻る気でいた。彼女が後で自分からそう言ったのだ。さらに、あいつが自殺に失敗したことで激怒した、とも語った。なぜそんなことで激怒するのか、とファットがきくと、ベスはこう答えた。

「あんた、またもや何もまともにできないことを実証してみせたのよ」

狂気と正気の区別はカミソリの刃よりも細く、犬の歯よりも鋭く、牡鹿よりも身軽だ。

一番実体の薄い幽霊よりもとらえどころがない。ひょっとしたら、実在しないのかもしれない。ひょっとしたら、それは本当に幽霊なのかもしれない。

皮肉なことに、ファットが収監病棟に放り込まれたのは、狂っているからじゃなかった（実際には狂っていたが）。公式な理由は、「自分自身に危害を加える」法のせいだった。ファットは自分自身の福祉に対する危険となっていた。いろんな人に適用できそうな罪状だ。北病棟で暮らしている間、いろんな心理テストを受けさせられた。あいつはそれに合格したが、神様の話をしないだけの分別は持っていた。すべての試験に合格したけれど、ファットはウソでそれを切り抜けたのだった。時間をつぶすのに、あいつは何度も何度もアレクサンドル・ネフスキーが氷の上に誘い出したドイツの騎士たちの絵を描いた。誘い出されて死を迎えたのだ。ファットは、重い甲冑をまとったチュートン朝の騎士たちに感情移入した。細いスリット状の目がついた仮面と、左右からはウシの角が突きだしている。それぞれの騎士が巨大な盾と抜き身の剣を持っているところを描いた。盾にファットは「In hoc signo vinces」と書いた。これはタバコの箱に書いてあったのだ。「この紋章により汝は征服する」という意味だ。この紋章は鉄十字の形をとっていた。あいつの神への愛は怒りに変わった。漠然とした怒りだ。クリストファーが草原を駆けている幻覚を見た。小さな青いコートを背後にはためかせて、クリストファーがひたすら走っている。まちがいなくそれはホースラヴァー・ファット自身が走っているのだ、少なくともあいつの中の子供が。自分の怒りのように漠然としたものから逃げている。

それに加えてあいつは何度かこう書いた。

Dico per spiritum sanctum. Haec veritas est. Mihi crede et mecum in aeternitate vivebis. 記述28

この意味は「わたしは精霊を手段として語る。これは真実である。信じればお前はわたしとともに永遠に暮らす」ということだ。

ある日廊下の壁に貼られた印刷命令の一覧に、ファットはこう書いた。

Ex Deo nascimur, in Jesu mortimur, per spiritum sanctum reviviscimus.

どういう意味、とダグがきいた。

「『**我々は神から生まれ、イエスの中に死に、精霊によって復活する**』」とファットは翻訳した。

「あんた、ここに九十日いることになるよ」とダグ。

あるときファットは、掲示された通達に魅了された。その通達は、何をしてはいけないかを重要な順に挙げているものだった。一覧のてっぺん近くでは、万人に対して次のように告げられていた。

病棟からはだれも灰皿を持ち出してはいけません。

そして一覧の下のほうにはこう述べられていた。

頭葉切除は患者の書面による同意がない限り実施してはいけません。

「これは『前頭葉』が正しいんだ」とダグは言って、「前」を書き加えた。

「なんでそんなこと知ってるの？」とファット。

「知るには二つのやり方がある。知識が感覚器官を通じて得られるのは経験的知識と呼ばれる。知識が脳に湧いてくるのは、先験的知識だ」とダグは言って、通達にこう書いた。

灰皿を返すから、前頭葉を返してくれますか？

「お前、九十日くらうよ」とファット。

建物の外では雨が降り注いだ。ファットが北病棟にきてからずっと雨だった。洗濯室の洗濯機の上に立てば、鉄格子入りの窓から駐車場が見えた。みんな車を止めて、雨の中を入口まで走っていた。ファットは自分が病棟の中の屋内にいてよかったと思った。

この病棟担当のストーン医師がある日問診をした。

「前に自殺しようとしたことはある？」とストーン医師。

「いいえ」とファットは言ったが、もちろんこれはウソだ。その時点ではあいつはもうカナダのことを忘れていた。自分の人生はベスが出て行った二週間前に始まったような気分だった。

「私が思うに、自殺しようとしたとき君は初めて現実とふれ合ったんだ」とストーン医師。

「そうかも」とファット。

「これから君に施すのは、バッチ療薬と呼んでいるものだ」ストーン博士はバックをバッチと発音した。「こういう有機治療薬は、ウェールズに生えるある花から蒸留したものなんだ。バッチ博士はこの世のありとあらゆるネガティブな精神状態を経験しつつ、ウェールズの草原や牧草地をさまよった。体験したそれぞれの状態ごとに、博士は各種の花を次々に手に取ってみたんだ。すると正しい花が手の中で震えた。そして博士はそれぞれの花から霊薬の形でエッセンスを抽出する独特の手法を開発し、その花の組み合わせも編み出したんだ。それをラム酒をベースに調合してみたよ」。医師は三つのびんをいっしょに机にのせると、もっと大きな空きびんを見つけて、三つのびんの中身をそこに空けた。

「バッチ療薬が害をおよぼすことは絶対にあり得ない。これは有害な化学物質じゃない。無力感、恐怖、行動不能感を取り除いてくれる。私の診断では、君はその三つの領域に障害を持っている。恐怖、無力感、行動不能。自殺しようとするかわりにやるべきだったのは、奥さんから子供を引き離すことだった——カリフォルニアの法律では、未成年者は裁判所命令が出るまで父親といるべきなんだから。それから君は新聞か電話帳でも丸めて、奥さんを軽く叩いてやればよかった」

「ありがとうございます」とファットはびんを受け取った。ストーン医師が完全にイカレてるのがわかったけれど、でもいいイカレ方だった。ストーン医師は北病棟で、患者たち以外ではじめてこちらを人間扱いして会話してくれた人だった。

「内心にずいぶん怒りを抱いてるね。『老子』を貸してあげよう。老子を読んだことは?」

「ありません」とファットは認めた。

「ここんところを読んであげよう」とストーン医師は朗読を始めた。

「その上部は躍動せず
その下部は曖昧ではない。

ほとんど目に見えないそれは名付けられず
そして実体のないものに戻ってくる。
これは形のない形、
実体のないイメージと呼ばれる。
それは不明瞭で茫洋と呼ばれる。
正面から近づいても顔は見えない。
背後から近づいても背中は見えない。」

これを聞いて、ファットは自分の日誌の記述1と2を思い出した。そしてストーン医師にそれを暗唱してみせた。

1. 一つの「精神」がある。でもその下で二つの原理が争っている。
2. その「精神」は光を招き入れ、それから闇を招き入れる。その相互作用によって時間が生成される。最終的に、「精神」は光の勝利を宣言する。時間は止まり、「精神」は完全となる。

「でも、もし『精神』が光の勝利宣言をして闇が消えるなら、現実も消えるだろう。だって現実は陽と陰が等分に混ざったものだから」

「陽はパルメニデスの形態Ⅰです。陰は形態Ⅱだ。パルメニデスは、形態Ⅱは実は存在しないと論じました。人々は両方の形態があると想像はするんですが、それはまちがいなんです。アリストテレスは、パルメニデスが形態Ⅰを『存在するもの』と同じだとして、形態Ⅱを『存在しないもの』と同じだとしているのだ、と説明しています。だから人々は幻惑されているんです」

ファットを見つめながらストーン医師は言った。「その出所は？」

「エドワード・ハッセー」とファット。

「オックスフォードの人だね。私はオックスフォードに通ったんだ。私の見たところ、ハッセーに比肩するほどの人はだれもいない」

「その通りです」とファット。

「もっと話してくれ」とストーン医師。

ファットは言った。「時間は存在しません。これはテュアナのアポロニウスやタルソスのパウロ、魔術師シモン、パラケルスス、ベーメ、ブルーノが知っていた大いなる秘密です。宇宙は自分自身を完成させつつある単一の存在へと収斂しているんです。荒廃と無秩序は、オレたちには逆回しで増えているように見えています。オレの釈義18項にはこうあります。**『実時間はCE七〇年にエルサレム神殿の崩壊とともに止まった。そして一九七四年にまた動き出した。その間の時期は、「精神」の「創造」を猿まねしているだけの、まったく偽の穴埋めだ』**

「だれが穴埋めしたの?」とストーン医師は尋ねた。

「黒き鉄の牢獄、つまり帝国をあらわすものです。オレに——」ファットは「オレに啓示されたことで」と言いかけたが、ことばを選びなおした。「発見の中で一番重要だったのはこういうことです。**『帝国は終わっていなかった』**」

机によりかかりながら、ストーン医師は腕を組んで前後に身を揺すり、ファットを検分しつつもっと先を聞こうとしていた。

「オレの知ってるのはそれだけです」とファットは、いまさらながら警戒を強めた。

「君の言うことにはとても興味がある」とストーン医師。

ファットは二つの可能性のうち一つしかないことに気がついた。他の可能性はない。一つの可能性は、ストーン医師が完全にイカレてる——ふつうのイカレ具合なんかじゃなく、完全にイカレきっている——か、あるいは見事な専門家然とした手口で、ファットに口を開かせているのだ。ファットをおびき出して、いまやファットが完全に狂っていると知った。ということは、ファットは出廷と追加の収容九十日を覚悟すべきだってことになる。

これは気の滅入るような発見だ。

1. 自分に同意するものはイカレてる。
2. 自分に同意しないものが権力を握っている。

この双子状の認識が、いまやファットの頭の中に湧き上がっていた。あいつは一か八かで、ストーン医師に釈義の中の最も飛び抜けた記述を披露することにした。

「釈義24項」とファット。**「『休眠状態の種子の形で、生きた情報として、プラスマテはチェノボスキオンの埋められた文書図書館でCE一九四五年までまどろんで――』」**

「『チェノボスキオン』とは何だね？」ストーン医師が割り込んだ。

「ナグ・ハマディです」

「ああ、グノーシスの図書館か」とストーン医師はうなずいた。「一九四五年に発見され、解読されたが公刊されていない。『生きた情報』だって？」目はファットをつぶさに検分するために見据えられた。「『生きた情報』ね」と繰り返す。そしてこう言った。「ロゴスか」

ファットは震撼した。

「うんそうだ」とストーン医師。「ロゴスは生きた情報になる、自己複製もできるし」

ファットは言った。「情報を通じて自己複製するんじゃありません。情報の中に自己複製するのでもなく、情報として自己複製するんです。イエスがあいまいに『芥子《けし》の種』で言っていたのはそういうことです。その種は『鳥たちが巣を作れるほど大きな木へと育つ』とイエスはいいました」

ストーン医師は同意した。「芥子の木なんてない。だからイエスがそれを文字通りの意味で言っていたはずはない。これはマルコ福音書の、通称『秘密性』テーマとも合致する。つまりイエスは部外者に真実を知られたくなかったんだ。そして君は真実を知っていると？」

「イエスは自分自身の死だけでなく、すべての――」ファットはためらった。**「ホモプラスマテたちの死を予見していた。**ホモプラスマテというのは、プラスマテが交接した人間です。異種間共生です。**生きた情報として、プラスマテは人間の視神経をさかのぼり、松果体にたどりつく。プラスマテは人間の脳を雌の宿主として使い――」**

ストーン医師はうめいて、自分自身を強く抱きしめた。

「――自分自身を複製して活性形態となる。ヘルメス学の錬金術師たちは、古代の文献からこれを理論的には知っていたものの、再現はできなかった。なぜならかれらは休眠状態の埋まったプラスマテを見つけられなかったからだ」

「だが君は、プラスマテ――ロゴス――がナグ・ハマディで発掘されたと言ったな！」

「そうです、文書が読まれたときに」

「休眠種子形態でいたのは、本当にクムランではないんだな？　第五洞窟ではなかったんだな？」

「うーん」とファットは自信なさげに言った。

「プラスマテはもともとどこからきたんだ？」

ちょっと間をおいてからファットは言った。「別の星系からです」

「その星系を名指してはくれまいか？」

「シリウスです」とファット。

「つまり西スーダンのドゴン族がキリスト教の起源だと思うのか」

「あの部族は魚の印を使うでしょう。ノンモ、優しき双子を指すのにね」

「それはつまり形態Ⅰか、陰陽の陽だな」

「その通り」とファット。

「そしてユルグが形態Ⅱだ。だが君は形態Ⅱが存在しないと信じているね」

「ノンモは彼女を斬り殺さなければならなかったんです」

「それはある意味で、日本神話の告げるところでもある」とストーン医師。「かれらの宇宙論的な神話だよ。双子の女性は火を産んで死んでしまう。そして地下に下る。双子の男のほうは、彼女を追って蘇らせようとするが、女は腐敗して怪物を産み落としていた。女は男を追いかけてきたので、男は彼女を地下に封じ込める」

驚嘆してファットは尋ねた。「腐敗しているのに、それでも生み続けてたんですか？」

「怪物ばかりをね」とストーン医師。

＊

この頃には、まさにこの会話のおかげで新しい命題が二つファットの脳裏に浮かんでいた。

1. 権力を握っている者の一部はイカレてる。
2. そして彼らは正しい。

「正しい」というのは「現実との接触を保っている」と読んでほしい。ファットは自分の最も陰気な洞察、つまり宇宙とその背後にいて宇宙を統治している「精神」はどちらも完全に非理性的だということだ。これをストーン医師に話すべきかどうか思案した。ストーン医師は、人生で会っただれよりもファットをよく理解してくれているようだ。

「ストーン先生、一つききたいんですけど。専門家としての意見がほしいんです」

「どうぞ」

「宇宙が非理性的だなんてことはあり得るでしょうか？」

「つまりある精神に導かれていないという意味か。クセノファネスを読んでみてはどうだね」

「もちろん」とファット。「コロフォンのクセノファネスですね。『一つの神があり、肉体の形態も、心の中の思考においても、死すべき生物たちとはまったく異なる。その存在すべてが見て、その存在すべてが考え、その存在すべてが聴く。常に同じ場所で身動きせずにとどまる、あちこち動きまわるのは正しく――』」

『ふさわしく』だ」ストーン医師は訂正した。『いまはこちら、こんどはあちらと動き回るのは、その存在にふさわしくない』。そしてここからが重要な断片25だ。『だがその存在は楽々と、心の思考によってあらゆるものを身にまとう』」

「でもその存在は非理性的かもしれない」

「なぜわかる？」

「宇宙全体が非理性的かもしれない」

ストーン医師は言った。「何と比べて？」

ファットはそこまで考えていなかった。だが、考えてみるとすぐに、それが自分の恐怖を打ち破ってはくれないことに気がついた。むしろ恐怖を拡大した。もし宇宙全体が非理性的な――つまりはイカレた――精神によって導かれているために非理性的なら、ストーンがたった今持ち出したまさにその理由から、ある生物種がまるごと誕生し、生きても、その非理性ぶりにまったく気がつかずに死滅するかもしれない。

「ロゴスは理性的じゃない」とファットは口に出して決意した。「オレの言うプラスマテというやつは。ナグ・ハマディでの写本の中に情報として埋められたものは。でもそれが今やわれわれの元に戻ってきて、新しいホモプラスマテを作り出している。ローマ人たち、帝国がもとのやつを殺してしまった」

「だが君の説だと本当の時間は、ローマ人たちが神殿を破壊した紀元七〇年に止まったんだろう。だからいまはまだローマ時代だ。ローマ人たちはまだいる。現在はだいたい——」ストーン医師は計算した。「だいたい紀元百年くらいだ」

そのときファットは、これで自分の二重露出が説明できるのに気がついた。古代ローマと、一九七四年のカリフォルニアとの重ね合わせがこれで理解できる。ストーン医師がかわりに解決してくれたのだ。

あいつの狂気を治療するはずの担当精神科医が、それを肯定してしまった。いまやファットは、自分が神と会ったという信念を決して捨てることはない。ストーン医師がそれを証明してしまったのだ。

第5章

　ファットは北病棟で、コーヒーを飲んだり読書したり、ダグと散歩をしたりしつつ十三日を過ごしたが、二度とストーン医師には会えなかった。ストーンは病棟の中の患者や職員みんなだけでなく、病棟全体の責任者だったから、あれこれ業務がありすぎたのだ。いや、病棟から退院するときに、ほんの少しクソせわしないやりとりはあった。

「退院していいだろう」ストーンはうれしそうにいった。

　ファットは言った。「でも教えてください。オレが言いたいのは、宇宙を導いている精神が何もない、ということじゃない。オレはクセノファネスが思いついたような精神を考えてるんですが、でもその精神は狂ってるんです」

「グノーシス派は、創造神が狂っていると信じていたよ」とストーン。「盲目だとね。見せたいものがあるんだ。まだ刊行されていない。ナグ・ハマディ文献をベスゲといっしょに翻訳しているオーヴァル・ウィンターミュートからのタイプ原稿だよ。この引用は『世界の起源について』からのものだ。読んでごらん」

ファットは貴重なタイプ原稿を手にして黙読した。

「彼は言った。『私は神であり私以外に他の神はない』。だが彼がそう言ったとき、それはすべての不死なる（不滅なる）者たちに対する罪を犯したこととなり、その者たちは彼の守護者たちだったのだ。さらにピスティスは主支配者の不敬ぶり見て、腹をたてた。目の届かないところで彼女はこういった。『サマエル（すなわち盲目の神）、お前はまちがっている』『お前より先に、叡智を持った不死の者が存在する。その者がお前の形作ったものたちの中に現れるだろう。その者は、お前を陶工の粘土のように踏みつけることだろう、粘土は踏みつけられるものなのだから。そしてお前は、お前の作ったものたちとともに、母なる深遠へと落ちるだろう』」

ファットは読んだことをすぐに理解した。サマエルは創造の神であり、自分が創世記に述べられたとおり唯一の神だと信じていた。だが。そいつは盲目だった、つまりは阻害されていた。「阻害」はファットの頻出語だった。他のあらゆる用語を含んでいる。発狂している、狂っている、非理性的、イカレてる、おかしい、精神異常など。その盲目性（非理性、つまりは現実から切り離されている）のためにそいつが気がつかなかったことというのは――

タイプ原稿には何と書いてあったっけ？　あいつは必死で原稿を読み返しはじめたが、そこでストーン医師があいつの腕を叩いて、そのタイプ原稿はとっときなさいと言ってくれた。ストーンはもうそれを何部もコピーしてあったのだ。

創造の神より先に、叡智を持った不死の者が存在していたんだ。その叡智を持った不死の者が、サマエルがその後創造する人類の中に現れるんだ。その叡智を持った不死の者は、創造の神より前に存在して、ろくでもない盲目のイカレた創造者を陶工の粘土みたいに踏みつけにするんだ。

だからファットの神との――真の神との――遭遇は、ステファニーが蹴りろくろで作ってくれた小さな壺オー・ホーを通じてやってきたんだ。

「じゃあオレはナグ・ハマディについては正しかったんだ」とあいつはストーン医師に言った。

「自分でわかるだろう」と言ったストーン医師は、続けてファットにこれまでだれも言ってくれなかったことを言った。「君が権威だからね」と。

ファットは、ストーンが自分の――ファットの――精神的な生を回復させてくれたことに気がついた。ストーンは名医だったのだ。ファットがらみの言行はすべて、療法上の根拠、治療のための力を持っていた。ストーンの情報が正確かどうかはどうでもよかった。ストーンが最初から目指していたのは、ファットの自信を回復させることだった。ファットは、ベスが去ったときに自信をなくしていた――実際には、何年も前にグロリアの命を助けられなかったときに自信を失っていたのだった。

ストーン医師は狂ってなんかいなかった。ストーンは治療者だった。正しい仕事を続けていた。たぶん、多くの人を様々なやり方で治療してきたのだろう。療法を個人にあわせた。個人を療法にあわせようとはしなかった。

すごいもんだ、とファットは思った。

「君が権威だからね」という簡単な一文で、ストーンはファットに魂を回復させたのだった。

グロリアが、あの醜悪で悪意まみれの心理的自殺ゲームで奪っていった魂だ。

やつらは――「やつら」に注目――ストーン医師を雇って、病棟にやってきた患者を破壊したものをつきとめさせた。それぞれの患者は、人生のいつか、どこかの時点で、銃弾が放たれた。その銃弾は患者に入り、痛みが拡がりだす。痛みは抜け目なくその患者を満たし、やがて患者は真ん中からまっぷたつに引き裂かれる。職員の仕事、そして他の患者たちですらやらなくてはならないのは、その人物をもとに戻すことなのだけれど、弾丸が残っている限りそれは不可能だ。もっと腕の悪い療法家たちがやったのは、その人物が二つに分裂していることを記録して、統一体へとつなぎ戻す作業を開始するだけだ。でもかれらは弾丸を見つけて除去はできなかった。患者に放たれた致命的な弾丸は、心理的に傷を負った人物に対するフロイトの当初のとりくみの基盤となっていた。フロイトにはわかっていたのだ。かれはそれをトラウマと呼んだ。そのうち、みんな致命的な弾丸を探すのに飽きてきた。時間がかかりすぎるのだ。患者について調べることが多すぎる。ストーン医師には超常的な才能があった。ちょうどあの超常的なバック療法と同じだ。あのバック療法は見え透いたインチキでしかなく、患者の言い分を聞く口実でしかない。花を浸したラム酒──単にそれだけのものだが、鋭い心が患者の発言に耳を傾けている。

レオン・ストーン医師は、実はホースラヴァー・ファットの人生で最も重要な人物の一人なのだった。ストーンに出会うために、ファットはほとんど自分を肉体的に殺し、自分の精神の死とマッチした状態にしなきゃならなかった。神が御業をなす謎めいた方法っていうのは、この手の話なのか？ ファットがレオン・ストーンと出会う方法が他にあっただろうか？ 自殺未遂くらいの陰気な行為、本気で死にかねない行為でもなきゃそんなことは実現しなかっただろう。ファットは死ななきゃ、あるいは死にかけなきゃ、癒されることはなかった。というか、癒されかけることは。

レオン・ストーンは今はどこで診療しているんだろう。治癒率はどのくらいだろう。どうやってあの超常的な能力を手に入れたんだろう。ぼくはいろんなことを考える。ファットの人生で最悪のできごと──ベスに見捨てられたこと、クリストファーを連れて行かれたこと、自殺未遂──は果てしないありがたい帰結をもたらした。ある一連のできごとの善し悪しを最終的な結果で判断するなら、ファットはちょうど人生最良の時期を体験したことになる。北病棟から出てきたときには、その時点で精一杯可能な限りは力強くなっていた。というのも、だれでも無限の強さは持っていないからだ。走り、飛び、跳ね、這いずるすべての生き物には、防ぎようのない究極の宿敵がいて、それが最後にそいつをやっつける。でもストーン医師はファットに失われた要素を追加してくれた。なるべく多くの人を道連れにしようとしたグロリア・クヌードソンが、半ば意図的にあいつから奪った要素――自信という要素だ。「君が権威だからね」と言うだけで十分だった。

ぼくはいつもみんなに言うんだが、どの人にもその人を破壊してしまえる一文――言葉の並び――がある。ファットがレオン・ストーンの話をしてくれたとき、ぼくが気がついたのは（これは最初の気づきから何年もたってのことだった）、その人を癒してくれる別の一文、別の言葉の並びが存在するということだ。運がよければ癒しの文がわかるけれど、でも破壊の文は確実に言われる。致命的な文を他人に対してどう繰り出せばいいかは、各人が自力で訓練なしに知っているけれど、癒しの文を繰り出すには訓練が要る。ステファニーは、小さな陶器の壺オー・ホーを作って、愛のこもった贈り物としてファットにあげたときに、かなりいい線までできていたのだ。でも彼女はその愛を表現する言語能力を持っていなかった。

ストーンはファットにナグ・ハマディ文書からのタイプ原稿を渡したとき、「壺」や

「壺作り」がファットにとって重要な意味を持つことをどうやって知ったんだろう？　それを知るには、ストーンはテレパシーでも使えなきゃいけない。う―ん、ぼくには見当もつかない。ファットにはもちろん、自分なりの説がある。あいつは、ストーン医師はステファニーと同じく、神様の微小形態だったと思っている。だからぼくは、ファットが癒されたとは言わず、癒されかけたと言ったのだ。

でも善意の人々を神様の微小形態と考えることで、ファットは少なくともよい神様とつながりを持っていたわけで、盲目の残酷で邪悪な神様とではなかった。この点は考慮すべきだろう。ファットは神様を高く評価していた。ロゴスが理性的で、ロゴスが神様と同じなら、神様は理性的だとしか考えられない。だから第四福音書でのロゴスの正体に関する一文はとても重要なのだ。「Khai theos en ho logos」つまり「そして言葉は神であった」。新約聖書でイエスは、自分以外には神を見た人はいないと言っている。つまり第四福音書のロゴスであるイエス・キリスト以外には。これが正しければ、ファットが体験したのはロゴスだ。だがロゴスは神様そのものだ。だからキリストを体験するということは神様を体験するということだ。おそらく、もっと重要な一文が新約聖書の中でほとんどの人が読まない部分にある。みんな福音書は読むし、パウロの手紙も読むだろう。でもヨハネの第一の手紙なんてだれも読まない。

愛する者たち、わたしたちは、今既に神の子ですが、自分がどのようになるかは、まだ示されていません。しかし、御子が現れるとき、御子に似た者となるということを知っています。なぜなら、そのとき御子をありのままに見るからです。

——（ヨハネの手紙一、三：1／2）

これは新約聖書で一番重要な文だと言えるだろう。一般的には知られていない文の中ではまちがいなく最も重要だ。「御子に似た者となる」。つまり、その人が神様と同じ形をしているということだ。「御子をありのままに見る」。神様の示現が生じるということだ、少なくとも一部の人には。ファットは自分の遭遇のすべての根拠としてこの一節を挙げられる。神様との遭遇は、ヨハネの手紙一、三：1／2——これは聖書学者の書き方で、連中が一瞬で読み取れる暗号のようなものだ。なんか変な感じだけど——の約束の成就なんだと主張できる。奇妙なことに、この一節はある程度まで、ファットが北病棟から放免されたときにストーン医師がファットに渡したナグ・ハマディのタイプ原稿とうまくかみ合っている。人と真の神様は同じだ——ちょうとロゴスと真の神様が同じなように——だが狂った盲目の創造主と、そのイカレた世界が人と神様とを分断している。盲目の創造主は本気で自分が真の神様だと信じているが、それはまさにその阻害のひどさを物語るものだ。これがグノーシス主義だ。グノーシス主義では、人は神とともにあり、世界とその創造主

(どちらも、自分で認識していようといまいと狂っている)と対立している。ファットの質問「宇宙は理性的だろうか、そして非理性的であるなら、それは非理性的な精神に支配されているからだろうか?」は、以下の答えをストーン医師を通じて得ることになる。「そうです、宇宙は非理性的です。それを支配している精神は非理性的です。でもその上に別の神、真の神がいて、それは非理性的ではありません。さらにその真の神はこの世界の力を出し抜いて、敢えてここにやってきてわれわれを助けようとしてくれており、われわれはかれをロゴスとして知っているのです」そしてロゴスというのは、ファットによれば、生きた情報だ。

ロゴスを生きた情報と呼ぶファットは、広大な謎を解明したのかもしれない。でも、してないのかも。この種の話を証明するのはむずかしい。だれにきけばいい? ファットは幸運なことに、レオン・ストーンに尋ねた。職員のだれかに尋ねたかもしれないし、もしそうしていたら、まだ北病棟にいてコーヒーを飲み、読書して、ダグとうろついていただろう。

他の何にもまして、他のすべての側面や対象を上回る形で、あいつの遭遇の質がある。ファットはこの世に侵入した慈悲深い力を目撃した。他にぴったりくる用語はない。その慈悲深い力は、それが何であるにせよ、戦いの準備万端な英雄のようにこの世に侵入したんだ。それであいつは震え上がったけれど、でも一方でそれは喜びを喚起もした。それがどういう意味かわかったからだ。助けがやってきたのだ。

宇宙は非理性的かもしれないけれど、何か理性的なものがそこに忍び込んできたのだ。それは夜盗が眠る家族の家に忍び込むように、場所の面でも時間の面でも予想外のところに入り込んできた。ファットがそれを見たのは――あいつが何か特別なものを持っていたからでなく――向こうのほうがあいつにそれを見てほしがったからだ。

通常、それはカモフラージュされたままだ。通常、それがあらわれるときは、地と見分けられる人はだれもいない――ファットがいみじくも表現したように、地とまじりあっている。あいつはそれに名前をつけていた。

シマウマ《ゼブラ》。それが周囲にとけ込んでいるから。これは擬態と呼ばれる。またの名を模倣。一部の昆虫はこれをやる。他のもののふりをする。一部の生物学者や自然学者は、もっと高度な擬態があるんじゃないかと考えている。なぜかというと、低い形態のもの――つまり、だますべき相手はだますけれど人間はだませないような形態のもの――は世界中に存在しているからだ。

高度な感覚擬態が存在したらどうだろう――高度すぎて、人間がだれも（またはごく少数の人だけしか）検出できないような擬態があったら？　それが検出されるのは、それ自身が検出されたいと望んだときだけだったら？　これは実は検出されたとはいえないだろう、というのもそうした状況では、それは偽装状態から出てきて自らを明かしたことになるからだ。「明かす」というのはこの場合には「神性示現」と同じかもしれない。驚愕した人間はそれを見て、自分は神を見た、というかもしれない。でも実際には、過去のある時点でここにやってきた、高度に進化した超地球生命体《UTI》または地球外生命体《ETI》を見ただけかもしれない……そしてそれはひょっとしたら、ファットが推測したように、休眠種子形態で生きた情報としてナグ・ハマディ文書の中で二千年近くまどろんでいたのかもしれない。これでなぜその存在の報告が紀元七〇年頃に突然なくなるのかが説明できる。

ファットの日誌（つまり釈義）の記述33項。

この孤独、この後に残された『精神』の苦悶は、宇宙のあらゆる構成要素に感じられた。その構成要素はすべて生きている。だから古代ギリシャ思想家たちは物活主義者だった。

「物活主義者」は、宇宙が生きていると信じている。すべてが生きているという汎精神論とだいたい同じ考え方だ。汎精神論や物活主義は、以下の二種類に分類できる。

1. すべての物体は独立して生きている。
2. すべての物体は一つの統一的な存在である。宇宙は一つの物体として生きており、一つの精神だけを持つ。

ファットはこの二つのいわば中道を見つけた。宇宙は一つの巨大な非理性的存在で構成され、その中に高度な擬態でカモフラージュした高度生命形態が侵入した。そしてその擬態のために、その気になればいつまでたっても——ぼくたちには——検出されない。それは物体や因果プロセスを真似る（これがファットの主張だ）。単に物体を真似るだけでなく、その物体のやることも真似る。ここから、ファットがシマウマをずいぶん大きなものとして考えていることが理解できるだろう。

一年にわたって自分とシマウマまたは神様またはロゴスとの遭遇を分析した結果、ファットはまずそれがぼくたちの宇宙に侵入したという結論に達した。そしてその一年後に、それがぼくたちの宇宙を消費している——つまりむさぼり食っている——ことに気がついた。シマウマはこれを、化体とよく似たプロセスで実現した。化体というのは、二種類の物体、葡萄酒とパンが、目に見えない形でキリストの血と肉になるという聖餐の奇跡のことだ。

ファットはこれを教会の中で見るかわりに、普通の世の中で見た。しかもミクロ形態ではなくマクロ形態、つまり、あまりに広大すぎて果てすら見極められないような規模で行われているのを見た。もしかすると全宇宙が、神様に変化する目に見えないプロセスの途上にある。そしてこのプロセスに伴ってやってくるのは知覚力だけじゃない——正気もやってくる。ファットにとってこれは慈悲深い解放となるだろう。あいつは自分自身の中でも外でも、あまりに長いこと狂気に耐えてきたからだ。正気の到来ほどあいつにとってうれしいことはない。

ファットがキチガイだったとしても、非理性の中に理性的なものが侵入してくるところに遭遇したと信じるなんてのが、ずいぶん変なキチガイぶりだというのは認めなきゃいけない。それをどうやって治療しよう？　その患者をふりだしに送り返すのか？　その場合、あいつはいまや理性的なものから切り離されたことになる。これは治療法という観点からして筋が通らない。これは自己矛盾であり、ことばの矛盾だ。

でも、ここではもっと基本的な意味論上の問題があらわになっている。たとえばぼくがファットにこう言ったとしよう（またはケヴィンがファットに言ってもいい）——「お前は神様を体験したりしてないよ。単に神様の性質と側面と性格と力と叡智と善を備えた何かを体験しただけだよ」。これはドイツ人の二重抽象性好きに関する冗談みたいなものだ。英文学に関するドイツ人の権威がこう宣言する。「『ハムレット』を書いたのはシェイクスピアではない。単にシェイクスピアという名前の人物が書いたにすぎない」。英語では、このちがいは表現上だけのもので、意味はないけれど、ドイツ語という言語はこの差を表現できる（これはドイツ精神の奇妙な特徴をある程度は説明してくれる）。

「オレは神様を見た」とファットが述べ、ケヴィンとぼくとシェリーは「いいや、お前は神様みたいなものを見ただけだよ、まったく神様と同じようなものを」と述べる。そしてそう言ったぼくたちは、そこにとどまって答えを聞こうとはしない。「真実とは何か」と尋ねるいたずらっぽいピラトのように。

シマウマはぼくたちの宇宙に侵入して、頭蓋骨をあっさり貫通してファットの脳に次々と、情報豊かな色つきの光をビームとして発射して、あいつの目をくらませて発狂させてクラクラさせて混乱させたけれど、でも語れないほどの知識を与えてくれた。手始めに、クリストファーの命を救ってくれた。

もっと正確に言えば、それはその情報を発射するために侵入してきたわけじゃない。過去の時点ですでに侵入はしていた。それがやったのは、カモフラージュ状態から進み出てきたということだった。地を背景として自分を明かし、ぼくたちの計算では補正できない速度で情報を発射した。数ナノ秒で、図書館を丸ごといくつも発射した。そして現実の経過時間で八時間にわたりそれを続けた。現実経過時間で八時間には大量のナノ秒が存在する。閃光のような速度で、人間の右脳半球に莫大な画像データを注入できる。

タルサスのパウロは似たような経験をしている。ずっと昔のこと。そのほとんどについて、パウロは話すのを拒んだ。当人の発言によれば、頭に発射された情報のほとんど——ダマスカスへの道中に、ずばり眉間に放射されたのだ——は語られぬままパウロと共に死んだ。宇宙は混沌が支配しているけれど、聖パウロは自分がだれと語ったか知っていた。そのことは語っている。シマウマもまた、ファットに正体を明かした。それは「聖ソフィア」を名乗った。この呼称はファットのなじみのないものだった。「聖ソフィア」はキリストのあまり知られていない位格だ。

人と世界はお互いにとって有害だ。でも神様——真の神様——はその両方を貫通し、人も貫通して世界も貫通し、風景を正気に戻す。でもその神様、外からきた神様は、強烈な抵抗に遭遇する。インチキ——狂気によるごまかし——はそこらじゅうにあり、正反対のものとして仮装する。正気のふりをするのだ。でもその仮装はすり減って薄くなり、狂気があらわになる。醜いもんだ。

治療はここにあるが、病気もやっぱりここにある。ファットがしつこく繰り返すように「**帝国は終わっていなかった**」。危機に対する驚くべき対応として、真の神様は宇宙の、まさに自分が侵入した領域を擬態する。ドブの中の棒や木やビール缶と似た形となる——捨て去られたゴミのふりをし、もはや気にも留められない滓のふりをする。潜む真の神様は、現実も、そしてぼくたちをも文字通り待ち伏せる。ファットなら証言できるように、生きた神様に奇襲をくらうのはおっかない体験だ。だからぼくたちは、真の神様は習慣として自らを隠す、という。ヘラクレイトスが「潜在的な形態は顕在的な形態を支配する」「物事の本質はそれ自身を隠す習性にある」と書いてから二千五百年たっている。

つまり理性的なものは、種子のように、非理性的な巨体の中に隠されている。その非理性的な巨体はどんな役割を果たすのか？　グロリアが死ぬことで何を得たかを考えてみるといい。彼女自身にとっての彼女の死ではなく、彼女を愛した人々にとって何がもたらされたか。悪意？　証明されていない。憎悪？　証明されていない。非理性的なもの？　うん、これは証明済みだ。友人たち——たとえばファット——に対する影響から見ると、はっきりした目的は達成されていないけれど、でも目的があったにはちがいない。目的なしの目的というやつだけれど、想像つくかな？　動機は、動機がないことだった。ニヒリズムの話をしている。他のすべてのもの、死そのものや死への意志の下にも何か別のものが横たわっていて、その何か別のものは無だ。現実の根底にある基層は非現実だ。宇宙が非理性的なのは、それが単に流砂の上に築かれてるからじゃない——存在しないものの上に築かれているからだ。

ファットにしてみれば、以下のことを知っても何の役にもたたない。グロリアが死んだとき、なぜ自分を道連れにしたか——あるいはしようとできる限りのことをしたか。もしそのときにグロリアを捕まえられたら、あいつはこう言っただろう。「おいこのクソ女、いったいどうしてなんだよ？　まったくなんだってなぜなんだよ？」これに対して宇宙はうつろにこう答えただろう。「わたしのやり方は必ずしも理解はできないんだよ、人間よ」。これはつまりこう言ってることになる。「わたしのやり方は意味不明だし、わたしの中に住む者たちのやり方も筋が通らないんだよ」

ファットに訪れつつある悪い知らせは、この時点では、北病棟から釈放された時点では、慈悲深くもまだあいつの知るところではなかった。ベスのところには戻れなかったから、シャバに出たらだれのところに行けばいいだろう？　ファットの脳内では、自分が北病棟にいる間、癌からの緩解期にあったシェリーはかいがいしく見舞いに来てくれたことになっていた。だからファットの思いは彼女に粘着して、この世に自分の真の友人がいるとすればそれはシェリー・ソルヴィグであると信じ込んだ。ファットの計画はまばゆい星のように展開した。シェリーと同棲して、緩解の間は気落ちしないようにしてやり、緩解が終わったら自分の入院時にしてくれたように、面倒を見てやるのだ。

ストーン医師は、まるでファットを治療してはいなかった。これは後にファットを動かす原動力が暴露されたときに明らかになったことだ。ファットは今回、これまでのいつにもまして、急速かつ見事に死に喰らいついたのだった。ファットは苦痛を見つけ出すプロになった。このゲームの規則を学んで、今やそのやり方も身につけた。ファットが自分の狂気――ファット自身の分析によれば、狂った宇宙からいただいたものだ――の中で追い求めたのは、死にたがっているだれかに道連れにしてもらうことだった。あいつが自分の住所録を探したとしても、シェリーより好適な相手は見つからなかっただろう。北病棟の収容中にあいつがこんなことを計画しているとわかっていたら「すばらしい動きだぜ、フファット。今度こそばっちり大当たりを見つけたな」とでも言ってやったことだろう。シェリーのことなら知っていた。緩解から抜け出す方法をなんとか見つけようといつも苦闘していたっけ。自分を助けてくれた医師たちに対し、絶えず怒りと憎悪を表明していたことでそれがわかったんだ。でも、ファットの計画は知らなかった。ファットはそれを、当のシェリーにさえ秘密にしていた。彼女を助けてやるんだ、とファットは、イカレた脳の奥底でつぶやいていた。シェリーが健康でいるのを手伝ってあげるけれど、もしまた病気になったら、そばについていて、彼女のために何でもしてあげるんだ。

あいつのまちがいは、脱構築してみると、要するにこういうことだ。シェリーは単に、また病気になろうと計画していただけじゃない。グロリアと同じように、できるだけ多くの人間を道連れにしようとしていた——相手が自分に抱いている愛情に比例する形で。ファットは彼女を愛していたし、もっとひどいことに、彼女に感謝していた。この粘土から、シェリーは自分が脳みそとして使っているゆがんだ蹴りろくろで壺を作り、それによってレオン・ストーンのやったことをたたきつぶし、ステファニーがやったことをたたきつぶし、神様のやったことをたたきつぶせた。シェリーはその衰弱した肉体に、生ける神様を含めたこうした他の存在すべてをあわせたよりも大きな力を宿していたのだ。

ファットは反キリストに自分を結びつけることにしたのだった。しかも、あらゆる動機の中で最高のもののために。愛と感謝と、彼女を助けたいという欲望からだ。

まさに地獄の力が食い物にするもの。人の最高の本能だ。

＊

シェリー・ソルヴィグは、貧乏だったから、台所のない小さなボロ部屋に住んでいた。皿は洗面所の流しで洗わなければならなかった。天井には上階のトイレがあふれたために大きな水しみができていた。何度かここを訪問して、ファットはここを知っていたし、陰鬱な場所だと思っていた。シェリーがここを引き払ってもっとすてきなアパートに移れば、現代的で台所のあるアパートに移れば、気持ちも上向くだろうと感じていた。

言うまでもなく、シェリーがわざとこんな住まいを求めたのだという認識は、一度たりともファットの頭には浮かばなかった。この陰気な環境は、彼女の苦痛の結果として生じたのであって、その原因ではなかった。どこへいっても、彼女はこうした環境を再現できた――これはファットがやがて発見したことだった。

でもこの時点では、ファットは精神的・肉体的な組み立てラインを動員して、ほかのだれよりも先に心臓集中治療病棟に、そして北病棟に見舞いに来てくれたこの人物に対し、果てしない善行をほどこそうとしていた。シェリーはキリスト教徒であることを述べた公式文書を持っていた。週に二回、聖餐式に出ていて、いつか聖職につくのだ。それと、自分の司祭をファーストネームで呼んでいた。信仰とこれ以上はないくらい密接な関係を持っていたわけだ。

ファットは何度かシェリーに、神様との遭遇について話した。シェリーはまったく感心してくれなかった。というのもシェリー・ソルヴィグは、神様との遭遇は特定のチャンネルを経由するしかないと信じていたからだ。シェリー自身はそうしたチャンネルにアクセスできた。そのチャンネルとは司祭のラリーだ。

あるときファットは、『ブリタニカ大百科』からマルコ福音書とマタイ福音書における「秘密性の主題」、つまりキリストが教えを寓話に包み隠したのは、大多数――つまり多くの部外者たち――がそれを理解できず、したがって救いが得られないようにするためだという発想について、シェリーに朗読してやった。この見方というか主題によれば、キリストは自分の小さな身内だけを救おうと考えていた。『ブリタニカ』はこれを率直に論じていた。

「そんなのでたらめよ」とシェリー。

ファットは言った。「それって、『ブリタニカ』がまちがってるってこと、それとも聖書がまちがってるってこと？　『ブリタニカ』は単に――」

「聖書にはそんなこと書いてないわ」シェリーはいつも聖書を読んでいた、少なくともいつも聖書を持ち歩いてはいた。

ルカ福音書での引用を見つけるのには何時間もかかったが、ファットはやっとそれを見つけて、シェリーに示した。

弟子たちは、このたとえはどんな意味かと尋ねた。イエスは言われた。「あなたがたには神の国の秘密を悟ることが許されているが、他の人々にはたとえを用いて話すのだ。それは『彼らが見ても見えず、聞いても理解できない』ようになるためである。」

——（ルカの福音書、八：9／10）

「そこが聖書の改ざんされた部分じゃないかどうかラリーにきいてみるわ」とシェリー。むかついたファットは、いらだたしげに言った。「シェリー、聖書の中でお眼鏡にかなう部分を全部切り抜いてくっつけとけよ。そしたら残りは相手にしないですむだろ」

「何カリカリしてんのよ」とシェリーは、ちいさなクローゼットに服をかけた。

それでもファットは、自分とシェリーとが共通の絆を持っていると思いこんでいた。どちらも神様の存在に同意している。キリストは人々を救うために死んだ。これを信じない人は何もわかっちゃいない。ファットは自分が神様を見たと告白し、その知らせをシェリーは平然と受け止めた（そのとき彼女はアイロンがけをしていた）。

「これって神性示現って言うんだぜ。公現とか」とファット。

「公現ってのは」とシェリーは、ゆっくりしたアイロンがけのペースに声をあわせ、「一月六日に祝われるお祭りで、キリストの洗礼の日なのよ。あたしはいつも行くわよ。あなたもどう？　美しい儀式なのよ。ねえ、こんな冗談を聞いたんだけど――」彼女はだらだらと話し続けた。ファットは唖然とした。そして話題を変えることにした。いまやシェリーは、ラリー――ファットにとってはミンター神父――が、聖餐の葡萄酒をひざまずいた女性拝領者の深く開いた胸元に注いだという一件の話をしている。

「洗礼者ヨハネはエッセネ派だったと思う？」とファットはシェリーに尋ねた。

シェリー・ソルヴィグは、自分が神学上の質問に対して答えを知らないと認めることは決してなかった。どんなに追い詰められても、せいぜいが「ラリーにきくわ」という答えの形で表面化するくらいだった。ファットに向かっていまのシェリーは平然とこう答えた。「洗礼者ヨハネは、キリストの前に訪れるエリヤだったのよ。キリストもそれをきかれて、洗礼者ヨハネは約束のエリヤだったと言ったわ」

「でもエッセネ派だったの？」

アイロンがけの手を一瞬とめて、シェリーは言った。「エッセネ派って死海に住んでなかったっけ？」

「まあ厳密にはクムラン涸谷《かれだに》にね」

「あなたのお友達のパイク司教って死海で死んだんじゃなかったっけ？」

ファットはパイク司教の知り合いだったし、口実さえあればその事実をいつも得意げに吹聴したものだ。「そうだよ。ジムと奥さんは、フォード・コルチナに乗って死海砂漠に乗り出したんだ。コカコーラを二本持って。たったそれだけ」

「その話はもう聞いたわよ」シェリーはアイロンがけに戻った。

「オレがまったく解せないのは、なぜ二人が車のラジエータの水を飲まなかったのかってことなんだ。砂漠で車が壊れて身動きとれなくなったらそうすればいいんだ」何年にもわたり、ファットはジム・パイクの死を気に病んでいた。それがなぜか、ケネディ家とキング牧師の暗殺と関係していると想像していたが、証拠は一切持っていなかった。

「ラジエータに入ってたのが不凍液だったんじゃないの？」とシェリー。

「死海砂漠で？」

シェリーは言った。「どうも車の調子が変なのよね。十七番地のエクソンのガソリンスタンドの人は、エンジンのマウントがゆるいって。それってヤバいの？」

シェリーのおんぼろ車の話なんかしたくなくて、むしろジム・パイク談義を続けたかったファットは「知らない」と言った。どうやって友人の謎めいた死に話を戻そうか考えようとしたが、できなかった。

「まったくろくでもない車だわ」とシェリー。

「君は一銭も払ってないだろ。あいつがくれたんじゃないか」

「『一銭も払ってない』ですって？　あの車をもらったおかげで、あたしはあいつの所有物みたいな気分にさせられたのよ」

「君には絶対に車をあげないようにしよう」とファット。

この日、すべてのヒントはファットの目の前にあった。シェリーのために何かしてあげると、彼女は感謝しなければならないと感じる――実際には感謝しなかったが――そしてそれを重荷であり、うんざりするような責務だと感じるのだ。でもファットはこれに対するお手軽な合理化を用意していて、それを早速持ち出し始めていた。シェリーのために何かをするのは、お返しを求めてのことじゃない。故に、感謝は求めない。故に、感謝されなくてもかまわないのだ。

ファットが認識できなかったのは、感謝がないということだけでなく（これならファットも心理的に扱いきれた）、そのかわりに露骨な悪意が出てくるということだった。ファットはこれに気がついてはいたが、それをただの苛立ち、一種のせっかちさでしかないとして黙殺していた。助けてもらってお返しに悪意を向ける人がいるとは信じられなかったのだ。だから、自分の正気が訴えかけてくる証言を割り引いてしまった。

あるとき、カリフォルニア大学のフラートン校で講演をしたとき、ある学生が現実というものの簡潔な定義を尋ねた。ぼくは考えてみてこう答えた。「現実とは、それを信じることをやめてもなくならないもののことである」

ファットは、シェリーが助けてもらったために悪意を返したとは信じなかった。でもそう信じられなくても、何も変わらなかった。だから彼女の反応は、ぼくたちが「現実」と呼ぶものの枠組みの中にある。ファットは、好むと好まざると、何らかの形でそれと対応しなければならないか、そもそもシェリーと社会的に会うのをやめなくてはならなかった。ベスがファットを捨てた理由の一つは、かれがサンタアナのボロ部屋のシェリーを訪ねるために生じたものだった。ファットは自分が慈悲心で彼女を訪ねているのだと自分で自分をごまかしていた。実際には単に、ベスが自分に対して性的な関心を失って、いわば最近あっちのほうがご無沙汰だったために、ムラムラと催していただけのことだった。いろいろな形でシェリーはきれいだと思えたのだ。そして確かにシェリーはきれいだった。みんなそれには同意した。化学療法の間、彼女はかつらを被っていた。デヴィッドはそのかつらにだまされて、しばしば髪がきれいだとほめ、シェリーはそれをおもしろがっていた。ぼくたちはそれが不気味だと思っていた。どちらの側も。

現代人においてマゾヒズムがどんな形態を取るかという研究で、テオドール・レイクはおもしろい見方を提起している。マゾヒズムは薄まった形を取るので、実際には思ったよりも広がっているのだという。基本的な力学は以下の通り。人は何か悪いものを見て、それが避けられないものだと思う。そのプロセスを止める方法はない。無力だ。この無力感は、きたるべき苦痛に対して何かコントロールを握りたいというニーズを生み出す——どんな形のコントロールでもいい。これは筋が通っている。無力感という主観的な感情は、やがて訪れるはずの惨めさよりももっと苦痛なのだ。そこでその人物は、自分にできる唯一の形で事態を牛耳ろうとする。その来るべき悲惨さを受け入れる。それを早める。自分の側がそういう活動をすることで、自分が苦痛を楽しんでいるという印象が強まる。でも実はちがう。自分の無力さ、あるいは無力ぶりだと思っているものが耐えられなくなっただけだ。でも、避けがたい悲惨に対するコントロールを握る過程で、その人物は自動的に無快症となる（つまり歓びを享受できないか、享受したがらなくなる）。無快症はこっそりと忍び寄る。何年もかけてその人を支配するようになる。たとえば、満足を先送りするようになる。これは無快症の陰気なプロセスの第一歩だ。満足を先送りできるようになると、何か自分を克服できたような気分を味わう。ストイックで規律を身につけたような気になる。衝動に負けなくなったと思う。支配能力を得たわけだ。自分の衝動に対して自分自身を支配できるし、外的な状況に対しても支配できる。やがてそこから派生して、外部状況の一環である他人を支配するようになる。人を操るようになるのだ。もちろん自分ではそれに気がついていない。自分では単に、自分の無力感を軽減したいだけだ。でもその感覚を弱めるために、かれはこっそりと他人の自由を圧倒する。でも、そこからは何の歓びも得ることはないし、心理学的にプラスの利得はまったくない。得られるものはすべてマイナスなのだ。

シェリー・ソルヴィグは癌、リンパ癌にかかっていたが、医師たちの奮闘によって緩解に入っていた。でも脳の記憶テープの中には、リンパ癌の患者は緩解しても、やがてまた悪化するというデータが入っていた。治ったわけじゃない。疾患はどういうわけか不思議にも、蝕知できる状態から一種の形而上学的な状態、どっちつかずの状態になっただけだ。そこにあるけれどない。だから目下は健康だったけれど、シェリーの中にはタイマーがちくたくと動いていて（とシェリーの心は告げていた）、時間がきたら彼女は死ぬ。それはどうしようもない。できることといえば、必死になって第二の緩解をもたらそうとするだけ。でも二回目の緩解が実現しても、その緩解は同じ理屈で、まったく逃れがたいプロセスにより、いずれ終わる。

時間がその絶対的な力の中にシェリーをとらえていた。時間は彼女に対してたった一つの結果しか持っていなかった。末期癌だ。こうやって彼女の心は状況を解釈していた。この結論に達したので、どんなに気分が良くても、人生でどんなに状況が自分に有利に動いていても、この事実は変わらなかった。つまり緩解期の癌患者は、万人の状況を一歩高めた状態を示しているわけだ。いずれきみも死ぬ。

心の奥で、シェリーは絶え間なく死のことを考えていた。その他すべて、あらゆる人も物もプロセスも、ただの影でしかなくなってしまっていた。もっとひどいことに、他人のことを考えると、宇宙の不公平さが思い出されてしまうのだった。他のみんなは癌なんかじゃない。つまり彼女の心理からすると、ほかのみんなは死んだりしないということだ。

そんなのずるい。みんなが共謀して自分から若さを奪い、幸福を奪い、いずれ命をも奪おうとしてるんだわ。そしてそのかわりにみんなは彼女に無限の苦痛を山ほどしょいこませて、そしてたぶんこっそりそれを楽しんでるんだ。「やつらが普通に楽しんでいる」というのと「自分に苦痛を与えて楽しんでいる」というのは、同じ邪悪なことを指すようになっていた。シェリーはしたがって、世界全体がまとめて地獄に堕ちればいいと思う動機を持っていた。

もちろんそんなことを口に出しては言わなかった。でもその思いを体現していた。癌のおかげで彼女は完全に無快状態となっていた。だれがこの論理を否定できるものか。論理的には、シェリーは緩解中に人生のあらゆる楽しい瞬間を味わい尽くすべきだったのだが、でもファットがやっと理解したように、心は論理的には動かない。シェリーは自分の緩解が終わるのをいまかいまかと待つことで時を費やしていた。

この意味で彼女は満足を先送りにはしていなかった。戻ってくるリンパ癌を今すでに楽しんでいたのだから。

ファットはこの複雑な心理プロセスをつきとめられなかった。単に、ずいぶん苦しんできて人生でババを引いてしまった若い女が目に入るだけだった。自分なら彼女の人生を改善できると理由づけた。これはよい行動である。彼女を愛し、自分自身を愛すれば、神様は二人とも愛してくれることだろう。ファットには愛が見え、シェリーには自分がどうしようもない来るべき苦痛と死が見えた。これほどちがった世界が出会うことはあり得なかった。

まとめると（ファット式の言いぐさだ）、現代のマゾヒストは苦痛を楽しむのではない。単に無力感が我慢できないだけだ。「苦痛を楽しむ」というのは意味的に矛盾している、と一部の哲学者や心理学者が指摘している。「苦痛」は不快に感じるモノとして定義される。「不快」というのは欲しないものとして定義される。それ以外の定義をしてみたらどうなるか、やってみるといい。「苦痛を楽しむ」というのは「不快なものを楽しむ」ということだ。レイクはこの状況を把握していた。現代の希薄化したマゾヒズムの真のダイナミズムをかれは解読した……そしてそれがほとんどあらゆる人に何らかの形である程度は広がっているのを見て取った。マゾヒズムは遍在するようになったのだった。

シェリーが癌を楽しんでいるといって責めるのは不正確だ。癌になりたいと思っていたわけでさえない。でも、目の前のトランプの山には、どこかに癌が混じっているのだと信じていた。そして毎日一枚ずつトランプをめくったが、毎日癌は出てこなかった。でもそのトランプが山に入っていて、一日一枚めくり続けたら、いずれは癌のカードにあたり、それでおしまいだ。

だから本当は彼女のせいとは言えないけれど、シェリーはまさにファットを空前のひどい目にあわせる準備を万端に整えていたのだった。グロリア・クヌードソンとシェリーとのちがいは明らかだった。グロリアは純粋に空想上の理由で死にたいと思っていた。シェリーは自分がどう願おうと文字通り死ぬしかなかった。グロリアは、その悪性の死のゲームをやめようと心理的に思えば、いつでもそれをやめられた。でもシェリーにはそんな選択肢はなかった。まるでグロリアが、オークランドのシナノンビルの下に広がる舗道で自分自身を粉砕することで、身体も心の強さも倍増して復活したかのようだった。一方、ベスがクリストファーを連れて立ち去ったことで、ホースラヴァー・ファットは通常の半分の大きさに縮小していた。明るい結果に終わる見込みはどう考えても低い。

ファットがシェリーに惹かれる実際の脳内動機は、グロリアで始まった死への照準合わせの続きなのだった。でも、ストーン医師が自分を治してくれたと思いこんでいるファットは、いまや希望も新たに世界にのりだしていった——そしてまちがいなく狂気と死に向かっていくのだった。何一つ学んでいなかった。確かに弾丸は体から引き抜かれて傷は治った。でも次の一発をくらう準備万端で、それを待ち望んですらいた。シェリーと同棲して彼女を救うのが待ちきれなかった。

ご記憶かもしれないが、他人を助けるというのはファットがずいぶん昔にあきらめろと言われた二つの行動のうち一つだった。人助けとクスリをやめろと言われていたのだ。クスリはやめた。でも全エネルギーと情熱はいまや、人助けに向かうようになったのだった。どうせならクスリを続けていたほうがましだった。

第6章

離婚の歯車がファットをかみ砕いて一人の独身男性に仕立て、前進して自分自身を破壊できるよう解放してくれた。あいつはそれを心待ちにしていた。

一方でオレンジ郡精神科の人々を通じてセラピーも始めていた。担当になったのは、モーリスというセラピストだった。モーリスは普通のセラピストとはちがっていた。六〇年代にはロングビーチ港を使ってカリフォルニアに銃やヤクを運び込んでいた人物だ。SNCCとCOREに所属してイスラエル特殊部隊員としてシリア軍と戦った。身長百九十センチ、筋肉がシャツの下で盛り上がり、ほとんどボタンがはちきれそうだった。ホースラヴァー・ファットと同じく黒いチリチリのひげをしていた。通常はファットに向かって部屋の反対側に立ち、すわらなかった。ファットをどなりつけ、勧告のあいまに「本気だからな」とはさむのだった。ファットはモーリスが本気でないと思ったことはなかった。どうでもよかったのだ。

モーリス側の目論見としては、ファットをど突いて人を救う代わりに人生を楽しむようにさせようというものだった。ファットは楽しみという概念を知らなかった。ことばの意味を知っているだけだった。最初、モーリスはファットにいちばん望むものを十個書き出させた。「望む」という用語は、「やりたいと望む」というような用法だと、ファットを困惑させた。

「オレがやりたいと望んでいるのは、シェリーを助けることなんです。彼女がまた病気にならないように」

モーリスは怒鳴りつけた。「お前は自分が彼女を助けるべきだと思ってるんだろう。そうすればいい人になれると思ってるな。でもお前なんか絶対にいい人にはなれんよ。お前なんか、だれにも何の価値もないんだから」

弱々しくファットは、そんなことはないと反論した。

「このゴミクズ野郎が」とモーリス。

「そういうあんたはデタラメばっかだ」とファットが言うと、モーリスはニヤリとした。

モーリスは、自分の望むものを手に入れはじめていた。

「聞けよ。本気だからな。ヤクでもやって、おっぱいのでかい女とハメ倒してこい、死にかけたような女じゃなくて。シェリーが死にかけてるのは知ってるだろ、な？　彼女が死んだら、お前どうすんだよ。ベスのところへでも戻るか？　ベスはお前を殺そうとしたんだぞ」

「そうなんですか？」ファットは驚愕した。

「そうだとも。お前が死ぬように仕向けた。お前の息子を連れて消えたら、自殺しようとすんのがわかってたんだよ」

「うーん」とファットは言ったが、ちょっとうれしくもあった。自分が被害妄想にはなってなかったということだからだ。心の奥底では、ベスが自分の自殺を仕組んだことはわかっていたのだ。

モーリスは続けた。「シェリーが死んだら、お前も死ぬんだぞ。死にたいのか？　そんならおれが今すぐ手配してやる」そして、星の位置に到るまでなんでも示すでっかい腕時計を調べた。「そうだな、今は二時半だから……今晩六時に手配してやろう。どうだ？」

モーリスが本気かどうか、ファットにはわからなかった。でもモーリスに言わばその能力があることは文字通り信じていた。

「聞けって。本気だからな。死ぬんなら、お前がはまっちゃってる方法より楽なやりかたはいくらでもある。わざわざ面倒なやり方をしてるんだよ、お前は。シェリーが死んだら、自分も死ぬ口実ができるってのがお前の仕組んだことだ。口実なんかいらないんだぞ——女房と子供に逃げられたとか、シェリーがくたばったとか。シェリーが死んだら、お前は大助かりだ。悲しみと彼女への愛のあまり——」

「でもシェリーが死ぬなんてだれが決めたんですか?」ファットは割り込んだ。自分の魔法のような力で彼女を救えると信じていたのだ。これが実はあいつの戦略すべての根底にあるのだった。

モーリスはその質問を無視した。かわりに「お前、何で死にたいの?」と言った。

「死にたくありませんって」ファットは本気で自分が死にたがっていないと思っていた。

「シェリーが癌でなければ同棲したか?」モーリスは待ったが答えは返ってこなかった。ファット自身も、自分が同棲しなかっただろうと認めざるを得なかったから返事ができなかったのだ。「何で死にたいの?」モーリスは繰り返した。

「うーん」ファットは途方に暮れた。

「お前は悪人か?」

「いいえ」とファット。

「だれかに死ねと言われてるのか? 声がするとか? 『死ね』というメッセージを送りつけてるとか?」

「いいえ」

「お袋さんは、お前に死んでほしがったか?」

「うーん、グロリアが――」

「グロリアなんかクソくらえ。グロリアがなんだってんだ。やったこともない女だろう。

ろくに知りもしない。そのときお前はもう死のうとしてたんだよ。くだらんご託をぬかすな」モーリスはいつもながら、怒鳴りはじめていた。「本気で人を助けたいなら、ロサンゼルスに行ってカトリック救護会の炊き出しでも手伝ってやるとか、ありったけのお金をCAREに寄付するとかすればいい。人助けはプロに任せろ。自分をごまかすな。グロリアが自分にとって意味があったとか、えーと何てったっけ――シェリーだ――そいつが死なないとか、おためごかしはよせよ。死ぬに決まってんだろ！　だからこそお前は同棲してるんだろう、死ぬとき居合わせられるように。その女、お前を道連れにしようとしてて、お前もそうしてほしがってる。二人で共謀してるんだろうが。ここのドアを入ってくるやつはみんな死にたがってるんだ。精神病ってのはそういうことだ。そんなことも知らなかったのかよ。いいか。お前の頭を水につっこんで、生きようとあばれるまで押さえつけてやりたいよ。あばれなきゃ、そのままおだぶつだ。ここの連中がやらしてくれればなあ。その癌の友だち――彼女はわざと癌になったんだぜ。癌は肉体の免疫系の意図的な故障を示している。当人が免疫系のスイッチを切るから起きるんだ。それは喪失により起こる、愛する者を失ったときに。そうやって死は広がるんだ。みんな体内に癌細胞がうようよしているけれど、ふつうは免疫系がそれに対処するんだ」

「確かに彼女は友だちをなくしました」とファットは認めた。「てんかんの大発作で死んだんです。それと彼女の母親も癌で死にました」

「つまりシェリーは、友だちが死んで母親が死んだことを後ろめたく思ったんだ。お前はグロリアが死んで後ろめたく思った。たまには自分の人生に自分で責任を負ってみたらどうだよ。自分を守るのはお前自身の仕事だぞ」

ファットは言った。「オレの仕事はシェリーを助けることです」

「一覧を見せてみろ。ちゃんと一覧は持ってきただろうな」

自分のいちばん望むもの十個を書いた一覧を手渡しつつ、ファットはモーリスが正気だろうかと頭の中で思った。シェリーは死にたがってなんかいない。頑固かつ勇敢に戦ってるじゃないか。癌だけでなく化学療法にまで耐えてるじゃないか。

「サンタバーバラの浜辺を散歩したい、と」モーリスは一覧を見ながら言った。「それが一番か」

「いけませんか？」ファットは身構えて言った。

「いや別に。で？　さっさとやれば？」

「二番を見てくださいよ。いっしょにきれいな女の子がいないと」とファット。

モーリスは言った。「シェリーをつれてけよ」

「シェリーは――」ファットは口ごもった。実を言うと、シェリーにはいっしょに浜辺を散歩しようと申し出たのだった。サンタバーバラに行って、週末を豪勢なビーチホテルで過ごそうと。でも彼女は、教会の仕事が忙しすぎると答えたのだった。

モーリスが補ってくれた。「こないんだな。忙しいんだろ。何やってんの？」

「教会」

二人は顔を見合わせた。

とうとうモーリスが口を開いた。「癌がぶり返したところで、その子の人生は大して変わらんなあ。彼女、自分では癌の話をするのかよ？」

「うん」

「店の店員さんにも？　会う人みんなに？」

「そう」

「そうか。じゃあぶり返せば人生変わるよ。もっと同情を集められる。彼女もそのほうが幸せだ」

やっとの思いでファットは言った。「前に彼女が言ったんだけど──」ほとんど言えそうになかった。「癌になったのは自分にとって最高のできごとだったたって。だっておかげで──」

「連邦政府に金をもらえるからだ」

「うん」ファットはうなずいた。

「そうすれば働かずにすむから。どうせ緩解してるのに生活保護はまだもらってるんだろう」

「うん」ファットは仏頂面で言った。

「いずればれるぞ。担当医に問い合わせがいく。そうなったら彼女も就職しないと」ファットは苦々しそうに言った。「彼女は絶対働きませんよ」

「お前、その子が大嫌いなんだ。もっとひどい。彼女を尊敬すらしてない。そいつは女乞食だ。たかり屋じゃないか。感情的にも金銭的にもお前にたかってる。お前が喰わせてやってんだろ？　なのに生活保護ももらってる。そいつは詐欺だ。癌詐欺だよ。そのカモがお前だ」モーリスはファットをじっと見つめた。「お前、神様は信じてるのか？」いきなりかれは尋ねた。

この質問から、ファットがモーリスとの治療セッションでは神様談義を控えていたことはわかるだろう。二度と北病棟送りはごめんだった。

「ある意味ではね」とファットは答えた。でもそこで抑えられなかった。話をでかくせずにはいられなかった。「オレは独自の神の概念を持っている。自分自身の――」ファットは自分のことばが作る罠を思い描いた。有刺鉄線まみれの罠を。「考えに基づいて」と文を終えた。

「これって何か話しにくい話題なのか？」とモーリス。

ファットはこの先に待ちかまえているものが何かわからなかったし、待ちかまえているかどうかもわからなかった。たとえば北病棟時代のファイルは閲覧できなかったし、モーリスがそれを読んだかどうかも知らなかった――そこに何が書いてあるのかも。

「いや」とファット。

「人は神の姿に似せて創られたと信じてるか？」とモーリス。

「うん」とファット。

モーリスは声を荒げて叫んだ。「だったら自分をヤク漬けにするなんて、神様に対する冒瀆だろうが。それを考えたことはないのか？」

「考えましたよ。そのことはずいぶん考えてみた」とファット。

「で？ どう判断したんだ？ 忘れたかもしれないから、創世記に書いてあることを教えといてやろう。『そして神は言った。「人をわれわれの姿に似せて作り、似せることで海の魚や天の鳥、獣、あらゆる――』」

「わかってる」とファットは割り込んだ。「でもそれは創造の神様であって、本当の神様じゃないんですよ」

「何だと？」とモーリス。

ファットは語った。「それはヤルダボアス。ときには盲目の神様サマエルとも呼ばれる。狂ってるんです」

「いったい何を言ってやがる」とモーリス。

「ヤルダボアスはソフィアが産み落とした怪物で、プレロマから墜落したんです。自分が唯一神だと思っているけれど、でもまちがってる。そいつには何かイカレたところがある。ものが見えない。オレたちの世界を創るけど、目が見えないからその仕事をしくじるんだ。本物の神様ははるか上から見下ろして、哀れに思ってオレたちを救うための作業を始める。プレロマからの光の断片が――」

ファットを見つめながらモーリスは言った。「そんな話をでっちあげたのは、どこのどいつだ？　お前か？」

「基本的には、オレの教義はワレンティノス、CE二世紀の人物のものですけど」とファット。

「CEって何だ？」

「共通紀元。ADに替わる表現なんですよ。ワレンティノスのグノーシス主義は、ペルシャのものと対立するもっと小規模な分派なんだ。ペルシャのやつはもちろん、強くゾロアスター的な二元論に影響されていましたからね。ワレンティノスはグノーシスの存在論的な救いをもたらすという価値を認識したわけです。というのも、グノーシスは元の原初的な無知の状態を逆転するものであり、その無知の状態とは墜落の状態を表すもので、つまり現象的あるいは物質的世界の創造失敗につながった、神様の欠陥を示すものなんだから。完全に超越した真の神様は、この世界を創造していない。でもヤルダボアスのやらかしたことを見て――」

「その『ヤルダボアス』ってのは何だ？　世界を創造したのはヤーウェだ！　聖書にそう書いてある！」

ファットは語った。「創造神は、自分が唯一の神だと想像した。だからあの神様は嫉妬深くて『私の前には他のいかなる神も置いてはならない』と言ったんだけど、それに対し――」

モーリスは怒鳴った。「お前、聖書読んでねえのか！」

しばらく沈黙してから、ファットは別の方向から試してみた。相手が宗教的なバカなのだから。「だからさ」とあいつは、できる限りわかりやすく言った。「この世の創造についてはいろんな意見があるわけですよ。たとえば、もし世界がだれかの作ったモノだと考えるにしても――実はそうじゃないかもしれないよ、世界全体が生命体なのかもしれないよ、古代ギリシャ人はそう考えてたんだぜ――それだけで単一の創造者がいるって理屈にはならない。たとえば、何回かにわけて、複数の創造者がいたかもしれないでしょう。仏教の観念論がこれを指摘してますよ。でもそれですら――」

「貴様、聖書読んだことなんかねえんだな」モーリスは軽蔑するように言った。「じゃあこうしてもらおうじゃないか。本気だからな。家に帰って、聖書をきちんと読め。創世記を二回読むんだ。わかったか？　二回だぞ。慎重に。そしてその中の主要な考えや出来事について概要をまとめるんだ。いちばん重要なものから順番にな。そして来週ここに顔を出すときには、その一覧を見せろよ」。かれは明らかに、本気で怒っていた。

神様の話を持ち出したのはまずかったのだが、もとよりモーリスがそんなことを知っていたはずもない。単に、ファットの倫理感に訴えようとしていただけだ。ユダヤ教徒のモーリスは、宗教と倫理が不可分だと思っていた。ヘブライ一神教ではそれが結合しているからだ。倫理はヤーウェからモーゼへと直接下される。だれでも知っていることだ。ホースラヴァー・ファット以外はだれでも。ファットの問題はこの時点では、知りすぎているということだった。

荒い息をつきながら、モーリスは約束時間を書いた手帳を調べはじめた。かれがシリアの暗殺部隊をやっつけたのは、別に宇宙を霊魂と肉体を保った知性あるエンテレケイアとして認識し、ミクロコスモスである人の鏡たるマクロコスモスとして捉えたことによるわけじゃないのだ。

「一言だけ言わせてください」とファットは言った。

いらだたしげに、モーリスはうなずいた。

「創造の神様は狂っているかもしれないから、よって宇宙も狂っている。オレたちが混沌として体験するものは、実は非理性なんです。混沌と非理性とはちがうんです」そしてファットはだまりこんだ。

モーリスは言った。「宇宙はお前がそれをどう考えるか次第だ。重要なのはそこでお前が何をするかだ。そこで何か、生命を育むようなことをやって、生命を破壊するようなことをしないのがお前の責任ってもんなんだ」

「それは実存主義的な立場ですよね。人はその行動次第だという考え方でしょ、人はその考え次第というんじゃなくて。それが初めて表現されるのはゲーテの『ファウスト』第一部、第四ゴスペルのオープニングなんです。『Im Anfang war das Wort.（初めにことばありき）』。それに対してファウストは言う。『Nein, Im Anfang war die Tat.』『初めに行為ありき』。ここからすべての実存主義が発しているんです」

モーリスは、ファットが虫けらであるかのように見つめた。

＊

ファットは、車でサンタアナのダウンタウンにある、現代的なベッドルーム二つに洗面所二つのアパートに戻った。完全セキュリティつきでかんぬき錠もつき、電気式ゲートに地下駐車場、CCTVが玄関を写し続けているところで、シェリーと住んでいるところだ。戻ってきたところで、ファットは自分が権威という立場から、イカレポンチという慎ましい地位にまた逆戻りしてしまったことに気がついた。モーリスは、やつを助けようとする中で、うっかりファットの自信という砦を消し去ってしまったのだった。

だがよい面もあって、いまやファットは要塞のような、あるいは監獄のような、完全セキュリティの新築に住んでいた。メキシコ人スラムのどまんなかだ。地下車庫のゲートを開けるのに、磁気コンピュータカードが要る。これはファットの、ないも同然の士気を何とか救った。アパートは最上階だったので、文字通りサンタアナを見下して、毎夜ずっとアル中やジャンキーたちにたかられる、もっと貧乏な連中を見物できた。さらにもっと大事なこととして、シェリーがいっしょだった。すばらしい食事を作ってくれたのだ。もっとも皿洗いと買い物はファットの担当だったが。シェリーはどっちもやらなかった。縫い物やアイロンがけはたくさんやり、雑用でドライブして、高校時代の女友達と電話でしゃべり、教会のできごとについてファットに教えてくれたのだ。

シェリーの教会は実在するので、名前は出せない（それを言えばサンタアナだって実在するが）。だからシェリーが呼んでいた名前を使おう。イエスの低賃金工場だ。毎日半日、彼女は電話番と受付をやった。支援プログラムの責任者でもあった、つまり食事や簡易宿泊所用のお金を渡し、生活保護局との交渉アドバイスをして、本物の人々の中からジャンキーどもをつまみ出したということだ。

シェリーはジャンキーが大嫌いだったし、それにはもっともな理由があった。連中は毎日、新しいインチキを考案しては戻ってくるのだ。シェリーが一番頭にくるのは、ジャンキーどもがヘロインを買うために教会を騙そうとすること自体よりも、むしろ連中が後でそれを自慢することなのだった。でもジャンキーどもは通常、仲間意識なんか持ち合わせていないので、どのジャンキーが教会を騙してはそれを自慢しているか、告げ口しあうのが通例だ。シェリーはクズ野郎一覧表にその名前を書いておいた。いつも彼女は教会から帰ってきては、教会の状況についてキチガイ女のようにわめきたてるのだった。特に気色悪い連中やジャンキーどもがその日ああ言ったこんなことやった、そして司祭のラリーがそれについて何もしなかった、という話を。

一週間同居して、ファットは彼女について、友人として顔をあわせた三年間よりずっと多くのことを学んだ。シェリーはこの世のあらゆる生き物を嫌悪しており、身近な存在ほどその嫌悪も強かった。つまり、だれかや何かとの関係が深いほど、そいつや彼女やその物体に対する嫌悪も高まる。彼女の人生における偉大でエロチックな愛の対象は、司祭ラリーという形を取っていた。シェリーはラリーに、自分の大いなる願いはかれと寝ることだと語ったが、それに対するラリーの答えは(ファットはそれを適切な答えだとは思わなかったが、魅了された)、自分、つまりラリーは社会生活と仕事のつきあいとは一線を引く主義なのだ、というものだった(ラリーは既婚で子供三人、孫が一人いた)。それでもシェリーはかれを愛し、相変わらず寝たいと思っていたが、でも敗北は察していた。

良い面はと言えば、彼女が一時姉と暮らしていたとき――もとい、シェリーの言い方では姉の家で死にかけていたとき――彼女は発作を起こし、そこへラリー神父がやってきて病院に運んでくれた。ラリー神父に抱え上げられたシェリーはかれにキスして、かれはフレンチキスを返した。シェリーは残念そうにあの日々を思い返すのだった。

ある晩彼女はファットにこう告げた。「あなたのことは愛してる。でも本当に愛してるのはラリーなのよ、病気のときに救ってくれたから」

ファットはやがて、シェリーの教会での宗教は脇役でしかないと思うようになった。電話に出るのとあれこれ郵便で送るのが活動の中心だった。うろんな連中がたくさん――ファットにしてみれば、そいつらの名前はラリー、モー、カーリー、どうでもよかった――教会にたかり、どう見てもシェリーより高い給料を受け取って、仕事はずっと少ない。シェリーはそいつらみんな死ねばいいと思っていた。しばしばそいつらの不運について嬉しそうに語る。そいつらの車がエンコしたとか、スピード違反のキップを切られたとか、ラリー神父がそいつらについて不満を述べたとか。

「エディがついに、正式に蹴り出されることになったわ。あのケチなクソ野郎めが」と彼女は、帰ってくるなり言うのだった。

ある貧乏人が特にシェリーをどうしようもなく苛立たせていた。ジャック・バービーナという男で、ゴミ箱をあさっては彼女にちょっとした贈りものを見つけてくるのだ。ジャック・バービーナは彼女が一人きりのときの教会事務室にやってきて、ナツメヤシのきたない箱と、おつきあいしたいという意図を強調した変テコな手紙を渡した。シェリーは初めてそいつを見たときから、偏執狂のレッテルを貼っていた。そしていつかそいつに殺されるという恐怖を抱いていた。

「今度あいつが来たら電話するから」と彼女はファットに告げた。「あいつと二人きりでいるなんてごめんだわ。司教裁量資金では、ジャック・バービーナに我慢するだけの給料は出せないわよ。特に実際にあたしがもらってる金額ときたら、エディの給料の半分くらいなのよ、あのケチなおかま野郎めの」。シェリーにとって、この世にはぐうたらとキチガイ、ジャンキー、おかま、友人ヅラした裏切り者しかいない。またメキシコ人や黒人も眼中になかった。ファットはシェリーがキリスト教式の慈悲心をまったく持っていないのを不思議に思ったものだ。シェリーは、生きとし生けるありとあらゆる人間を軽蔑し、恐れ、恨んでおり、さらに何よりも自分の運命について文句ばかりなのに、どうして教会で働いて宗教団体を目指すのに耐えられるんだ、それ以前に、なぜそんなことを思いつくんだ？

シェリーは病気の間ずっと衣食住の面倒を見てくれた、実の姉ですら恨んでいた。その理由は、メイはメルセデスベンツに乗っていて、旦那が金持ちだから。でもシェリーが何よりも恨んでいたのは、親友エリナーのキャリアだった。彼女は尼僧になったのだった。

シェリーはしょっちゅうこぼしたものだ。「あたしは、サンタアナくんだりでゲロ吐いてんのに、エリナーはヤク中のくせにラスベガスでうろついてんのよ」

ファットは指摘した。「ゲロなんか吐いてないだろ。緩解してるんだから」

「でも彼女はそんなこと知らないのよ。ラスベガスって、宗教団体にとってはろくでもないところよ。どうせあの人、ケツでも売って――」

「おい、尼さん相手になんて言いぐさだい」ファットはエリナーに会ったことがあった。気に入っていた。

「あたしだって、病気になんなきゃ今頃は尼さんになれてたわ」とシェリー。

*

シェリーの垂れ流す愚痴から逃れるため、ファットは書斎にしている寝室に閉じこもり、再び大釈義の執筆を始めた。すでに三十万語近く、ほぼすべて手書きで書き留めてはいたが、その稚拙な書き殴りから**トラクタテ：クリプティカ・スクリプチュラ**（三九九頁「補遺」参照）を抽出しはじめた。これは単に「秘密教典」という意味だ。ファットはラテン語のほうが題名としてかっこいいと思ったのだった。

この大作のこの時点で、あいつは辛抱強く宇宙創生論を構築し始めた。宇宙創生論っていうのは「宇宙がどうやって生まれたか」というのを専門的に言ったものだ。宇宙創生論を書く人は少ない。通常は、文化丸ごと、文明丸ごと、民族や部族丸ごと動員しないと書けない。宇宙創生論というのは集団で作るもので、時代を通じてだんだん発達する。ファットはこれをよく知っていたし、自分で独自のものを発明したのが自慢だった。あいつはそれをこう呼んだ。

日記または釈義において、これは第47項にあたり、圧倒的に最長の項となった。

二源宇宙創生論

唯一者は存在と非在の組み合わせであり、非在を存在から分離したいと望んだ。そこで二重の袋を生成し、そこには卵の殻のように、双子が入っていてそれぞれが両性具有であり、逆方向に回転していた（道教における陰と陽であり、そして唯一者が道である）。唯一者の計画では、双子がどちらも同時に存在（実在性）へと創発するはずだった。だが存在したいという欲望に突き動かされ（これは唯一者が双子の双方に植え付けたものだった）、反時計回りの双子が袋をやぶり、時期尚早に、即ち期が満ちる前に分離した。これが暗い、あるいは陰の双子だった。したがってそれは欠陥品だった。期が満ちて、双子の賢いほうが出現した。双子はどちらも単一のエンテレケイア、精神と身体から成る単一の生命体を形成したが、それはやはりお互いに逆方向に回転しているのだった。双子のうち満期のほう、パルメニデスが形態Iと呼んだほうは、その成長段階を正しく経過していったが、未熟に生まれた形態IIと呼ばれるほうは、遅れていった。

　唯一者の次のステップは、二が弁証法的な相互作用を通じて多となることだった。ハイパー宇宙としてのかれらから、両者はホログラム状のインターフェースを投影したが、それがわれわれ生物の住まう多型宇宙だ。この二つの源は、本来なら平等に混じり合ってこの宇宙を維持するはずだったが、形態IIはあいかわらず遅れをとって、病気や狂気や無秩序に陥った。こうした側面を彼女はわれわれの宇宙に投影した。

　唯一者がわれわれのホログラム的宇宙のために目指していたのは、それを教育道具として各種の新生命が進歩し、やがてそれが唯一者と形態同一となることだった。でもハイパー宇宙IIの衰退状況は悪性因子を持ち込み、それがわれわれのホログラム的宇宙に被害を及ぼした。これがエントロピーや不当な苦しみ、混沌と死の起源であり、そして同時に帝国、黒い鉄の牢獄の起源でもある。要するに、これはホログラム的宇宙における生命形態の適切な健康と成長を阻害するものなのだ。また教育機能も大幅に阻害された。というのも情報リッチなのはハイパー宇宙Iからの信号だけだったからで、ハイパー宇宙IIからの信号はノイズになってしまっていた。

　ハイパー宇宙Iの精神は、自分自身のミクロ形態をハイパー宇宙IIに送り、それを癒そうとした。そのミクロ形態は、われわれのホログラム的宇宙ではイエス・キリストとして表出した。しかしハイパー宇宙IIは、錯乱しているので、即座に健康な双子の癒す精神のミクロ形態を苦しめ、辱め、拒絶し、ついには殺してしまった。その後、ハイパー宇宙IIは退廃を続けて盲目で、機械的で目的のない因果プロセスに分解してしまった。そしてこのホログラム的宇宙の生命体を救うか、あるいはそれらに対する形態IIからの影響をすべて排除するのは、キリスト（もっと適切には精霊）の仕事となった。それはこの任務に慎重に取り組み、錯乱した双子を癒せないのなら殺そうとした。つまり彼女は、自分が病気だと理解していないので、己が癒されることを許さないのだ。この病気と狂気はわれわれに満ちており、われわれを私的で非現実の世界に暮らす愚者にしてしまう。唯一者の当初の計画を実現するには、いまやハイパー宇宙Iが二つの健康なハイパー宇宙に分裂するしかない。それによりホログラム的宇宙は、当初の設計通りの成功した教育機械へと変換される。われわれはこれを「神の王国」として体験する。

時間の中では、ハイパー宇宙IIは生き続けている。「帝国は終わっていなかった」。だがハイパー宇宙の存在する永遠の中では、健康な双子であるハイパー宇宙Iにより——やむを得ず——殺された。唯一者は、双子をどちらも愛していたので、この死を悼む。だから「精神」の情報は、女の死についての悲劇的な物語となっている。これはホログラム的宇宙のあらゆる生物に悲嘆をもたらすのだが、かれらにはその理由がわからない。この哀しみは、双子の健康なほうが有糸分裂を行って「神の王国」が到

来すれば去る。この変換の機械——時間の中で鉄の時代から黄金の時代への移行——は今進行中だ。永遠の中だと、それはすでに実現されている。

その後ほどなくして、シェリーはファットが昼も夜も釈義の作業を続けるのにうんざりしてきた。さらにファットが、生活保護費で家賃を一部負担してくれといってきたのにも腹を立てた。裁判所の判決で、ファットはベスとクリストファーに、慰謝料と養育費をたくさん支払わなくてはいけなかったのだ。シェリーは、サンタアナ住宅局が無料で用立ててくれる別のアパートを見つけており、そちらではファットの夕食を作る必要もなかった。それに他の男とデートもできた。ファットはシェリーと同居している以上、これにいい顔をしないのだった。ある晩、男友達と手をつないで帰ってきたらファットが激怒したので、彼女はその拘束ぶりについてこう叫んだ。

「あたし、もうこんなのに我慢できないわ」

ファットは、もう他の男とデートしても怒らないからと約束したし、銀行口座の残高は九ドルしかなくても、家賃や食費を負担してくれと頼まないと約束した。無駄だった。シェリーは激怒していた。

「もう出て行きますから」と彼女。

シェリーが出て行くと、ファットは各種の家具、お皿、テレビ、食器、タオルなどを買うためにお金をかき集めなくてはならなかった——つまりは何もかも。結婚時代のものはほとんど何も持ってきていなかったのだ。シェリーの家財にたかるつもりでいたからだ。言うまでもなく、彼女なしの暮らしはとても寂しかった。二人で共有していた、寝室二つ、洗面所二つのアパートに一人きりで暮らすのは、死ぬほど気が滅入った。友人たちは心配して、元気づけようとしてくれた。二月にはベスに去られ、いまや九月初旬にシェリーに去られた。またもやじわじわ死につつあった。いまや、タイプライターに向かったり、メモ帳とペンを持ったりして、釈義の執筆をするだけだった。人生には他に何も残されてはいなかった。ベスは千百キロ離れたサクラメントに引っ越していたので、クリストファーにも会えなかった。自殺も考えたが、ほんのちょっとだ。モーリスがそんな考えは快く思わないのを知っていたからだ。そんな考えを抱いたら、モーリスは、また一覧を作れと言ってくるだろう。

ファットが本気で悩んだのは、シェリーの緩解が間もなく終わるという直感だった。サンタアナ大学で講義を受けて教会で働くにつれ、彼女はだんだんみすぼらしく、疲れた様子になった。会うたびに、というのはできる限り頻繁にということだが、彼女がとても疲れてやせ衰えているのに気がついた。十一月にはインフルエンザになったとこぼしていた。胸が痛んで咳が止まらないという。

「まったくろくでもないインフルエンザだわ」とシェリー。

やっとのことで彼女を説得し、医者にいかせてレントゲンと血液検査を受けさせた。その頃には、もう緩解が終わっているのがわかった。歩くのもやっとだったのだ。

癌がぶり返したと彼女が知ったその日、ファットもいっしょだった。医者の予約は朝八時だったので、ファットはじっとすわったまま徹夜した。そしてシェリーの生涯の友人エドナといっしょに、車で彼女を病院に送り届けた。シェリーがアップルボーム医師の診察を受ける間、ファットとエドナは待合室ですわっていた。

「ただのインフルエンザよね」とエドナ。

ファットはだまっていた。あいつにはわかっていた。三日前、あいつはシェリーと雑貨屋にでかけた。彼女はほとんど歩けないほどだった。ファットは何の疑念も抱いていなかった。エドナといっしょに、混雑した待合室にすわっていると、恐怖でいっぱいになり、泣き出したくなった。恐ろしいことに、今日はファットの誕生日だった。

アップルボーム医師の診察室から出てきたシェリーは、目にちり紙を押しつけていた。ファットとエドナは駆け寄った。倒れ込むところをファットはつかまえた。シェリーはこう言った。「戻ったの、癌が戻ったの」首のリンパ腺にできていて、右の肺にも悪性腫瘍ができていたので、それが息をつまらせていたのだった。二十四時間後に、化学療法と放射線治療が始まる。

エドナは硬直してこう言った。「絶対にただのインフルエンザだと思ったのに。メロディランドに行って、イエス様が治してくださったと証言してほしかったのに」

この発言に対し、ファットは無言だった。

この時点で、ファットはもはやシェリーに対し何ら道徳的な義務を負っていないという議論は成り立つ。些末きわまる理由のために、彼女はファットを置き去りにして、ひとりぼっちのまま、嘆いて絶望し、釈義を書き散らす以外何もできない状態にしてしまったのだから。ファットの友人はみんなこれを指摘した。シェリーが同じ部屋にいないとき、エドナですらこれを指摘した。でもファットはいまだに彼女を愛していた。彼女は自分で食事を作るには衰弱しすぎているし、化学療法が始まればもっと気分が悪くなるから、戻ってきて欲しい、オレが面倒を見てあげるから、と彼女に申し出たのだ。

「結構よ」とシェリーは抑揚なしに言った。

ファットはある日、彼女の教会に出かけ、ラリー神父と話をした。そしてラリーに懇願した。カリフォルニア州健康保険の連中に圧力をかけて、だれかをシェリーのところに派遣し、食事を作ってアパートの掃除を手伝ってあげてほしい、と。彼女は自分、つまりファットにはそれをやらせてくれないのだ。ラリー神父は、そうしようと言ったが、何も起きなかった。またもやファットは神父のところにでかけ、シェリーを助けるにはどうすればいいか相談した。そして相談の最中に、ファットは突然泣き出した。

それを見て、ラリー神父は謎めいた口調でこう言った。「私はもう、あの娘のための涙は涸れ果てましたよ」

哀しみのあまり涙の回路が焼き切れたという意味なのか、それとも保身のための仕掛けとして、計算ずくで悲しみを制限したという意味なのか、ファットには判断できなかった。今でもわからない。ファット自身の悲しみは臨界量に達していた。いまやシェリーは入院していた。ファットが見舞うと、彼女は縮んだ悲しい姿でベッドに横たわっていた。見慣れた姿の半分くらいの大きさで、苦しみつつ咳き込み、目には悲惨な絶望を浮かべている。その後ファットは家まで車を運転できず、ケヴィンが代わりに運転しなくてはならなかった。ケヴィンはいつもなら、皮肉屋の立場を崩さないのだが、悲しみのあまり口がきけなかった。二人は車で走り続け、やがてケヴィンはファットの肩を叩いた。男同士が愛情を表すために残された唯一の方法だ。

「オレ、どうしよう」とファット。彼女が死んだらどうしようか、という意味だ。

あいつは、ひどい扱いを受けたのにホントにシェリーを愛していた——これは友人たちの主張通り、彼女が本当にあいつにろくでもない扱いをしたのであればの話だが。あいつ自身は——あいつは、シェリーの扱いがひどいかわからなかったし、気にもしていなかった。知っているのは唯一、腫瘍を全身に転移させた彼女が病床に横たわっているということだけ。彼女の知り合いみんなと共に、ファットは毎日見舞いに行った。

夜には、唯一残された行動をやった。釈義を書くことだ。そして重要な項目に到達した。

第48項。われわれの天性について。以下のように述べることは適切である。われわれはどうやら、コンピュータ状の思考システムにおけるメモリーコイル（体験が可能なDNAキャリア）らしい。ただしわれわれは何千年もの実験情報を正しく記録保管し、個々人はそれぞれが他のあらゆる生命形態とはちょっとちがった内容を保有しているのだが、この思考システムには記憶読み出しに動作不良――欠陥――がある。われわれという下位回路の問題はそこにある。グノーシス――もっと適切にはアナムネシス（健忘症の喪失）――を通じた「救済」は、われわれ個々人には個別の意義を持つが――それは知覚、アイデンティティ、認知、理解、世界と自己の体験における、不死を含む一大飛躍となる――システム全体にとってはずっと大きくもっと重要な意味を持つ。そうした記憶はそれが必要なデータであり、そのシステムにとって、つまりそのシステムの全体としての機能にとって価値があるのだ。

したがってそのシステムは自己修復のプロセスにある。それには以下が含まれる。われわれの下位回路を、直線的、直角的な時間変化により構築し直すとともに、われわれの中のブロックされたメモリバンクを刺激するよう絶え間なく信号を送り続けて、その内容を読み取ろうとすること。

すると外部情報あるいはグノーシスは、阻害を解く命令で構成され、その中核的な内容はわれわれに内在している——つまりすでにそこにある（これを最初に考察したのはプラトン。つまり学習というのは思い出すことだという考察）。

古代人たちは、主に初期キリスト教を含むギリシャ・ローマの秘教が使っていた技法（秘蹟や儀式）を保有していた。これは発火と読み出しをうながすもので、もっぱらその個人に対する回復的な価値観を抱かせるものとなっていた。だがグノーシス主義者たちは、かれらが神の頭そのものと呼んだもの、完全なる存在の存在論的な価値を正しく認識していた。

神の頭は損傷している。その中でわれわれにはわからない、何か原初的な危機が発生した。

ファットは日誌の29項を書き直して、それを「われわれの天性について」の項目に追加した。

29. われわれが天より墜落したのは道徳的なまちがいのせいではない。墜落したのは知的なまちがいのせいだ。現象界を現実のものと思ってしまったというまちがいだ。だからわれわれは、道徳的には無垢だ。われわれが罪を犯したと語るのは、各種の多様形相で偽装した帝国だ。「帝国は終わっていなかった」。

いまやファットの精神は完全にイッちゃっていた。やることといえば、釈義だかトラクタテだかを書くか、ステレオを聴くか、病院のシェリーを見舞うかだけ。トラクタテには論理的な順序も理由もなく、項目を書き連ねるようになった。

30. 現象界は存在しない。それは「精神」が処理した情報の実体化だ。

27. 偽の時間の世紀が削除されたなら、真の日付はCE一九七八年ではなく、CE一〇三年となる。したがって新約聖書は聖霊の王国は「いま生きている者の一部が死ぬ」前に訪れると述べている。したがってわれわれは使徒の時代に生きている。

20. ヘルメス学の錬金術師たちは、三つ目侵略者の秘密種族の存在を知っていたが、努力してもかれらと接触できなかった。したがって、フリードリッヒ五世、ボヘミア王、プファルツ選帝侯を支援しようというかれらの試みも失敗した。「帝国は終わっていなかった」。

21. 薔薇十字団は「Ex Deo nascimor, in Jesu mortimur, per spiritum sanctum reviviscimus」と書いた。つまりは「われわれは神から生まれ、イエスに死に、聖霊により蘇る」ということだ。これはかれらが帝国が破壊して失われた不死の秘密を再発見したということを意味する。「帝国は終わっていなかった」。

10. テュアナのアポロニウスは、ヘルメス・トリスメギストスの筆名で「上にあるものは下にあるものである」と述べた。これはつまり、われわれの宇宙がホログラムだと言おうとしたのだが、ホログラムということばを知らなかったのだ。

12. 不死なる者はギリシャ人にはディオニソスとして知られていた。ユダヤ人にはエリヤ、キリスト教徒にはイエスとして。かれは、それぞれの人間宿主が死ぬと次に移り、したがって決して殺されたり捕まったりすることはない。だから十字架にかけられたイエスは「エリ・エリ・ラマ・サバクタニ」と語り、それを聞いてその場の数名は正しく「あの人はエリヤを呼んでいるのだ」と言った。エリヤはイエスを去り、イエスは一人で死んだ。

この項目を書いていたその瞬間、ホースラヴァー・ファットも一人で死につつあった。

エリヤだか、一九七四年にあいつの頭蓋に山ほどの情報を発射した何やら聖なる存在は、確かに去っていた。ファットが繰り返し自問した恐るべき質問は、日誌やトラクタテに書き記されることはなかった。その質問はこんなふうに書ける。

聖なる存在がクリストファーの生まれつきの欠陥を知っていて、それを正すために何かをしてくれたなら、なぜシェリーの癌については何もしてくれないんだろう？

どうして彼女をあのまま死なせちゃうんだろう？

ファットにはこれがわからなかった。彼女は丸一年も誤診を受けていた。なぜシマウマはその情報を、ファットやシェリーの医師やシェリー自身——だれでもいいから送らなかったのか？

彼女を助けるのに間に合うときに送らなかったのか！

ある日ファットが病院のシェリーを見舞うと、病床の横に、にやけたバカが立っていた。ファットも会ったことのある阿呆だった。こいつはファットとシェリーが同居しているときにふらふらやってきて、シェリーを抱きしめ、キスして愛しているというのだ——ファットなんかおかまいなしに。このシェリーの幼なじみは、ファットが病室に入ったとき、シェリーにこう言っていた。

「ぼくが世界の王様になって君が女王さまになったら、二人で何がしたい？」

これに対してシェリーは苦悶しつつこうつぶやいた。「あたしはこのノドのでき物を何とかしたいだけよ」

ファットはその瞬間ほどだれかをぶっ飛ばしてやりたいと思ったことはなかった。同行したケヴィンが、物理的にファットを押しとどめなくてはならなかったほどだ。

ファットとシェリーが実に短期間同居していた、あの孤独なアパートへの車中で、ファットはケヴィンにこう語った。「オレ、頭がおかしくなりそう。もう我慢できないよ」

「それが普通の反応だよ」というケヴィンは、最近は皮肉屋のポーズを一切見せなくなっていた。

「どうして神様がシェリーを助けてくれないのか、教えてくれよ」とファット。ケヴィンには釈義の進捗を伝えていた。一九七四年に神様と会ったのは知っていたから、ファットも公然と話ができた。

ケヴィン曰く「それは大いなるプンタの謎めいたやり方なんだ」

「そりゃ何のこった？」

「ぼくは神を信じない。大いなるプンタを信じてる。そして大いなるプンタのやり口は謎めいている。プンタがなぜ何かをするか、しないかは、だれも知らない」とケヴィン。

「ふざけてんだろ」

「いやいや」とケヴィン。

「大いなるプンタはどっからきた？」

「大いなるプンタだけが知っている」

「善良なの？」

「そうだという人もいる。そうでないという人も」

「やろうと思えばシェリーを助けられた」

ケヴィン曰く「それは大いなるプンタしか知らない」

二人は笑い出した。

死が頭から離れず、シェリーについての悲しみと心配で発狂しつつあるファットは、トラクタテの第15項を書いた。

15. クーマイの巫女はローマ共和国を守護してタイミングよく警告を発した。CE一世紀に彼女はケネディ兄弟の二人、キング牧師、パイク司教の暗殺を予見した。この暗殺された四人の共通項を二つ見抜いた。まず、みんな共和国の自由を守ろうと立ち上がった。そして第二に、みんな宗教指導者だった。このためにかれらは殺された。共和国はまたもやカエサルを戴く帝国となった。「帝国は終わっていなかった」。

16. 巫女たちは一九七四年三月にこう言った。「陰謀家たちは見つかり、正義が下されるだろう」。彼女はそれを第三の目、あるいはアジナの目、内省をもたらすシヴァの目で見た。これは外に向けられると、高熱を発射して吹き飛ばす。一九七四年八月に、巫女たちの約束した正義が実現した。

ファットは、トラクタテにシマウマが頭の中に放射した予言的な声明すべてを書き記すことにした。

7. アポロの頭領が戻ってくるところだ。聖ソフィアが再び生まれる。彼女は昔は受け入れられなかった。仏陀は遊園にいる。シッダールタは眠る（だが目覚める）。お前の待っていた時がやってきた。

これを聖なるものからの直接ルートで知っていたので、ファットは末日予言者となった。でも狂っていたから、トラクタテにはわけのわからないことも書き込んだ。

51. われわれのあらゆる宗教の原初的な源は、ドゴン族の先祖にある。かれらはその宇宙創生論と宇宙論を、はるか昔に訪れた三つ目の侵略者から直接得たのだ。三つ目の侵略者は口がきけず耳も聞こえずテレパシー能力があり、地球の大気は呼吸できず、イクナアトンの引き延ばして変形した頭蓋骨を持ち、シリウス星系の惑星から流出したものだ。手はないけれど、かわりにカニのようなハサミツメを持っていたので、優れた建設者だった。かれらは密かに人類の歴史が有益な結末を迎えるよう影響を与えている。

この頃にはファットは、ついに完全に現実から切り離されてしまったのだった。

第7章

ファットがもはや妄想と聖なる啓示とのちがいがわからなくなっていた理由は、ご理解いただけるだろう――この両者にちがいがあればの話だし、そんなちがいは一度も証明されたことがないのだけれど。あいつはシマウマがシリウス星系の惑星からやってきて、一九七四年八月にはニクソンの圧政を打倒し、いずれ地球に平和な王国を設置して、そこには病気も苦痛も孤独もなく、動物たちは喜びに踊るのだと想像していた。

ファットはイクナアトンの頌歌を見つけて、その一部を参考書から自分のトラクタテに書き写した。

「(前略) 卵の中の雛が卵の中でさえずるとき
汝は中の雛に息を与えその生を保つ。
汝が雛をまとめあげて
卵を破り出るまでにしたとき

雛は卵から進み出て
全力でさえずる。
そこから出で来たる後に
雛は二本足で動き回る。

汝の御業はなんと多様であることか！
それはわれわれの前からは隠されている
おお唯一神よ、他にだれも持っていない力の保有者よ。
汝はまさに大地を御心にしたがって創られ
汝自身は一人きり。
大小様々な仔牛である人間すべて
足であるきまわるすべて
高みにいて
翼で飛ぶものもすべて。
汝は我が心の中におり
汝を知るものは
我が息子イクナアトン以外にはいない。

汝は彼を賢くして
汝の設計とその御意志を知らしめた。
世界は汝の手中にあり（後略）」

第53項は、人生のこの時点におけるファットが、どこかに何らかの善があるという安心感を少しでも支えてくれるようなものなら、手当たり次第に手を伸ばしていることを示している。

53. われわれの世界はまだ秘密裏に、イクナアトンから生まれた隠された人種に支配されており、イクナアトンの知識はマクロ精神そのものの情報である。

「あらゆる仔牛はその放牧場で安らぎ
草木は花開く
鳥は湿地で羽ばたき
その翼は汝を讃えて開く
羊はみな立って踊り
羽持つものは飛び

汝が輝きを垂れるとみな活気づく」

イクナアトンからこの知識はモーゼに伝わり、モーゼから不死人エリヤへと伝わり、かれがキリストになった。だがこれらの名前すべての下にあるのは、たった一人の不死人である。そしてわれわれこそがその人物である。

ファットはいまだに神様とキリスト——それ以外にもいろいろ——を信じていた。でもなぜシマウマ（これはあいつ流の、全能の聖なる唯一者の呼び名）がシェリーの状態についてもっとはやく警告してくれなかったのか、彼女を治してくれなかったのか知りたいと願い続けていた。そしてこの謎はファットの脳を攻撃し、あいつを狂った者に仕立て上げていた。

ファットは死を求めたことがあったが、なぜシェリーが死ぬに任されているのか、しかもひどい死に方をさせられているかが理解できなかった。

ぼく自身が進み出て、いくつか可能性を提示してもいい。生まれつきの障害に苦しむ少年は、死にたいと思っていて悪意に満ちたゲームをしている成人女性とは、分類がちがうのだ。そのゲームは彼女の肉体的な相似物、つまり彼女の肉体を破壊しているリンパ腫と同じくらい悪性だ。だいたい全能の聖なる唯一者は、ファット自身の自殺未遂を妨害するために進み出たりもしていない。聖なる存在は、ファットが高純度ジギタリス四十九錠を飲むに任せた。また聖なる至高者はベスがファットを見捨てて息子を連れ去るのも妨害しなかった。それはまさに、神性示現による医学情報が与えられた息子だったのに。

三つ目で、手の代わりにハサミがあり、口がきけず耳も聞こえないテレパシー能力を持つ侵略者たる異星からの生命体に関する言及に、ぼくは興味を覚えた。この話題に関して、ファットは自然に小ずるい寡黙さを示した。あまりペラペラしゃべらないだけの分別はあったのだ。一九七四年三月、神様（もっと正しくはシマウマ）に会ったとき、あいつは三つ目人たちについて鮮明な夢を体験した——そこまでは話してくれた。三つ目人たちはサイボーグ存在として現れた。ガラスの泡に包まれて、大量の技術装備の下でよろめいていた。変な側面があらわれて、ファットもぼくも困惑した。ときどき、こうした幻視のような夢の中に、ソ連の技術者が見かけられ、その三つ目人たちを覆っている高度な技術通信装置の故障を直そうと駆け回っているのだ。

「マイクロ波の心因性だか心機性だか呼び方はなんでもいいけど信号をお前に送ったのって、ロシア人なのかもよ」とぼくは言った。ソヴィエトがテレパシーメッセージをマイクロ波によって強化すると称する記事を読んだのだ。

「ソ連がクリストファーのヘルニアに興味あるとは思えないけど」とファットはむっつり言った。

でもこうした幻視だか夢だか夢うつつだかの状態で、ロシア語が話されるのを聞いて、何ページも、何百ページものロシア語技術マニュアルに見えるものを目にした、という記憶はファットを悩ませた。そのマニュアルには工学的な原理や仕組みが書かれていたのだ――それは図表を見てわかった。

「双方向通信を聞いたんじゃないの？　ロシア人と地球外存在との」とぼくは示唆した。

「まったくありがたい話だぜ」とファット。

こうした経験の頃、ファットの血圧は脳梗塞水準にまで上昇した。医師は一時的に入院措置をとった。そしてアッパーはやるなと警告した。

「アッパーなんかやってませんよ」ファットは正直に抗議した。

医師はファット入院中に、ありとあらゆる検査をして、血圧上昇の肉体的な原因を見つけようとしたが、何も見つからなかった。高血圧は次第におさまった。医師は疑っていた。医師はファットが、アッパーをやっていた時代のライフスタイルに舞い戻ったのだと信じ続けていた。でもファットもぼくも、そうじゃないのは知っていた。あいつの血圧は280－178で死にそうな水準だった。通常のファットの血圧は135－90で、これは平常だ。一時的な血圧上昇の原因は未だに謎だ。それと、ファットのペットたちの死も。

こういうことに何の価値があるかは知らないけれど、一応述べておく。本当のことだ。実際に起きた。

ファットの見解では、アパートが何らかの高い放射線で満たされたのだった。それどころかあいつは、それを見たという。セントエルモの火のように舞い踊る青い光だ。

そしてそれだけでなく、アパートの中をジジジと飛び回るオーロラは、知覚力を持って生きているかのような動きを見せた。何か物体に入ると、その因果プロセスに介入した。そしてファットの頭に到達すると、それは——情報も伝達したがそれだけでなく——人格を伝えた。ファットのものではない人格だ。別の記憶、習慣、嗜好やクセを持つ人物。

人生で空前絶後のことだが、ファットはワインを飲むのをやめ、ビール、それも外国ビールを買ってきた。そして犬を「彼」と呼び、ネコを「彼女」と呼んだ。その犬がメスでネコがオスなのは知っていた——あるいはそれ以前は知っていたのに。これはベスを苛立たせた。

ファットはちがう服を着て、ひげを注意深くトリミングした。ひげをトリミングしつつ洗面所の鏡をのぞくと、見知らぬ人物が目に入ったが、でもそれは通常の変わらぬ自分なのだった。また気候も変に思えた。空気は乾燥しすぎて暑すぎた。高度が正しくないし、湿度も正しくない。ファットは、一瞬前に自分が世界の中の高地の涼しい湿潤な場所に住んでおり、カリフォルニア州オレンジ郡にはいなかったような主観的印象を得た。

加えて、この内部の推論がコイネギリシャ語の形をとったということがある。ファットはそれが言語としてもわからなかったし、また頭の中で起こる現象としても理解できなかった。

そして車の運転にもえらく苦労した。操作レバーがどこにあるかわからなかった。みんなまちがった場所にあるように思えたのだ。

中でも最もすごいことかもしれないが、ファットはソヴィエト女性が手紙で連絡をよこすという、ことさら鮮明な夢を見た――「夢」と言えればだが。夢の中で、あいつは彼女の写真を見せられた。髪はブロンドで、「彼女の名前はサダッサ・ウルナだ」と告げられた。緊急メッセージがファットの頭に投射されて、彼女からの手紙がきたら、絶対に返事しなくてはならないという。

二日後、ソ連から書留航空便が届いたので、ファットはショックを受けて震え上がってしまった。手紙の送り手は、ファットが聞いたこともない男性で(そもそもファットはソ連から手紙をもらうことなどなかった)、以下のものを要求していた。

1. ファットの写真

2. ファットの筆跡の見本、特にファットのサイン

ベスに向かってファットは言った。「今日は月曜だ。水曜に手紙がもう一通くる。それは女性からだ」

水曜にファットは手紙の山を受け取った。全部で七通。開封せずにそれを見て、一通を指さしたが、それは送り主の名前も住所も書いていなかった。「これだ」とあいつはベスにいったが、その頃にはベスも狂乱状態だった。「開封して中を見てくれよ。でもオレに彼女の名前も住所も見せないで。そうでないと返事を書いちゃうから」

ベスはそれを開封した。普通の手紙ではなく、ゼロックスコピーが入っていて、そこにニューヨークの左翼系新聞『デイリーワールド』に載った書評二本が並んでいる。書評子はその二冊の著者が、ソビエト国民で米国在住なのだと書いていた。書評を見ると、著者が共産党員なのは明らかだった。

「まあどうしましょう」とベスは、コピー用紙を裏返した。「著者の名前と住所が裏に書いてあるわ」

「女性？」とファット。

「ええ」とベス。

ファットやベスから、その手紙二通をどうしたのかはついに聞き出せなかった。ファットがほのめかしたヒントから、最初のやつには結局返事を書いたのだと類推した。そちらには裏がないと思ったのだろう。でもコピーのほうは、厳密な意味では手紙といえないが、それをどうしたのかは未だに知らないし、知りたいとも思わない。燃やしたのかも知れない。警察やＦＢＩやＣＩＡに渡したのかも知れない。いずれにしても、あいつが返事を書いたとは考えにくい。

一つには女性の名前と住所が書かれたコピー用紙の裏を、あいつは見ようとしなかったのだ。その情報を見たら、その気があってもなくても、返事を書いてしまうという確信を抱いていたのだ。そうなのかもしれない。だれにわかる？　まず八時間にわたる画像情報が未知の情報源から投射され、それが現代抽象絵画のように配置された八〇色の鮮明な光視活動という形を取る。それからガラスの泡と電子装置をまとった三つ目の人々の夢を見る。それからアパートが、セントエルモの火的なプラズマエネルギーに満たされ、それが生きて思考しているかのように思える。動物たちが死ぬ。ギリシャ語で考えるちがった人格に圧倒される。夢はロシア人についてのものだ。そして最後に、三日の間にソ連から手紙が二通——それも予告通りだ。だが全体としての印象は悪くない。というのも情報の一部は息子の命を救ってくれたからだ。そうそう、もう一つ。ファットは一九七四年のカリフォルニアに古代ローマが重なっているのを目にすることになった。ま、これだけは言わせてもらおう。ファットが遭遇したのは神様ではなかったかもしれないが、まちがいなく何かとは遭遇したのだ。

ファットが自分の釈義のページを次から次へと打ち消し始めたのも当然だろう。ぼくだって同じことをしたはずだ。あいつは、理論のために理論をほじくり返していたわけじゃない。自分に一体全体何が起きたのかをつきとめようとしていたのだ。

もしファットが単に気が狂っているなら、ずいぶんとユニークなやり方を見つけたものだ。同じキチガイでもずいぶん独創的な方法だ。当時セラピーを受けていたので（ファットはいつもセラピーを受けていた）、精神分裂になったかどうか調べるため、ロールシャッハ試験をやってくれないかと頼んだ。試験を受けてみると、軽い神経症でしかないという結果だった。というわけで、この理論もこれで行き止まりだ。

＊

一九七七年に刊行された長篇『スキャナー・ダークリー』で、ぼくはファットの八時間にわたる鮮明な光視活動の記述をパクっている。

その二、三年前、パワーズは神経繊維に作用する脱抑制物質の実験中、ある晩、弱い陶酔作用はあるが安全とみなされている物質を自分の腕に静脈注射したところ、脳内のGABA流体（ガンマアミノ酪酸。神経伝達物質のひとつ）の急激な低下を体験した。主観的にいえば、彼が目撃したのは寝室の正面の壁に投影された極彩色の閃光現象だった。すさまじいスピードで変化するそれを、現代抽象絵画のモンタージュかと、その瞬間の彼は思った。

ほぼ六時間にわたって、何千枚ものピカソがものすごいスピードでつぎつぎに置きかえられていくのを、S・A・パワーズはうっとりとながめた。つぎはパウル・クレーの饗宴。この画家が生涯に描いた以上に多くの枚数だった。そのつぎにモディリアーニの絵が猛スピードで交代をつづけるのを見ながら、S・A・パワーズは考えた。これは薔薇十字会がテレパシーで映像を送りつけてるんじゃないか（なにごとにも理論づけは必要だ）、おそらく高度に進化したマイクロ波中継システムで増幅してるんだろう。だが、カンディンスキーの絵にしつこく悩まされはじめたとき、レニングラードの大美術館がまさにこうした非具象派の現代絵画を収集していることを思いだして、こうも考えた。テレパシー交信を試みているのはソ連のやつらにちがいない。

朝になって、パワーズは思いだした。脳内のGABA流体の量が急低下した場合は、あのての眼内閃光現象を生みだすことが多い。だれもテレパシーでコンタクトを試みてきたわけじゃなく、マイクロ波増幅うんぬんも考えすぎだ、と。（『スキャナー・ダークリー』ダブルデイ、一九七七年、一五一―一六頁　邦訳：浅倉久志、早川書房、二〇〇五年）。

脳内のガンマアミノ酪酸流は、神経回路の発火を阻害する。そしてそれを休眠または待機状態に保ち、その生命体（この場合はホースラヴァー・ファット）に脱抑制状態の刺激――正しいもの――が提示されるのを待つ。言い換えると、これは特定の条件下で特定の時間にぴたりと発火するよう設計された神経回路なのだ。ファットは鮮明な光視活動前に脱抑制刺激を提示されていたのだろうか――脳内のガンマアミノ酪酸の流量の著しい低下、したがってそれまでは阻害されていた回路の発火だ。いわばメタ回路とでも言おうか？

　こうした出来事はすべて、一九七四年三月に起きた。その一カ月前に、ファットは埋没した親知らずを抜いた。このため口腔外科医はナトリウムペンタトールの注射をした。その午後遅く、家に帰ってかなりの痛みを感じていたファットは、ベスに電話をかけてもらって、口腔の痛み止め薬を注文してもらった。ひどい状態ではあったものの、薬局の配達員がノックをしたときには、ファット自らが応対した。ドアを開けると、目の前には美しい黒髪の女の子がいて、ダルヴォンNの入った小さな白い袋を突き出した。だがファットは、すさまじい痛みにもかかわらず、錠剤には目もくれなかった。女の子の首にかかった輝く金のネックレスに意識が吸い寄せられていたのだ。そこから目が離せなかった。痛み——とナトリウムペンタトール——でクラクラしつつ、またひどい目にあってぐったりしつつ、それでもあいつはネックレスの真ん中にある、黄金で作られたシンボルが何を表しているのか、やっとのことで尋ねた。それは魚を横から見た像だった。

　黄金の魚を細い指で触れつつ、彼女は言った。「これ、初期のキリスト教徒が使っていた徴なんです」

　即座にファットはフラッシュバックを体験した。あいつは思い出したのだ——たったの半秒。古代ローマと自分を思い出した。自分が初期のキリスト教徒だったのを。古代世界と、自分が隠れキリスト教徒としてローマ当局に狩り立てられていた、こそこそした怯えた生活すべてを……そしてあいつは一九七四年のカリフォルニアに戻り、鎮痛剤の小さな白い袋を受け取っていた。

一ヵ月後に、眠れないままベッドに横たわって、半ばぼんやりとラジオに聞き入っていると、漂う色彩が見え始めた。するとラジオが金切り声で、忌まわしい醜悪な文をあいつに投げつけはじめた。そしてこれが二日続いてから、そのぼんやりした色彩が押し寄せてきて、まるで自分自身が前に動いているかのようで、それがだんだん速度を増し、そして『スキャナー・ダークリー』で描いたように、ぼんやりした色彩が突然鋭くピントがあったように硬化して、現代抽象絵画となり、文字通り何千万枚もが急速に入れ替わり続けたのだった。

ファットの脳のメタ回路が、魚の徴と女の子のしゃべったことばによって脱抑制されたのだ。

実に単純な話。

数日後、ファットは目を覚まして古代ローマが一九七四年のカリフォルニアに投影されて重なっているのを見て、コイネギリシャ語で考えた。コイネギリシャ語は、いまあいつが見ている地域であるローマ世界の近東部分では共通言語だった。あいつは、コイネがその共通言語だとは知らなかった。ラテン語だと思っていた。さらに、すでにお話ししたように、あいつは自分の思考言語を言語としてすら認識していなかったのだ。

ホースラヴァー・ファットは二つのちがう時間と二つのちがう場所に暮らしていた。つまり二つの時空連続体に。一九七四年三月に起きたのはそういうことで、それはその前の月に古代の魚の徴があいつに提示されたからだ。あいつの二つの時空連続体は別々のものであるのを止めて、融合した。そして二つのアイデンティティ——人格——もまた融合した。後にあいつは、頭の中で声が次のように考えるのを聞いた。

「私の中にだれか別人が住んでて、そいつはこの世紀にいるのではないのだな」

他の人格はなにが起きているかつきとめていた。もう一つの人格はちゃんと考えていたのだ。そしてファットは——特に夜の寝入りばなには——この別人格の思考を、ほんの一カ月前まで拾えたのだ。つまり、二人の人物の分離区分化が崩壊してから四年半後、ということだ。

＊

ファット自身が一九七五年初頭に、ぼくに打ち明け話をするようになった当初、それをとても上手に表現してくれた。あいつは自分の中に住んでいる別世紀で別地域の人格を「トマス」と呼んでいた。

ファットは話してくれた。「トマスはオレより頭良くてさ、オレより物知りなんだ。二人のうち、トマスの方が主人格なんだよ」。ファットはそれがよいことだと考えた。自分の頭の中に、邪悪だったりバカだったりする別人格がいたら、あまりにかわいそうだ！　ぼくは言った。「つまり、お前がかつてトマスだったってことか。トマスの生まれ変わりで、だからその人を覚えているしその――」

「ちがう、いま生きてるんだ。古代ローマに今暮らしてるんだ。そしてトマスはオレじゃない。生まれ変わりなんて何の関係もない」

「でもお前の肉体は」とぼく。

ファットはぼくを見つめてうなずいた。「そう。つまりオレの肉体は、二つの時空連続体に同時に存在しているか、さもなければオレの肉体はどこにもない」

トラクタテより**第14項。宇宙は情報でわれわれはその中で不動であり、三次元ではなく空間にも時間にもいない。与えられた情報をわれわれは現象界に実体化させる。**

これは強調のためにそれを繰り返したものだが、**第30項。現象界は存在しない。それは「精神」が処理した情報の実体化だ。**

ファットはぼくを死ぬほどゾッとさせた。あいつは第14項と30項を体験の延長から得た。だれか別人が自分の頭の中にいて、その別人がちがう時代のちがう場所――二千年前の一万三千キロ彼方に生きているのだというのを発見したことから、それを類推したのだ。

ぼくたちは別々の個人じゃない。単一の「精神」の中における固定地点でしかない。ぼくたちは常にお互い分離しているはずだ。でもファットは偶然、トマス宛の信号（黄金の魚の徴）を受け取ってしまった。魚の徴を扱うのはトマスであって、ファットじゃない。女の子が徴の意味を説明してくれなかったら、分離区分化の崩壊は生じなかっただろう。だが彼女は説明したし、崩壊は生じた。時間と空間がファットには——そしてトマスには！——単なる分離のための仕掛けとしてあらわになってしまった。気がつくとファットは、二つの現実が重なり合った二重露出を見ており、トマスもたぶん同じことに気がついただろう。トマスはたぶん、自分の頭の中で起きているこの変な外国語は何だろう、と不思議に思ったはずだ。そして、それが自分の頭ですらないことに気がついた。

「私の中にだれか別人が住んでて、そいつはこの世紀にいるのではないのだな」。そう考えたのはトマスであって、ファットじゃない。でもファットにも同じくあてはまることだった。

でもトマスのほうがファットより優位にあった。というのもファットが言う通り、トマスのほうが賢かったからだ。トマスが主人格だ。トマスはファットを支配して、ワインをやめてビールに切り替えさせ、あごひげをトリミングさせ、車が扱いきれず……でもそれ以上に重要なこと。トマスは他の自分を思い出した——という表現でよければだが。一人はクレタのミノスにいた。これはBCE三〇〇〇からBCE一一〇〇までなので、ずいぶん遠い昔だ。トマスはそれ以前の自分自身すら覚えていた。この惑星に星からやってきた存在だ。

トマスはポスト新石器時代の究極の非愚者だった。使徒の時代の初期キリスト教徒でもあった。イエスは見たことなかったが、実際に見た人々を知っていた――いやはや、これを書き留めようとするだけで、いまのぼくは抑えがきかなくなりつつあるぞ。トマスは肉体的な死後に自分を再構築する方法を見つけ出した。初期キリスト教徒は全員それを知っていた。それはアナムネシス、つまり健忘症の喪失を通じたもので――つまりだね、仕組みとしてはこんなはずだった。トマスが自分が死にかけているのに気がついたとき、キリスト教の魚の徴に自分自身を記憶痕跡《エングラム》して、なにやら変なピンクの――ファットが見た光のピンクと同じピンク色の――なにやら変なピンクの食べ物を食べて、クールな戸棚にしまってある聖なるピッチャーから飲んで、それで死んで、生まれ変わると育って後の別人になって、自分自身にはならないんだが、魚の徴を見せられるとそれが戻ってくる。トマスは、これが自分の死後四十年くらいで起こると予想していた。残念でした。二千年近くかかった。

こんなふうに、このメカニズムを通じて、時間は廃止された。あるいは別の言い方をすると、死の圧政が廃止された。キリストがその小さな信徒群に差し出した永遠の生命の約束は、インチキなんかではなかった。キリストはそのやり方を教えた。それはファットが話していた不死のプラスマテ、何世紀も何世紀もナグ・ハマディで眠っていた生きた情報と関係している。ローマ人たちはあらゆるホモプラスマテたち――プラスマテと相互接続した初期キリスト教徒全員――を見つけて殺した。かれらは死んで、プラスマテはナグ・ハマディに逃げて、文書上の情報として眠り続けた。

それが一九四五年まで続き、図書館は発見されて掘り出された――そして読まれた。だからトマスが待つのは――四十年ではなく――二千年だったわけだ。黄金の魚の徴だけでは不十分だったせいだ。不死性、時間と空間の廃止は、ロゴスやプラスマテを通じてのみ実現される。それだけが不死なのだ。

ここで言っているのはキリストのことだ。キリストは地球外生命体で、何千年も前にこの惑星にやってきて、生きた情報としてすでにここで暮らしていた人間、土着生命体の脳に入り込んだ。ここで言っているのは、異種間共生の話だ。

キリストになる前は、かれはエリヤだった。ユダヤ人たちはエリヤとその不死性については熟知していた――そしてかれが「魂を分割」することで他人にも不死を広げられたということも。クムランの人々はこれを知っていた。エリヤの霊の一部を受け取ろうとしていたのだ。

「それはだな、息子よ、ここでは時間が空間に変わるのだ」

まずはそれを空間に変えてその中を歩きまわるけれど、でもパルシファルが気がついたように、まったく動いていない。自分はじっとしていて風景が変わる。風景が変身をとげている。しばらくはかれは、ファットと同じく二重露出、重ねあわせを体験したはずだ。これはドリームタイムで、いま存在しており、過去にあるのではなく、英雄や神様たちが住んでその行為が行われる場所だ。

ファットが到達した唯一最大の衝撃的な認識とは、宇宙が非理性的であり非理性的な心である創造神に支配されているという考え方だった。もし宇宙が理性的であり、非理性的でないならば、そこに何かが侵入してくるなんて不合理に思える。というのもそれはそこに属さないものだからだ。でもファットは、すべてをひっくり返したので、理性的なものが非理性的なものに侵入してくるのを見た。不死のプラスマテがぼくたちの世界に侵入したのであり、プラスマテは完全に理性的だが、ぼくたちの世界はちがう。この構造はファットの世界観の基盤となっている。これが基本線だ。

二千年にわたり、この世界で唯一の理性的な要素は眠っていた。一九四五年にそれが目覚めて、休眠種子状態から出てきて育ち始めた。それは自分自身の中で育ち、さらにおそらく他の人間の中でも育ち、そして外のマクロ世界でも育ったんだろう。前にも言ったとおり、それは外の世界の広大さを見極められなかった。何かが世界を食い尽くし始めるというのは、深刻な事態が起こっているということだ。もしその食っている存在が邪悪か発狂しているなら、状況は深刻なだけじゃない。悲惨なものとなる。でもファットはそのプロセスが反対だと思っていた。まさにプラトンが自分の宇宙論で見ていた通りに見ていたのだった。理性的な心（ヌース）が非理性的なもの（偶然、盲目的な決定論、アナンケ）を説得してコスモスにするのだ。

このプロセスは帝国によって邪魔された。

「**帝国は終わっていなかった**」。現在まではそうだった。だが一九七四年八月に、帝国は不死のプラスマテの手——というべきか——によって、大打撃をこうむり、致命傷を負ったかもしれない。プラスマテはいまや活性形態へと復活し、人間をその物理的なエージェントとして使っているのだ。

ホースラヴァー・ファットはそうしたエージェントの一人だった。いわばプラスマテの手として、帝国を傷つけるべく手を伸ばしているのだ。

ここからファットは、自分には使命があると演繹した。プラスマテが自分に侵入したのは、自分をその慈悲深い目的のために雇おうという意図を示していると考えたのだった。

＊

ぼく自身も別の場所の夢を見た。北の方の湖と、その南岸にあるコテージや小さな田舎家の群れの夢だ。その夢では、ぼくは今住んでいる南カリフォルニアからやってくる。ここは休暇地なんだが、とても古風だ。家はどれも木造で、第二次大戦前のカリフォルニアでとても人気のあった茶色いこけら葺きとなっている。道はほこりまみれ。車も古い。不思議なことだけれど、カリフォルニア北部にはそんな湖は存在しない。現実世界では、ぼくはオレゴン州との州境まではるばる北上し、さらにオレゴン州の中にまで車で運転していったのだった。あるのは千百キロもの乾燥地だけだ。

この湖——そしてそのまわりの家屋や道——は本当はどこにあるのだろう？　ぼくはそれを幾度となく夢に見た。夢の中では、ぼくは自分が休暇を取っていると知っていて、本当の家が南カリフォルニアなのも知っている。ときどきこの相互接続された夢の中でこのオレンジ郡にまで車で戻ってくる。でもここに戻ってくると、ぼくは一戸建てに住んでいる。実際のぼくはアパート住まいなのに。その夢でぼくは結婚している。現実の生活で、ぼくは一人暮らしだ。もっと奇妙なこととして、妻は実際には会ったこともない女性だ。

ある夢で、二人は屋外の裏庭にいて、バラ園に水をやったり手入れをしたりしている。隣の家が見える。大邸宅で、セメントの擁壁が間にある。その壁には野生のバラを這わせて、魅力的に見せている。熊手を持って、刈り込んだ植物を詰め込んだ緑のプラスチック製ゴミ箱の横を通りながら、ぼくは妻をちらっと見る——彼女はホースで水を撒いている——そして野生のバラの茂みがある擁壁を見上げつつ、いい気分だ。そしてこう思うのだ。こんな美しい裏庭つきの素敵な家がなければ、南カリフォルニアで幸せに暮らすこともできないだろうな。隣の大邸宅に住みたいところだけれど、でもこうして見られるだけでもいいし、それにそっちのもっと広々とした庭も入れる。妻はブルージーンズをはいている。ほっそりしてきれいだ。

目を覚まして思うのは、北の湖に車で行くべきだということだ。この南部はきれいだし、妻も裏庭も野生のバラもいいけれど、湖のほうがもっと素敵だ。でもそこで、いまは一月だからベイエリアの北にいけば高速道路は雪だということに気がつく。湖岸のキャビンに車ででかけるにはまずい時期だ。夏まで待とう。ぼくは実は、かなり臆病なドライバーなのだ。でも車はなかなかいい。ほとんどまっさらの赤いカプリ。そしてもっと目が覚めてくると、自分が南カリフォルニアのアパートに一人暮らしなのに気がつく。妻なんかいない。裏庭だの高い擁壁だの野生のバラだのがある家もない。もっと不思議なことだが、北の湖に小屋を持っていたりしないばかりか、カリフォルニアにはそんな湖がそもそもない。夢の中でぼくが心に抱いている地図は、偽の地図だ。カリフォルニアを描いてはいない。ならばどの州を描いているのか？　ワシントン州？　ワシントン州北部にはかなりの水域がある。カナダまで往復するときにその上空を飛んだし、シアトルにも一度行ったことがある。

この妻ってだれだろう？　ぼくは独身だというだけじゃない。こんな女性と結婚していたことも、見たこともない。でも夢の中では、彼女に対して深いしっかりした親密な愛を感じる。何年も経たないと育たないような愛情だ。でもそもそもなぜぼくにそんなことがわかるんだろうか。そんな愛情を抱いた相手なんかこれまで一人もいなかったのに？

ベッドから起き上がり——夕方に仮眠をとっていたのだ——アパートの居間に入って、自分の人生がいかに合成的なものかに唖然としてしまう。ステレオ（合成物）、テレビ（合成物）、本、これは二番煎じの体験でしかない。少なくとも湖に沿った狭いほこりっぽい道を運転して、木々の枝の下を通ってやっと自分の小屋に到着し駐車場所に入るのに比べれば二番煎じだ。小屋ってどの小屋？　湖ってどの湖？　もともと最初に何年も前、母にそこに連れられていったことさえ覚えている。いまやときどきは飛行機でも行く。南カリフォルニアと湖の間に直行便がある……空港から数キロは道路だが。何の空港？　でも何よりも、ぼくはこの作り物のアパートで、孤独に、つまり彼女なしで、あのブルージーンズのほっそりした妻なしで送っているこの人生にどうして我慢できるんだろうか？

ホースラヴァー・ファットと、あいつの神様だかシマウマだかロゴスだかとの出会いと、ファットの頭の中にいるのに別の世紀と場所でくらしている人物との遭遇がなければ、自分の夢なんかどうでもいいと思っただろう。湖の近くに住み着いた人々のことを書いた記事が思い出せる。その人たちは穏健な宗教団体に所属していて、なんだかクェーカー教徒みたいだ（ぼくはクェーカー教徒の家庭で育った）。ただ一つちがうのは、この人たちは子供を木のゆりかごに入れてはいけないと強く信じているのだ。これがこの人々の特別な異端信念なのだ。そして——この記事の載ったページが実際に目に見える——この人々については「ときどき魔術師が一人か二人生まれる」と言われており、これが彼らの木製ゆりかご忌避と少し関係している。魔術師——未来の魔術師——の子供や赤ん坊を木製のゆりかごに入れると、どうやらだんだんその力を失ってしまうらしい。

別の生の夢？　でもどこだろう？　思い描かれるカリフォルニア（これは偽物）はだんだんフェードアウトして、それに伴い、湖、家屋、道、人々、車、空港、木製ゆりかごへの奇妙な忌避を持った穏健宗教信者の集団なども消える。でもこれが消えるためには、何年にもわたる現実に経過した時間にまたがっている多数の相互接続した夢も消えなくてはならない。

この夢の風景とぼくの実際の世界との唯一のつながりは、赤いカプリだけだ。なぜこのたった一つの要素だけがどちらの世界でも真実のままなのだろうか？

夢については「コントロールされた精神病」と言われる。あるいは別の言い方をすれば、精神病とは目を覚ましている間に噴出する夢なのだ。まったく知らないのに、本物で穏やかな愛を感じる女性を含んだ、この湖の夢にとっては、これはどういう意味を持つんだろうか？　ぼくの脳内にはファットの脳と同じく二人の人間がいるんだろうか？　相互に区画分けされてはいるが、ぼくの場合には何か脱抑制性の徴によって「別の」相手がこちらの人格や世界の区画に噴出してくるようになっていないだけなのだろうか？

ぼくたちみんなホースラヴァー・ファットみたいなのに、それを知らないだけなのか？

人は同時にいくつの世界に生きているのだろう?

仮眠でぼんやりしていたぼくはテレビをつけ、『ディック・クラークの古き良き日々パート II』なる番組を見ようとした。画面にまぬけども や脳たりんどもが登場し、頭からっぽな様子でダラダラしゃべってる。そのまったくのくだらなさを熱狂的に支持して、ニキビだらけのガキどもが絶叫している。テレビを切った。ネコがエサをほしがっている。ネコってなんだ? 夢の中で妻とぼくはペットを飼っていない。二人で週末を過ごす、大きな手入れの行き届いた庭を持つ美しい家を持っているんだ。車二台のガレージ……突然ぼくは目に見える衝撃とともに、これが高価な家だということに気がつく。相互接続されたこの夢で、ぼくは裕福だ。中流階級上層の暮らしを送っている。これはぼくじゃない。ぼくはそんな暮らしをしたことはない。そんな暮らしをしても、すさまじく居心地が悪いだろう。豊かさと財産はぼくを不安にする。ぼくはバークレー育ちで、典型的なバークレーの左翼社会主義的な良心を持ち、安楽な生活をうさん臭く思っているのだ。

夢の中の人物は湖畔の物件を持っている。でもくそったれなカプリだけは同じだ。今年のはじめ、でかけて新車のカプリ・ジアを買ったのだ。通常なら手の出る値段ではない。あの夢の中の人物が持つような車だ。すると夢にも論理があるわけだ。その夢の人物として、ぼくも同じ車を持つわけだ。

夢から目覚めて一時間後にも、まだ心の目で——心の目って何だか知らないが。第三の目なのかアジナの目なのか？――ブルージーンズの妻がセメントの乗り入れ道路を引きずっているホースが見える。ちょっとした細部だけ、ストーリーなし。うちの隣の大邸宅がほしいなあ。ほしいのか？　現実生活では、賭けてもいいが大邸宅なんかほしくない。こいつらは金持ちだ。唾棄したい連中だ。ぼくはだれだ？　ぼくは何人いるんだ？　どこにいるんだ？　この作り物の小さなアパートはぼくの家ではなのに、でもいまやぼくは目を覚ましているらしく、ここに住んでいて、テレビ（やあディック・クラーク）、ステレオ（やあオリヴィア・ニュートン＝ジョン）、本（やあ九百万冊ものつまらない書籍）といっしょだ。相互接続夢での暮らしに比べると、この生活は寂しくインチキで無価値だ。知的で学のある人物にはふさわしくない。バラはどこだ？　湖はどこだ？　緑のホースを丸めたり引っ張ったりしている、あの細身のにこやかで魅力的な女性はどこだ？　いまのぼくという人物は、夢の中の人物に比べると、当惑してうちひしがれ、自分が十全な生活を享受しているふりをしているだけだ。あの夢でぼくは十全な生活の何たるかを見るが、それはぼくが本当に持っているものじゃない。

　すると奇妙な考えが浮かんでくる。ぼくは父とは疎遠だ。父はまだ存命中で、八十代、カリフォルニア北部のメンロパークに住んでいる。父の家を訪ねたのはたった二度、それも二十年前だ。父の家は、ぼくが夢の中で所有していた家と似ている。その野心――そして達成したもの――は夢の中の人物のものと似ている。ぼくは寝ている間に父になっているのか？　夢の中の男——ぼく自身——はぼくの実年齢くらいか、もっと若い。そう、妻たる女性からも推測できる。いまよりずっと若いのだ。夢の中で時間をさかのぼり、自分の若き日ではなく、父の若き日に戻ったのだ！　夢の中で、ぼくは父の持っていたよい生活、物事がどうあるべきかの見方をとっている。その視点の迫力があまりに強いため、目を覚ましてからも一時間は尾を引く。これでは起き抜けに自分のネコに嫌悪を抱くのも当然だ。父はネコが大嫌いだから。

父はぼくが生まれる前の十年は、タホ湖まで車で運転していったものだ。父と母はたぶんそこに小屋を持っていたんだろう。ぼくは知らない。行ったことがないから。

系統発生、種の記憶。ぼく自身の記憶たる個体発生記憶ではない。「系統発生は個体発生で再現される」と言われる。個体はその人種の全史を、その起源まで含んでいる。古代ローマ、クレタ島ミノア、星にまでさかのぼる。ぼくがさかのぼって解除反応できたのは、眠りのなかでたった一世代。これは遺伝子プールの記憶であり、ＤＮＡの記憶だ。これでホースラヴァー・ファットの決定的な体験で、キリスト教徒の魚が二千年昔の人格を脱抑制したのも説明できる……徴は二千年昔からのものだからだ。もっと昔の徴を見せられていたら、さらに昔まで解除反応したかもしれない。結局のところ、条件は完璧だった。「真実ドラッグ」とされるチオペントールの効力を脱しつつあったのだから。

ファットには別の理論があった。あいつは本当の日付はＣＥ一〇三年（またはぼくの書き方だとAD。ファットやあいつのえらそうなモダニズムなんかくそ食らえだ）だと思っている。ぼくたちは実際には使徒の時代に生きているが、マーヤーの層あるいはギリシャ人たちが「ドコス」と呼ぶものが風景を見えにくくしてしまうのだ。これはファットにとっての鍵となる概念だ。ドコス、妄想の層あるいは単にそう見えるだけのもの。この状況は時間と関連していて、時間が本物かが問題になっている。

ファットにあいさつぬきで、ぼく独自にヘラクレイトスを引用しよう。「時は遊んでいる子供であり、チェッカーをしているのだ。子供のものが王国である」。まったく！　どういう意味だろう！　エドワード・ハッセーはこの一節についてこう述べている。「ここでもおそらくアナクシマンドロスと同様に、『時』は神の名前であり、語源的にその永遠性が示唆されている。この無限に古い神はボードゲームをしている子供であり、宇宙の駒をルールに従って戦わせているのだ」。いやはやまったく、ここで扱っているこいつは何なのやら。ぼくたちはどこにいて、いつにいて、だれなんだろう？　何人がいくつの場所に何回いるのか？　盤上の駒で、「子供」でありながら「無限に古い神」がそれを動かしているだって！

コニャックのボトルに戻ろう。コニャックは落ち着かせてくれる。ときに、特に一晩ファットと話して過ごすと、ぼくは気が立ってしまい落ち着くのに何か必要なのだ。ぼくはあいつが何か本当にひどく恐ろしいものに首を突っ込んでいるのだという非常に悪い予感がする。個人的には、ぼくは何ら新しい神学上、哲学上の突破口を切り開きたいとは思わない。でもそこでホースラヴァー・ファットに出くわすハメになっちまった。あいつと知り合って、何だか知らない代物との異様な遭遇に基づいた、イカレたアイデアを共有させられるハメになった。その代物がなんであれ、生きてきて思考した。そしてヨハネの手紙一、三：1／2の引用が何と言おうと、その代物はぼくたちとは似ても似つかなかった。

クセノファネスの言う通りだった。

「神はたった一つで、それは身体の形にしても心の考え方にしても、死すべき生物とはあらゆる点で異なっているのだ」

＊

自分が自分でない（我を忘れている）というのは撞着語法ではないか？　これは言語的な矛盾であり、意味論的に無意味な発言ではないか？　ファットは実はトマスだった。そしてぼくは、夢の情報を検討する限り、自分自身の父で母の若い頃と結婚している――ぼくが生まれる前の母と。たぶんあの謎めいた「ときどき魔術師が一人か二人生まれる」という一節は何かをぼくに伝えようとしているのだろう。十分に発達した技術は、ぼくたちには魔法の一種に見えるはずだ。これはアーサー・C・クラークが指摘したことだ。魔術師は魔法を扱う。よって、「魔術師」とはきわめて高度な技術を持つだれか、こちらには見当もつかない技術を持つ人物だ。だれかが時間とボードゲームをしている。それはぼくたちには見えないだれかだ。神様ではない。神様というのは、過去の社会や現在でもアナクロな思考形態に閉じ込められた人々がこの存在につけた、古くさい名前でしかない。新しい用語が必要だ。でもここで扱っているのは新しいものではない。

ホースラヴァー・ファットは時間の中を旅し、何千年も前にさかのぼれた。三つ目の人々はおそらくはるか未来に暮らしている。それは人類の子孫で、高度に進化したのだ。そしておそらくかれらの技術のおかげで、ファットは時間旅行できたのだ。事実の面でいうと、ファットの主人格は過去にいるのではなく未来にいるのかもしれない——だがそれは、あいつの外にシマウマという形で自分を表現した。ぼくが言っているのは、ファットが生きていて知覚力のあると見なしたセントエルモの火は、現在の時間に解除されたもので、おそらくぼくたち自身の子供の一人だということだ。

第8章

ファットと神様との出会いは、実ははるか未来からやってきたファット自身との出会いなんじゃないか、などということはファット自身に告げるまでもないと思った。未来からのあいつはあまりに進化し、あまりに変わってしまい、もはや人間ですらなくなっていたわけだ。ファットははるか星の時代にまでさかのぼって思い出し、そして星に戻る準備ができた存在と出会い、その過程で他の自分にもいくつか、何ヵ所かで出会った。そのすべてが同一人物だ。

トラクタテより第**13**項。**パスカル曰く、「あらゆる歴史は絶え間なく学習を続ける不死の一人である」。これは名前も知らずにわれわれが崇拝する不死なる者だ。「かれはずっと昔に暮らしていたがいまなお生きている」および「アポロの頭領が戻ってくるところだ」。名前は変わる。**

ある水準で、ファットは真実を推察していた。つまり、過去の自分と未来の自分に出会ったのだということだ——未来の自分は二つ、初期のもの、三つ目人、それから実体を持たないシマウマ。

なぜか時間があいつからは廃止されて、線形の時間軸に沿った自分の再現のために多数の自分が共通の存在へと融合することになった。

その自己の融合の中から、超時間または時間をまたがるシマウマが存在するようになった。純粋エネルギー、純粋な生きた情報。不死で優しく、知的で親切。理性的人間の本質だ。非理性に支配された非理性的な宇宙の真ん中に理性的な人物が立ち、ホースラヴァー・ファットはその一例に過ぎない。一九七四年にファットが遭遇した侵入する聖性はファット自身だった。だがファットは自分が神様に会ったと喜んで信じているようだ。しばらく考えてから、ぼくの見方は伝えないことにした。それに結局のところ、ぼくがまちがっているかもしれないんだし。

すべては時間に関係している。「時間は克服できる」とミルチャ・エリアーデは書いている。すべてはそういう話だ。エレウシスの大いなる秘儀、オルフェウス教の秘儀、初期キリスト教、セラピス、ギリシャ・ローマの謎の宗教、ヘルメス・トリスメギストス、ルネサンスのヘルメス学錬金術師、薔薇十字騎士団、ティアナのアポロニウス、シモン・マグス、アスクレピオス、パラケルスス、ブルーノの秘儀は、時間の廃止で構成される。技法はそこにある。ダンテは『神曲』でこれを論じている。それは健忘症の喪失と関係している。忘れやすさが消えると、真の記憶が前後に広がり、過去と未来に広がり、そしてまた、奇妙なことだが別の宇宙にも広がる。それは線形であると同時に直交もしているのだ。だからこそエリヤは正しく不死だと言える。エリヤは上の領域（とファットが呼ぶもの）に入り、もはや時間に制約されない。時間は古代人たちが「アストラル決定論」と呼んだものに等しい。秘儀の狙いは、参入者をアストラル決定論、つまり大ざっぱに言えば宿命から解き放つことだ。これについてファットはトラクタテにこう書いている。

第49項。二つの領域がある。上と下だ。上の領域は超宇宙Iまたは陽、パルメニデスの第一形態から派生したもので、知覚力があり、意志力もある。下の領域、または陰、パルメニデスの第二形態は、機械的であり、盲目的な動力因により動き、決定論的で知性をもたない。それは死んだ源から発するものだからだ。古代にはそれは「アストラル決定論」と呼ばれていた。われわれはおおむねこの低い領域にとらわれているけれど、秘蹟を通じて、プラスマテを手段として、解放される。われわれはあまりに封じ込められているので、アストラル決定論が破られるまで、それがあることにさえ気がつかない。「帝国は終わっていなかった」。

シッダールタ、仏陀は、過去の生をすべて覚えていた。だからこそ「悟りを開いた者」という意味の仏陀という尊称を与えられたのだった。これを実現するための知識は仏陀からギリシャ人に伝えられ、ピタゴラスの教えに登場する。ピタゴラスはその大半を秘伝とし、秘教的なグノーシスの秘密にした。でもその弟子エンペドクレスはピタゴラスの結社から離脱して公開に走った。エンペドクレスは友人たちに、自分がアポロだと私的に告げている。エンペドクレスも仏陀やピタゴラスと同じく過去の生を思い出せた。でも彼らが話さなかったことがあって、それは未来の生についても「思い出せる」ということだ。

ファットが見た三つ目人たちは、ファットの各種生涯の中で、進化する発展段階のうち啓蒙段階のあいつを表していた。仏教でこれは、「超人の聖なる目」（天眼通 dibba-cakkhu）、存在の死と再生を見る力と呼ばれる。ゴータマ・仏陀（シッダールタ）はこれを夜半直（午後十時から午前二時）に獲得した。初夜直（午後六時から午後十時）には、自分の過去の存在すべて──繰り返す。すべて──についての知識を得た（宿住随念智 pubbeni-vasanussati-ñana）。ファットにはこの話はしなかったが、厳密に言えば、あいつは仏陀になったわけだ。それを教えてやるのはどうかなと思った。だって、仏陀になったのなら、自分でわかるはずじゃないか。

仏陀──悟りを開いた者──が、四年半たっても自分が悟りを開いたことがわからないというのは、おもしろいパラドックスに思える。ファットは自分に何が起きたのかをつきとめようと無駄な努力を重ね、あのすさまじい釈義に押しつぶされていた。仏陀というよりは、ひき逃げの被害者じみた様子だった。

「おわぁ、とんでもねえな！」とシマウマとの遭遇について、ケヴィンなら言っただろう。「ありゃあ一体何なの？」

ケヴィンの目には、生ぬるいインチキは通用しなかった。ケヴィンは自分が鷹で、インチキはその獲物だと思っていたのだ。釈義はバカにしきっていたが、でもファットのよい友人ではあり続けた。ケヴィンの行動原理は、罪を憎んで人を憎まず、というものだ。最近のケヴィンは機嫌がよかった。シェリーについての否定的な見解が結局は正しかったことが証明されたわけだし。おかげでケヴィンとファットは前よりも仲良くなった。ケヴィンはシェリーについて、癌など関係なしに本性を見抜いていた。最終的には、シェリーが死にかけていようがケヴィンはどうでもよかった。十分に考えて、あの癌は詐欺だと結論づけたのだった。

ファットのほうは最近、シェリーについてますます心配するにつれて、救済者が間もなく復活する──あるいはすでに復活している──という強迫観念に取り憑かれていた。世界のどこかに救済者がすでに歩いているか、あるいは間もなく再びこの地を歩くのだ。シェリーが死んだらファットはどうするつもりだったんだろう？　モーリスはそれを質問にしてあいつを怒鳴りつけた。ファットも死ぬのか？

いやいや全然。ファットは、思索して執筆して研究してとうとう状態や夢の間にシマウマからチョロチョロとメッセージを受信して、自分の人生の残骸から何かしら救いだそうとするうちに、救済者を探しにいこうと決めたのだった。どこにいようが探し出してやる、と。

一九七四年三月にシマウマがあいつに与えた使命、聖なる目的はこれだった。穏健なくびき、重荷となる光だ。ファットはいまや聖人なので、現代の魔術師となる。いまや足りないのはヒントだけだ――どこを探せばいいかという手がかり。いずれそれはシマウマが教えてくれる。ヒントは神様からくる。これがシマウマの神性示現の唯一の狙いだった。ファットを自分の道に送り出すこと。

友人デヴィッドはこれを聞いて「それはキリストなの？」と尋ねた。自分のカトリック信仰を示したわけだ。

「第五の救済者なんだ」とファットは謎めかして言った。というのもシマウマは救済者の到来を何通りかの――そしてある意味で矛盾する――形で述べていたのだ。あるときはキリストである聖ソフィアとして、あるときは聖アポロとして、あるときは仏陀またはシッダールタとして。

神学の面では折衷的だったファットは、救済者をたくさん並べた。仏陀、ゾロアスター、イエス、アブ・アル＝カシム・ムハンマド・イブン・アブド・アッラー・アブド・アル＝

ムッタリブ・イブン・ハシーム（つまりモハメット）。ときにはマニも入れた。したがって、次の救済者は短縮リストだと五番目、長いリストだと六番目になる。ときには、ファットはアスクレピオスも入れた。これを長いリストに加えれば、次の救済者は七番になる。いずれにしても、こんどの救済者が最後になる。王としてすわり、あらゆる国や人々を裁きにかける。ゾロアスター教の選り分け橋が設置され、よい魂（光のもの）が悪い魂（闇のもの）から選り分けられる。マアトは自分の羽を計りにのせて、審判を受ける人物の心とてんびんにかけ、それを判事たるオシリスがすわって眺める。忙しい時期になる。

ファットはそこにいるつもりだった。ひょっとして『生命の書』を最高判事、ダニエル書に言う、日の老いたる者に手渡すつもりなのか。

ぼくたちはファットに、たぶん『生命の書』——救済される人物すべての名前が書いてある本——は一人で持ち上げるには重すぎるはずだよと指摘した。ウィンチとクレーンが必要になる。ファットはむくれた。

「至高の判事がおれの死んだネコを見たら何て言うやら」とケヴィン。

「お前とそのろくでもない死んだネコときたら。もういい加減死んだネコの話は飽きたよ」とぼく。

ファットが、救済者を探し出すためのずるがしこい計画を明かすのを聞いて——見つけるのにどんな遠くまで旅することになってもかまわないという——ぼくは当然のことに気がついた。ファットは実は、あの死んだ女性グロリアを探しているんだ。彼女の死に自分が責任あると思ってるんだ。あいつは自分の宗教的な生活や目的と、自分の感情的な生活や目的とを完全にブレンドさせていた。あいつにとって「救済者」というのは「失われた友だち」の象徴だった。グロリアといっしょになりたいと思っており、しかも墓場のこちら側、生者の側でいっしょになりたいと思っているんだ。あいつが彼女のところ、向こう側に行けないなら、かわりにこっち側で彼女を見つけようというわけだ。だからあいつはもはや自殺傾向はなくても、相変わらずイカレてはいた。でもぼくから見れば、これは改善に思えた。タナトスがエロスに負けている。ケヴィンが言うように「そのうちファットもどっかのスケと一発やれるかもしれないしな」。

ファットが聖なる探究にでかける頃には、探し求める死んだ女性は二人になっていた。グロリアとシェリーだ。この聖杯探究物語の現代版を見ると、パルシファルが行き着いたモンサルヴァート城の聖杯守護騎士たちも実は同じようなエロチックな下心が動機になっていたのかと勘ぐってしまう。ワーグナーのテキストによれば、聖杯自体が呼びかけないと、そこへの道を見つけることはできないという。十字架のキリストの血は、最後の晩餐でキリストが飲んだのと同じ杯で受けられたので、文字通りこの杯はキリストの血を入れることになったわけだ。実質的には、騎士たちを呼び集めたのは血のほうであって杯じゃない。血は決して死ななかった。シマウマと同じく、聖杯の中味はプラズマか、ファット的に言えば、プラスマテだった。おそらくファットは釈義のどこかで、シマウマはプラスマテでプラスマテは十字架のキリストの聖なる血なのだと書いているんだろう。

オークランドのシナノンビル横の歩道で全身打撲した女性の血が飛び散り、乾燥して、ファットに呼びかけたのに、ファットはパルシファルのようにまったくの愚者だった。「パルシファル」というのはアラビア語で「愚者」という意味のはずだ。アラビア語の「純粋な愚者」を意味する「ファルパルシ」から派生したことになっている。オペラ『パルシファル』でクンドリはそう説明するが、でももちろんこれは本当のことじゃない。実際には、「パルシファル」というのは「パーシヴァル」から派生したもので、これはただの名前だ。だが、おもしろい論点は残っている。ペルシャ経由で聖杯はキリスト教以前の「ラピス・エクシリクス」という魔法の石と同一視されるようになったのだ。この石は後にヘルメス錬金術の中で、人間が変身を遂げるための要素として登場する。ファットの異生物間共生という概念、つまり人がシマウマかロゴスかプラスマテと交接してホモプラスマテとなるという概念に基づくと、このすべてにある種の連続性が感じられる。ファット自身は自分がシマウマと交接したと信じていた。したがって、あいつはヘルメス錬金術師たちが追い求めていたものと化したことになる。すると、あいつが聖杯を探すのも自然なことだ。あいつはそれにより友人と自分自身と故郷を見つけることになる。

ケヴィンは、ファットの理想主義的な探究を絶え間なくバカにすることで、邪悪な魔法使いクリングゾルの役回りを果たし続けた。ケヴィンに言わせれば、ファットはムラムラしているだけだ。ファットの中で、タナトス——死——はエロスと一戦交えていた。そしてケヴィンはエロスを生とではなく、セックスすることと同一視していた。たぶんこれはかなり的を射ているんだろう。少なくとも、ファットの心中で行ったり来たりしている弁証法的な闘争に関するケヴィンの基本的な説明はだいたい合っている。ファットの一部は死にたいと思い、一部は生きたいと思っていた。タナトスはどんな形態でも取れる。生命の意欲であるエロスを殺して、それを真似ることもできる。いったん人の中でタナトスがこれをやったら困ったことになる。エロスに動かされているつもりなのに、実はそれは仮面をかぶったタナトスだ。ファットがそんな立場に入り込んでいなければいいがと思った。救済者を探し出そうとする欲望はエロスから来たものだと思いたかった。

真の救済者、それを言うなら真の神様は、命を持っている。かれこそが命なのだ。死をもたらす「救済者」や「神様」はすべて、救済者の仮面をかぶったタナトスでしかない。だからこそイエスは、人々を癒やす奇跡により自分自身を真の救済者だと示したのだ——自分ではそう名乗りたくなかったのだが。人々は、癒やしの奇跡が何を意味するか知っていた。旧約聖書の一番最後にある一節で、この点が明らかにされている。神様はこう言うのだ。「しかし、わが名を畏れ敬うあなたたちには義の太陽が昇る。その翼にはいやす力がある。あなたたちは牛舎の子牛のように躍り出て跳び回る」

ある意味でファットは、救済者が病んだものを癒やし、壊れたものを回復してくれると願っていたのだった。ある水準では、死んだ女性グロリアが生き返るはずだと本気で信じていたのだ。だからこそシェリーの尽きない苦悶、その成長する癌がファットを困惑させ、その霊的な希望や信仰を否定するものとなったのだった。神様との遭遇に基づいて、釈義で述べられた体系の通りだったなら、シェリーは治っていたはずなのだ。

ファットはずいぶんとたくさんのものを探し求めていた。理屈の上ではシェリーがなぜ癌になったかを理解はできても、霊的・精神的には理解できなかったのだ。それどころかファットはなぜ神様の息子たるキリストが十字架にかけられたか理解できなかった。苦痛や苦悶は、ファットにはまったく理解できなかった。大きな図式の中にそれがうまくはまらなかったのだ。したがって、こうした悲惨な苦しみの存在は宇宙における非理性を示すものであり、理性に対する侮辱なのだ、とファットは結論づけた。

ファットは疑問の余地なく、この探求の提案について真剣だった。すでに銀行口座に二万ドル近くをため込んでいたのだ。

「あいつをからかうなよ。あいつにはこれが重要なことなんだから」とぼくはある日ケヴィンに言った。

いつもながらの皮肉な嘲笑で目を輝かせつつ、ケヴィンはこう言った。「いいケツをだまくらかしてモノにするのだって、おれにとって重要なことなんだぜ」

「いいかげんにしろよ。ちっとも可笑しくなんかないぞ」

ケヴィンは相変わらずニヤニヤし続けた。

一週間後にシェリーが死んだ。

いまやぼくの予想通り、ファットは二つの死に良心を苛まれていた。どちらの女性も救えなかった。アトラス役をするなら、重荷を背負わねばならず、それを落とせばたくさんの人が苦しむ。世界丸ごとの人々が苦しみ、世界丸ごとの苦しみが生じる。こういう苦悶、それがいまやファットに物理的にではなく霊的・精神的にのしかかっていた。あいつに縛り付けられた死体二つが救いを求めて泣き叫ぶ——死んだのに泣き叫ぶのだ。死者の叫びは実にひどいものだ。できれば聞かないようにしたほうがいい。

ぼくが恐れていたのが、ファットがまた自殺に逆戻りして、それが失敗するとまたゴム張りの部屋に閉じ込められるということだった。

でも驚いたことに、ファットのアパートに立ち寄ってみると、えらく元気だった。

「行くぜ」と言う。

「探求に？」

「その通り」とファット。

「どこへ？」

「知らない。とにかく出発すればシマウマが導いてくれる」

止《や》めるよう説き伏せるべき理由もなかった。それに替わることとして何ができる？　シェリーといっしょに暮らしていたアパートで、じっと一人ですわっているのか？　ケヴィンが世界の悲しみを嘲笑するのを聞くのか？　もっとひどい選択肢として、デヴィッドが「神様は邪悪の中から善を引き出すのです」とかご託を並べるのを聞くはめになるかもしれない。ファットをゴム張りの部屋に閉じ込めるものがあるとすれば、それはケヴィンとデヴィッドの集中砲火に曝されることだ。バカで敬虔な単細胞と皮肉なまでに残酷なやつとの交戦だ。そしてぼくがそこに何を付け加えられるだろう？　シェリーの死でぼくもぼろぼろだった。基本的な部品にまでばらばらに解体され、派手な色で塗られたキットとして到着した状態にまで分解されたオモチャのような状態だったのだ。だからぼくとしては「連れてってくれ。家路を示してくれ」と言いたい気分だった。

ファットとぼくがすわって悲嘆に暮れていると、電話が鳴った。ベスだ。子供の養育費の支払いが一週間遅れているのを知っているかとファットに確認するためだった。

電話を切ったファットはこう言った。「オレの前妻どもはネズミの子孫だよ」

「お前、ここから出ないとダメだよ」とぼく。

「じゃあオレが行くべきだと同意するのか」

「うん」

「世界中のどこへでも行けるだけの金はあるんだ。中国かなと思った。かれが生まれる場所として最も考えにくいのはどこかなと思ったんだ。それは中国みたいな共産国だ。あるいはフランス」

「なぜフランス？」とぼく。

「昔からフランスは見たかったんだ」

「じゃあフランスに行けよ」とぼく。

「『どうするんですか』」ファットはつぶやいた。

「なんだって？」

「アメリカンエキスプレスの、トラベラーズチェックのテレビ広告を思いだしたんだ。『どうするんですか？　本当にどうするつもりなんですか？』まさにオレの今の気分だ。連中の言う通り」

　ぼくも言った。「ぼくはあの、中年男が出てくるやつが好きだな。『あの財布の中には六百ドル入ってたんだ。人生でこれまで起こった最悪のことだよ』って言うやつ。そんなのが人生最悪のことなら――」

　ファットはうなずいた。「そうそう。引きこもり生活してたんだな」

　ファットの頭の中にどんな光景が浮かんでいるか知っていた。死にかけた女性二人の姿だ。地面にぶつかって砕け散ったか、内部から破壊されている。ぼくは身震いして、自分でも泣きたい気分だった。

「彼女、窒息したんだ」とファットはついに低い声で言った。「あっさり窒息しやがった。もう呼吸できなくなったんだ」

「ひどいね」

「オレを元気づけようとして医者がなんて言ったと思う？　『癌よりひどい病気だってあるんですから』だと」

「スライドでも見せてくれた？」

二人とも笑った。悲しみで発狂しそうだと、手当たり次第に笑うのだ。

「ソンブレロストリートまで歩こうぜ」とぼくは言った。これはいいレストランバーで、みんなのお気に入りだった。「一杯おごるよ」

ぼくたちはメイン街まで歩き、ソンブレロストリートのバーにすわった。

「いつもいっしょにいらしてた、あの小柄な茶色い髪の女性はどちらへ？」ドリンクを持ってきたウェイトレスがファットに尋ねた。

「クリーブランドだよ」とファット。ぼくたちはまた笑い出した。ウェイトレスはシェリーを覚えていたのだ。まじめに受け取るにはあまりにひどい話だ。

飲みながらぼくはファットに話をした。「昔、知り合いの女性がいて、彼女にぼくの死んだネコの話をしていたんだけれど、『まあでもいまは眠っているよ、永久にね』と言ったら、即座に『あたしのネコはグレンデールに埋葬されているわ』というんだ。みんなそこで話をあわせて、グレンデールと永久との天気を比べたりしたんだ」。ファットとぼくは爆笑して、まわり中の注目を集めていた。「いい加減にしようぜ」とぼくは気を取り直して言った。

「永久のほうが寒そうだな」とファット。

「うん、でもスモッグは少ないよ」

ファットは言った。「そこでならかれが見つかるかも」

「誰？」

「かれだよ。第五の救済者」

「覚えてるかな、お前のアパートで、シェリーが化学療法を始めて髪の毛が抜け始めた頃に――」

「うん、ネコの水入れだろ」

「シェリーはネコの水入れの横にたっていて、髪の毛がどんどん水に落ちるもんで、ネコが混乱してた」

ファットは、ネコが喋れたらこう言っただろうという台詞を真似た。『『こりゃいったいなんだよ、水に変なもんが入ってるぞ』』そしてにやりとしたが、でもその微笑には何の喜びもなかった。「ケヴィンに頼んで元気づけてもらわないと」とファット。「いやまてよ。やっぱそれはやめとこう」

「とにかく前進し続けないと」とぼくは言った。

「フィル、かれを見つけないと、オレは死んじまう」とファットは言った。

「わかってる」とぼく。その通りだった。ホースラヴァー・ファットと死滅との間に立ちはだかっているのは救済者だった。

「オレは自爆するようプログラミングされている。自爆ボタンはもう押されてるんだ」とファット。

「お前の感じてる気分は——」とぼくは口を開いた。

「理性的なんだろ、この状況では。その通り。これは狂気じゃない。どこにいるか知らないが、かれを見つけないとオレは死ぬ」

「だったら、ぼくも死ぬな。お前が死ぬんなら」

「その通り」とファットはうなずいた。「わかってるじゃないか。お前はオレなしには存在できないし、オレはお前なしには存在できない。一蓮托生。くそったれめ。ひどい人生じゃないか。なんでこんなことが起こるんだ?」

「お前が自分で言った通りだろう。宇宙は——」

「オレは見つける」とファットはドリンクを飲み干し、空のグラスを置いて立ち上がった。「アパートに戻ろう。リンダ・ロンシュタットの新譜『ミス・アメリカ』を聴いてほしいんだ。すごくいいぜ」

バーを出つつ、ぼくは言った。「ケヴィンによればロンシュタットはもうダメだとさ」

戸口で止まってファットは言った。「ダメなのはケヴィンだろ。最後の審判の日に、コートの中からあのろくでもない死んだネコを取り出したら、みんなに大笑いされるぞ。あいつがオレたちを笑ってるみたいにな。あいつにはそれがお似合いだ。あいつ自身みたいな大審問官が」

「神学的な発想としては悪くないな。自分が自分に向き合うんだ。かれを見つけられると思う？」

「救済者を？　うん、見つけるよ。金が尽きたら戻ってきて、もっと働いて、また探しに出る。どこかにいるはずなんだ。シマウマがそう言った。そして頭の中にいるトマス――あいつもそう言ってた。イエスがほんのしばらく前にそこにいて、絶対戻ってくるって。みんな喜びに満ちて、完全に喜んで、救済者を再び迎える準備をしていたよ。新郎を迎えようとして。もう実にお祭り気分だったんだ、フィル。完全に喜びに満ちてエキサイティングで、みんな駆け回ってる。みんな黒い鉄の牢獄から走り出て、ひたすら大笑いしてた。それをドカンと爆破したんだぜ、フィル。牢獄まるごと。ふっとばしてそこから出たんだ……駆け出して笑ってとにかく、ひたすら幸せ。そしてオレもその一人だったんだ」

「またそうなるよ」とぼくは言った。

「なるよ。かれを見つけたら。でもそれまではならない。なれない。他に道はないんだ」

そしてフィルはポケットに手を突っ込んだまま、歩道で立ち止まった。「恋しいんだよ、フィル。心から。かれといっしょになりたい。抱きしめられるのを感じたい。他にそれができる人はいない。一度会って——まあある意味ではね——また会いたいんだよ。あの愛、あの暖かみ、向こう側もそれがオレなので喜んで、オレに会えて喜んで、それがオレだと喜んで、オレだと見分けてくれて。オレを見分けてくれたんだぜ！」

「知ってる」とぼくはうろたえつつ言った。

「だれもわかってくれないんだ。かれに会って、そしてその後会えなくなるってのがどんなことなのか。すでに五年近くになる。五年近くにもわたって——」と身振りをした。

「何があった？　そしてその前には何があった？」

「きっとかれを見つけるよ」とぼく。

「そうするしかない。さもないとオレは死ぬ。そしてお前もだ、フィル。二人ともそれがわかってる」

＊

聖杯の騎士の頭領アムフォルタスは、治らない傷を持っていた。クリングゾルが、キリストの脇腹を突き刺した槍でアムフォルタスにその傷を負わせたのだ。後にクリングゾルがパルシファルめがけてその槍を投げつけると、純粋な愚者はその槍を——空中で停止したので——手に取り、それを掲げて十字架のしるしを作る。するとクリングゾルもその城もすべて消え去る。かれらはそもそも存在しなかったのだ。ギリシャ人がドコスと呼ぶ幻影にすぎない。インド人がマーヤーのヴェールと呼ぶものだ。

パルシファルにはできないことなどなかった。オペラの終わりにパルシファルは、その槍でアムフォルタスの傷に触れると、それは治る。死にたいとしか思っていなかったアムフォルタスは癒やされるのだ。そして、とても謎めいた言葉が繰り返される。ぼくはドイツ語が読めるけれど、ちっともわからないことばだ。

‘Gesegnet sei dein Leiden,
Das Mitleids höchste Kraft,
Und reinsten Wissens Macht
Denn zagen Toren gab!’

これは魔術師クリングゾルとその城の幻影を廃し、アムフォルタスの傷を癒やす純粋な愚者パルシファルの物語を理解する鍵の一つだ。だが、どういう意味なんだろう?

「汝の苦しみに讃えあれ

それは臆病な愚者に
哀れみの至高の力と
純粋な知識の力を与えた！」

これがどういう意味かぼくにはわからない。ぼくたちの例である純粋愚者のホースラヴァー・ファットも、治らない傷とそれに伴う苦痛を抱えていたことは知っている。はいはい、その傷は救済者の脇腹を突き刺した槍によるもので、その槍だけがそれを癒やせる。オペラでは、アムフォルタスが癒やされた後、聖堂がついに開かれて（長い間閉ざされていたのだ）、聖杯が現れ、そのとき天からの声がこう言う。

'Erlösung dem Erlöser!'

これはとても奇妙だ、というのもその意味は次の通りだからだ。

「贖罪者が贖罪された！」

つまりキリストは自分自身を救ったということだ。これには専門用語がある。Salvator

salvandus.「救われた救済者」。

「自分の任務を実施するにあたり、永遠の伝令は自分自身が大量の生まれ変わりや宇宙的な追放を経なければならないという事実、さらには、少なくともこの神話のイラン版では、かれ自身がある意味で自分の呼びかける相手と同じ――聖なる自己の、かつて失われた部品――だという事実が『救済された救済者』(salvator salvandus)という発想を生み出した」

ぼくの出所は定評あるものだ。『哲学百科事典』(マクミラン出版、ニューヨーク、一九六七年)の、「グノーシス主義」の項目だ。ぼくはこれがどのようにファットにあてはまるかを理解しようとしている。この「哀れみの至高の力」とは何だ? 哀れみがどんな形で傷を癒やす力を持つのか? そしてファットは自分に哀れみを感じ、自分自身の傷を治せるのか? するとこれはホースラヴァー・ファットが自分自身の救済者、つまり救済された救済者だということなのだろうか? どうもワーグナーはそういう発想を表現しているように思える。救済者というアイデアの起源はグノーシス主義だ。それがどうやって『パルシファル』に入り込んだんだろうか?

ひょっとするとファットは、救済者探しに乗り出したときに自分自身を探していたのかもしれない。まずはグロリア、続いてシェリーの死によってできた傷を癒やすために。だが現代の世界において、クリングゾルの巨大な石の城に相当するものは何だ？　ファットが帝国と呼ぶものは？　黒い鉄の牢獄と呼ぶものは？　「実は終わっていない」帝国というのは幻影なのだろうか？

巨大な石の城――そしてクリングゾル自身――を消滅させるときにパルシファルが語る言葉は以下の通り。

'Mit diesem Zeichen bann' Ich deinen Zauber.'

「この印によって私はお前の魔法を廃する」

この印とはもちろん十字架の印だ。ファットの救済者は、ぼくがすでにつきとめたように、ファット自身だ。シマウマは線形の時間軸に沿って存在するあらゆる自己を、一つの不死の超時間的または時間をまたがる自己に融合させ、ファットを救いに戻ってきた存在なのだ。でもぼくは、ファットが探しているのは自分自身だなどとは死んでもファットには告げない。あいつはそんな発想をもてあそぶ用意ができていない。ほかのみんなと同様に、あいつは外部にいる救済者を探しているんだから。

「哀れみの至高の力」なんてひたすらでたらめだ。哀れみには何の力もない。ファットはグロリアに対して膨大な哀れみを感じ、シェリーにも膨大な哀れみを感じたが、どちらの場合にも雀の涙ほどの効果もなかった。何かが足りない。これはだれでも知っている。病人や死にかけた人間、病気や死にかけの動物をなすすべもなく見下ろし、ひどい哀れみを感じ、圧倒的な哀れみを感じ、そしてその哀れみが、いかに大きなものであっても、実はまったく役立たずだと気がついた人ならだれでも。

傷を癒やしたのは何か別のものだ。

ぼくとデヴィッドとケヴィンにとってこれは真剣な話だった。ファットの中の治らない傷だが、治るしかなく、治るはずの傷だ——もしファットが救済者を見つけたら。ファットが正気に返り、自分こそが救済者だと気がついて、それにより自動的に癒やされるという魔法の光景が将来のどこかに待ち構えているのだろうか？　あてにしないほうがいい。ぼくならあてにしない。

『パルシファル』は、文化におけるコルク抜き的な人工物の一つで、自分がそこから何かを、何か価値の高い、貴重とすらいえるものを学んだという主観的な感覚を与えてくれる。だがそれをもっとよく考えて見ると、いきなり頭をかいて「ちょっと待った、これってまるで筋が通ってないぞ」と言うようになる。リヒャルト・ワーグナーが天国の門に立っているところが思い浮かぶ。ワーグナーはこう言うのだ。「わたしを天国に入れてくれないと。だって『パルシファル』を書いたんですよ。聖杯、キリスト、苦悶、哀れみ、癒やしについてのオペラだ。そうでしょ？」すると向こうはこう答える。「まあ読んでみたけど、全然筋が通らないじゃないか」。そしてバタンと門が閉ざされる。ワーグナーは正しいし、向こうも正しい。これまた中国式の指罠だ。

それとも、ぼくが肝心な点を見落としているのかも。ここにあるのは禅のパラドックスだ。筋が通っていないものこそ、最高に筋が通っているのだ。ぼくは最高度の罪を冒しているのを見つかってしまったわけだ。アリストテレス的な二値論理、「あるものは、Aか非Aである」（排中律）を使うという罪だ。アリストテレス的な二値論理がダメなのはだれでも知っている。ぼくが何を言いたいかというと――

もしケヴィンがここにいたら、やつは「アッパラパーのピー」と言うだろう。これはファットが釈義から朗読するとやつがファットに言うことだ。ケヴィンは深遠なるものなどお呼びではない。やつは正しい。ぼくはホースラヴァー・ファットがどのようにホースラヴァー・ファットを癒やすか――救うかを理解しようと試みて、何度も何度も「アッパラパーのピー」と繰り返しているだけだ。というのもファットは救えないからだ。シェリーを癒やせばグロリアを失った穴埋めができるはずだった。でもシェリーは死んだ。グロリアの死でファットは毒を四十九錠飲み、そしていまシェリーが死んであいつが先に進み、救済者（でも救済者って何のこと？）を見つけて癒やされるのをみんな期待している――シェリーの死の前はほぼ末期的と言っていい傷だったものだ。いまやホースラヴァー・フアットはいない。傷だけが残っている。

ホースラヴァー・ファットは死んだ。悪意に満ちた女二人に墓にひきずりこまれて。愚者だからひきずりこまれて。これも『パルシファル』に出てくる別のたわごと部分で、バカだと救われるというもの。どうして？　『パルシファル』では、苦悶が臆病な愚者に「純粋な知識の力」を与えた。どうやって？　なぜ？　説明してほしい。

グロリアの苦悶とシェリーの苦悶が、ファットにとって、だれにとって、何にとっても、少しでもよいものに貢献したというのを示してみろ。そんなのはウソだ。邪悪なウソだ。苦しみは廃されるべきだ。まあ確かに、パルシファルは傷を癒やすことでそれを行った。アムフォルタスの苦悶は終わった。

ぼくたちが本当に必要としているのは槍ではなく医者だ。ファットのトラクタテからの第45項をお示ししよう。

45．キリストを幻視してオレは正しくもかれにこう言った、『医学治療が必要だ』。この幻視では、自分の作ったものを無目的に殺す狂った創造者がいた。これはつまり、非理性的に殺すということだ。これが「心」の中のイカレた流れだ。いまやアスクレピオスは呼べないので、キリストだけがわれわれの希望だ。アスクレピオスはキリストの前にやってきて人を死から蘇らせた。この行為のため、ゼウスはかれをキクロプスに雷で殺させた。キリストもまた自分のやったことのために殺された。人を死から蘇らせたのだ。エリヤは少年を復活させて、その後まもなくつむじ風の中に消えた。「帝国は終わっていなかった」。

46. 医師はいくつもの名前を使い、何度もわれわれの前に現れた。だがわれわれは未だに癒やされていない。帝国はかれを見つけ、排除した。今回のかれは食細胞により帝国を殺す。

多くの点でファットの釈義は『パルシファル』より筋が通っている。ファットは、宇宙が生きた生命体で、そこに有毒な粒子が入り込んだと考える。その有毒粒子は重金属製で、宇宙生命体に埋め込まれて毒を出している。宇宙生命体は食細胞を送り出す。食細胞はキリストだ。それは有害な金属粒子——黒い鉄の牢獄——を包囲して破壊し始める。

41. 帝国は錯乱状態の制度でありその符合化だ。それは狂っていて、暴力を通じて自分の狂気をわれわれに押しつける。というのも帝国の性質は暴力的なものだからだ。

42. 帝国と戦うというのは、その錯乱に感染させられるということだ。これはパラドックスだ。帝国の一部を撃破する者はすべて帝国になる。それはウィルスのように広がり、自分の形相をその敵に押しつける。そして敵を己自身にしてしまうのだ。

43. 帝国に対して配置されているのは生きた情報、プラスマテまたは医師であり、それは精霊または実体なきキリストとして知られている。これは二つの原理、暗黒（帝国）と光（プラスマテ）だ。最終的には、「心」は後者に勝利を与える。われわれはそれぞれ、どちらに自分自身やその努力をしたがわせるかによって、死ぬか生き残るかが決まる。みんな、両方の要素を持っている。いずれ、どちらかの要素がそれぞれの人の中で勝利する。ゾロアスターはこれを知っていた。なぜなら賢い心がそう伝えたからだ。かれは初の救済者だった。[*1] これまで四人が生まれた。五人目がいま生まれようとしており、その者は他とはちがう。かれは支配し、われわれを裁く。

＊

ぼくに言わせれば、ケヴィンはファットがトラクタテから朗読したり引用したりするたびに「アッパラパーのピー」と言ってりゃいいんだが、でもファットは何かつかんでる。

＊1　ファットは仏陀をぬかしている。仏陀がだれで何なのか理解していないのかも。

ファットは宇宙的な食細胞が侵攻しているのを見ており、そのミクロ形態ではぼくたちみんなが参加している。有毒な金属粒子がみんなに埋め込まれている。「上にあるもの（マクロコスモス）は下にあるもの（ミクロコスモスまたは人）である」。ぼくたちはみんな傷ついており、みんな医師が必要だ——ユダヤ教徒にとってはエリヤ、ギリシャ人にはアスクレピオス、キリスト教徒にはキリスト、グノーシス教徒やマニの信徒にはゾロアスター、といった具合。ぼくたちが死ぬのは、病んで生まれたから——重金属の破片を体内に持ち、アムフォルタスのような傷を持って生まれたからだ。そして癒やされれば不死になる。これが本来の姿なのに、重金属の破片がマクロコスモスに入り込み、同時にそのミクロコスモス的な単数形、つまりぼくたちのそれぞれに入り込んだのだ。

ひざの上でまどろむネコを考えて欲しい。傷ついているが、その傷はまだ見えるものにはなってない。シェリーのように、何かがネコを侵食している。この主張に反対するような博打を打つ気はあるか？　直線時間におけるネコのイメージをすべて、一つの存在に融合させよう。そこで得られるものは突き刺され、傷ついて死んでいる。だが奇跡が起こる。目に見えない医師がネコを復活させるのだ。

「だからすべてが持続するのはたったの一瞬であり、そして死へと急ぐ。植物と昆虫は夏の終わりに死ぬし、畜生と人は数年して死ぬ。死は疲れ知らずに刈り取る。だがそうではあっても、いや、まるでそんなことがまったくないかのように、すべては常にそこにあり、その場所にあり、まるですべてが消え果てることがないかのようだ。（中略）これは一時的な不死性だ。その結果として、何千年にもわたる死と衰退にもかかわらず、自然としてあらわれるものは何も失われることはなく、物質の原子一つたりとも失われず、内面的な存在はなおさら失われない。したがって一瞬ごとにわれわれは嬉々として叫んでよい。『時間や死や衰退にもかかわらず、われわれはまだみんな一緒だ！』」（ショーペンハウエル）

ショーペンハウエルはどこかで、庭で遊んでいるのを見かけるネコは、三百年前に遊んでいたネコなのだと述べている。これはトマス、三つ目人たち、そして何よりも肉体を持たないシマウマの中でファットが出会ったものだ。不死に関する古代の議論は次のような具合だ。もしあらゆる生物が本当に死ぬなら――実際、見かけでは死んでいるようだ――生命は絶え間なく宇宙から消え去り、存在から消える。するとこれについての例外はまったく知られていない以上、いずれあらゆる生命が存在から消え去ることになる。よって、目に何が見えようとも、生命はどういうわけか、死に変わることはでき﹅な﹅い﹅。

グロリアとシェリーといっしょにファットは死んだが、ファットはいまだに生き続けていた。いまやあいつが探そうとしている救済者として。

第9章

ワーズワースの『頌《オード》』の副題は「幼い子供時代の回想にもとづく不死の暗示」となっている。ファットの場合、「不死の暗示」は未来の生活に関する回想に基づいていた。

さらにファットはどんなにがんばっても、クソほどの価値しかない詩さえ書けなかった。ワーズワースの『頌《オード》』は大好きで、それに匹敵するものが書ければと祈ったものだ。でもできなかった。

とにかく、ファットは旅行しようかと思い始めた。こうした思考は具体性を持つようになった。ある日、あいつはワイドワールド旅行社（サンタアナ支店）に車ででかけ、カウンターの向こうの女性、その女性とコンピュータ端末と相談したんだ。

「ええ、中国行きのスローボートなら手配できますよ」と女性は楽しげに言った。

「高速の飛行機は？」とファット。

「中国にいくのは医療上の理由ですか？」と女性が尋ねた。

ファットはこの質問に面食らった。

「西側諸国からたくさんの人が、医療サービスを受けに中国に飛んでいるんですよ。スウェーデンからさえ来ているといてますよ。中国の医療費はものすごく安いですから……でもそんなことはすでにご存じかもしれませんね。ご存じでしたか？　大手術でもときにはたった三〇ドルなんです」と女性は、楽しげに微笑みパンフレットをかきまわした。

「まあそうだなあ」とファット。

「そしたら、それは所得税で控除対象になるんですよ。弊社ワイドワールド旅行社ではこんなふうにもお客様のお役にたてるんです！」

この余談の皮肉ぶりがファットには衝撃だった——第五の救済者を捜し求める自分が、その探求を州と連邦の所得税申告で控除できるということが。その晩、ケヴィンが立ち寄ったときにこの話をして、ケヴィンが嫌みな感じでおもしろがるものと期待した。

だがケヴィンは、別の魂胆を持っていた。謎めかした調子でケヴィンはこう言った。

「明日の晩、映画に行かない？」

「何を見るの？」ファットは友人の声にこもった暗い調子に気がついていた。これはケヴィンが何か企んでいるということだ。だがもちろん、ケヴィンは性分として、それを吹聴したりはしなかった。

「SF映画なんだ」という以上のことをケヴィンは言わなかった。

「いいよ」とファット。

次の晩、ファットとぼくとケヴィンはタスティン通りを車で走り、小さな映画館に入った。SF映画だというので、業界の関係者としてぼくもつきあうべきだと思ったんだ。ケヴィンが小さな赤いホンダシビックを駐車するときに、劇場の看板が目に入った。ファットは看板を読み上げた。『ヴァリス』、出演マザー・グース。『マザー・グース』って何？」

「ロックバンド」と答えるぼくはがっかりしていた。気に入りそうなものには思えなかった。ケヴィンは映画でも音楽でも変な趣味をしていた。どうやら今晩、やつはその両方を組み合わせることができたわけだ。

「おれ、もう見たから。信じてくれよ。損はさせないから」とケヴィンは謎めかした言い方をする。

「もう観たの？　それなのにまた観たいの？」とファット。

「信じてくれよ」とケヴィンは繰り返した。

小劇場のシートにすわったが、観客はほとんどティーンエージャーらしかった。

「マザー・グースはエリック・ランプトンなんだ。『ヴァリス』の脚本も書いて主演してる」とケヴィン。

「歌うの？」とぼく。

「いいや」とケヴィンは答え、それ以上何も言わなかった。そのまま黙りこくった。

「なんでこんなところに来たんだよ」とファット。

ケヴィンはファットを見たが何も言わなかった。

「あのゲップのレコードみたいなもんじゃねえだろうなあ」とファット。あるとき、ファットがことさら意気消沈しているとき、ケヴィンはアルバムを持ってきて、これを聞けば必ず元気が出るからとファットに保証した。それも、電子ノイズ除去のスタックスのヘッドホンをつけて、思いっきりボリュームを上げろという。その曲は、実はゲップばかりだった。

「いいや」とケヴィン。明かりが消え、ティーンエージャーの観客たちは静かになった。タイトルとクレジットが現れた。

ケヴィンは言った。「ブレント・ミニって聞いたことない？　音楽はかれなんだ。ミニはコンピュータで作ったランダムサウンドで音楽を作って『シンクロニシティ音楽』と呼んでいるんだぜ。ＬＰ三枚出してる。二枚目と三枚目は持ってるけど、一枚目が見つからなくて」

「じゃあこの映画もご大層な代物なんだ」とファット。

「まあ見てろって」とケヴィン。

電子ノイズが響いた。

「うわっ」とぼくは嫌悪をこめて言った。画面には色の大きな塊が出てきて、それが四方に爆発した。カメラはパンして、アップの映像になる。低予算のB級SF映画か、とぼくは思った。こういうのがあるから、SFの評価が下がるんだ。

ドラマはいきなり始まった。突然クレジットが消えた。野原が広がり、枯れ果てて茶色く、雑草がちょろちょろ生えているだけ。やれやれ、この先何が出てくるかはお見通しだ。どうせ兵士二人がジープにのって、ゴトゴトと野原をやってくるのだ。すると何か輝くものが空を横切ってくる。

「大佐、隕石のようですが」と兵士の一人。

するともう一人が考え深げに同意してみせるのだ。「ああそうだな。だが念のため調べたほうがよさそうだ」

だが、ぼくはまちがっていた。

＊

映画『ヴァリス』はメリトーンレコードという小さなレコード会社が舞台だ。バーバンクにあって、所有しているのはニコラス・ブレイディという名のエレクトロニクスの天才だ。時代は——自動車の形や、流れるロックの独特な感じから——六〇年代末か七〇年代初期だが、奇妙な不一致がたくさんある。たとえば、リチャード・ニクソンはいないようだ。アメリカ大統領は、フェリス・F・フレマウントという名前で、とても人気があった。

映画の最初の部分では、突然画面がフェリス・フレマウントの熱気に満ちた再選キャンペーンに関するテレビニュースの映像を延々と映したりした。

マザー・グース自身——実生活ではボウイやザッパやアリス・クーパーと肩を並べる本物のロックスター——は、ドラッグ漬けになったソングライターの役を演じていて、明らかな負け犬役だ。経済的になんとか生き延びられているのは、ブレイディが支払いを続けているからというだけだ。グースには魅力的ですごくショートヘアーの妻がいる。ほとんど坊主頭に近く、巨大な輝く目をしてほとんど人間離れした外見だ。

映画の中でブレイディは絶えず、グースの妻リンダにちょっかいを出している（映画ではなぜかグースは実名のエリック・ランプトンを使っている。だから語られている物語はあまり表にでないランプトン夫妻に関係しているのだろう）。リンダ・ランプトンは不自然だった。これはかなり早い時期に伝わってくる。ブレイディは、オーディオ電子の名手ではあったが、ろくでもないやつだという印象を受けた。ブレイディは、レーザーのシステムを作り上げて、それが情報——つまりは音楽の各種チャンネル——を、現実に存在するものとはまったくちがうミキサーに送り込む。そのミキサーは要塞のようにそびえ立っていた——ブレイディは本当にドアを開けてそのミキサーの中に入り、レーザー光線を浴びる。そのレーザー光線が、かれの脳をトランスジューサーとして音に変換される。

ある部分で、リンダ・ランプトンは服を脱いだ。彼女には性器がなかった。

ファットとぼくが見た中で最も異様なものだった。

一方、ブレイディは解剖学的にいって彼女とヤることなどあり得ないことにも気がつかず、ちょっかいを出し続けていた。マザー・グース――エリック・ランプトン――はこれをおもしろがっていたが、薬を打ち続けては思いつく限りで最悪の歌を書き続けていた。しばらくすると、かれの脳が完全にイカレていることがわかる。当人はそれに気がついてもいない。ニコラス・ブレイディはなにやら謎めいた操作を始めて、どうやら要塞ミキサーを使ってエリック・ランプトンをレーザーで消し去り、実は性器のないリンダ・ランプトンと寝るつもりらしい。

一方、フェリス・フレマウントは絶えず現れてはディゾルブを繰り返して、見ているほうはわけがわからなかった。フレマウントはますますブレイディに似てきて、ブレイディはフレマウントに変身するようだ。撮影された場面の中には、ブレイディが壮大な社交的宴会に出席しているものがあり、明らかに国家的な行事だ。外国の外交官たちがドリンクを持ってうろつき、背景では絶え間ない低いつぶやきが流れている――ブレイディのミキサーが作り出す電子ノイズに似た音だ。

ぼくはさっぱりこの映画がわからなかった。

「お前、これわかる？」とぼくは身を乗り出してファットにささやいた。

「ばかいえ、まさか」とファット。

エリック・ランプトンをミキサーの中におびき寄せたブレイディは、奇妙な黒いカセットを差し込むとボタンを叩いた。観客は、ランプトンの頭が爆発するアップのショットを見せられる。文字通り爆発するのだ。だが脳みそが飛び出すかわりに、小さな電子部品が四方に飛び散る。するとリンダ・ランプトンがミキサーを通り抜け、本当に壁を通り抜けて、持っていた物体で何かすると、エリック・ランプトンは時間を逆行する。頭の電子部品が内側に戻り、頭蓋骨は元通りになる——一方のブレイディは、メリトーン社のビルからよろよろとアラメダ通りに出てきて、目をむいている……画面はカットして、リンダ・ランプトンは夫を元通りに組み立てていて、二人とも要塞状のミキサーの中だ。

エリック・ランプトンが口を開くと、出てくるのはフェリス・F・フレマウントの声だ。リンダはがっかりして身を引く。

カットしてホワイトハウス。フェリス・フレマウントはもはやニコラス・ブレイディのようには見えず元の当人の姿が復活している。

「ブレイディを消せ。今すぐ消すんだ」とフレマウントは陰気に言う。肌にぴったりはりついた黒いぴかぴかの制服男ふたりが、未来的な武器を手にして、黙ってうなずく。

カットしてブレイディが駐車場を横切って急いで自分の車に向かっている。まったくひどい様子だ。パンすると、黒服の男たちが屋根の上で望遠スコープの十字線をのぞいている。ブレイディは車に入り、エンジンを起動しようとしている。

ディゾルブして、赤白青の米国旗チアリーダー制服姿の若い娘たちの大群衆。だがそれはチアリーダーではない、みんな「ブレイディ殺せ、ブレイディ殺せ！」と合唱。スローモーション。黒服の男たちが銃を発射。いきなり、エリック・ランプトンはメリトーンレコードの外にたっている。顔のアップ。その目が何か不気味なものに変わる。黒服の男たちは黒焦げになって灰に変わり、その武器は溶ける。「ブレイディ殺せ！　ブレイディ殺せ！」まったく同じ赤白青の制服を着た何千人もの娘たち。何人かは性的な熱狂の中で制服を脱ぎ去ってしまう。

生殖器がない。

ディゾルブ。しばらくたってからのこと。フェリス・F・フレマウントが二人、巨大な樫のテーブル越しに向き合ってすわっている。その二人の間には、脈打つピンクの光の立方体。ホログラムだ。

ぼくのとなりでファットがうめいた。身を乗り出して眺めている。ぼくも眺めている。あのピンクの光は見覚えがある。あれはシマウマについての記述でファットが述べた色だ。エリック・ランプトンが裸でリンダ・ランプトンとベッドに入っている場面。なにやらプラスチックの膜をはぎ取ると、その下にある性器が見える。二人は愛を交わし、それからエリック・ランプトンはベッドから滑り出る。そして居間に向かい、いま夢中になっているヤクをなにやら注射する。そしてすわって、疲れたように頭をたれる。

ロングショット。ランプトン家が下に見える。カメラは通称「第三カメラ」状態。エネルギー光線が眼下の家に発射される。急にカットしてエリック・ランプトン。まるで突き刺されたかのように身をよじる。両手で頭を抱えて、苦悶で痙攣する。顔のアップ、目玉が爆発する（いっしょの観客たちは、ぼくもファットも含め息をのむ）。

爆発したものに替わって別の目が出てくる。そしてとてもゆっくりと、おでこが真ん中で開く。第三の目が見えてくる。でもそれには瞳孔がない。代わりに水平のレンズがある。

エリック・ランプトン、微笑む。

レコーディングセッションに切り替わる。何かフォークロックのグループだ。演奏している曲に、一同は心底のっている。

「あんたがこんな曲を書くの、初めて聴いたよ」とエンジニアがランプトンに言う。

カメラがドリーで水平移動してスピーカーを映し出す。音量が高まる。そしてアンペックス再生システムにカット。ニコラス・ブレイディがそのフォークロックのグループのテープを再生している。ブレイディ、要塞のようなミキサーのエンジニアに合図する。レーザー光線が四方八方に放たれる。音声トラックが邪悪な変換を遂げる。ブレイディは顔をしかめ、テープを巻き戻して再び再生。するとことばが聞こえてくる。

「フェリス……フレマウント……殺せ……フェリス……フレマウント……殺せ……」これが何度も何度も。ブレイディはテープを止め、巻き戻し、再生する。こんどはランプトンの書いたもとの曲で、フレマウントを殺す話などは一切ない。

ブラックアウト。音もなく、映像もない。そしてゆっくりと、フェリス・F・フレマウントの顔が陰気な表情を浮かべて現れる。まるでいまのテープを聴いたかのようだ。

身をかがめて、フレマウントは机のインターコム装置のスイッチを入れる。「国防大臣を呼べ。いますぐ来るように言ってくれ。どうしても話をしなくては」

「はい、大統領閣下」

フレマウントは椅子に深くもたれてフォルダを開く。エリック・ランプトン、リンダ・ランプトン、ニコラス・ブレイディの写真とデータがある。フレマウントはデータを検討する——ピンクの光線が上から一瞬だけ頭に当たる。フレマウントは顔をしかめ、不思議そうな顔をして、それから硬直したロボットのように立ち上がり、「シュレッダー」とラベルのついたシュレッダーに歩み寄って、フォルダーとその中身を投げ込む。顔は無表情。完全にすべてを忘れてしまったのだ。

「国防大臣がおいでです、大統領」

不思議そうな顔をしてフレマウントは言う。「呼んでないぞ」

「でも閣下——」

空軍基地へカット。ミサイルが発射される。「極秘」と書かれた書類のアップ。それが開かれる。

オフカメラからの声。「ヴァリス？　将軍、何ですそれは？」

重々しい権威に満ちた声。「巨大活性諜報生命体システムだ。これは決して――」

建物丸ごとが爆発する。そしてさっきと同じピンクの光に包まれる。屋外。ミサイルが照準をあわせる。それがいきなり揺れる。警報サイレンが鳴り響く。声が叫んでいる。「自爆警報！　自爆警報！　作戦中止！」

こんどは、選挙資金集めのディナーでフェリス・F・フレマウントが選挙演説をしているのが映る。立派な身なりの人々が聞き入っている。制服姿の士官が身をかがめて大統領の耳にささやく。フレマウントは大声で言う。「どうなんだ、ヴァリスはやったのか？」いらだったように士官は言う。「何かがおかしくなったんです、大統領。あの人工衛星はまだ――」その声は、群衆の音にかき消される。群衆は、何かがおかしいのに気がつく。立派な身なりの人々は、赤白青の同じ制服を着たチアリーダー少女たちに変身していた。少女たちは立ち上がり、身じろぎもしない。プラグを抜かれたロボットのように。

最後の場面。歓声を上げる大群衆。フェリス・フレマウントがカメラに戻り、両手でニクソンのような勝利のVサインを掲げている。明らかに再選されたのだ。黒服の武装した男たちが警戒しつつ立っているが、満足そうだ。みんな喜んでいる。

子供がフレマウント夫人に花を捧げる。彼女はふりかえってそれを受け取る、フェリス・フレマウントも振り返る。ズームイン。

ブレイディの顔。

＊

タスティン通りの家に戻る車中で、三人とも黙りこくっていた。沈黙を破ってケヴィンはこう言った。「みんな、ピンクの光は見ただろ」

「うん」とファット。

「それに水平レンズの第三の目も」とケヴィン。

「マザー・グースが脚本を書いたのか？」とぼく。

「脚本、監督、主演だ」

ファットが尋ねる。「これまで映画をやったことは？」

「ない」とケヴィン。

「情報転送があった」とぼく。

ケヴィンが言った。「映画の中で？　ストーリーの一部で？　それとも、映画やサウンドトラックから観客に対してってこと？」

「理解できたかどうか自信がないんだけど――」とぼくは口を開いた。「あの映画にはサブリミナルな内容がある。今度観に行くときには、電池式のカセットテープレコーダーを持っていこう。たぶん情報はミニのシンクロニシティ音楽、あのランダム音楽に符号化されていると思うんだ」とケヴィン。

「別のアメリカだったな。ニクソンが大統領になる代わりに、フェリス・フレマウントが大統領だった。たぶん」とファット。

「エリックとリンダ・ランプトンは人間なの、そうでないの？　最初は人間に見えた。でも彼女は次に――ほら、性器がないようだった。それからあの膜を脱ぎ捨てたら、やっぱり性器があっただろう」とぼく。

「でもエリックの頭が爆発したら、中身はコンピュータの部品ばっかだった」とファット。

「みんな壺に気がついた？　ニコラス・ブレイディの机の上。小さな粘土の壺だ――お前が持ってるみたいなやつだよ、あの女の子――」

「ステファニー」とファット。

「――が作ってくれたようなやつ」

「いいや。気がつかなかった。あの映画にはいろんな細部があってものすごい勢いでオレに向かってきたからなあ、ものすごい勢いで観衆に示されたってことね」とファット。

ケヴィンは言った。「おれも最初は壺に気がつかなかったんだ。いろんなところで出てくるんだぜ。ブレイディの机だけじゃなくて、フレマウント大統領のオフィスでも一回、ずっと隅のほうに、周辺視野でないと捕らえられないところに出てきた。ランプトンの家でも何度か出てくる。たとえば居間とか。そしてエリック・ランプトンがよろよろ動き回っているとき、いろんなものにぶつかって——」

「水差しか」とぼく。

「そうだ」とケヴィン。「水差しとしても登場する。水がいっぱい入っている。リンダ・ランプトンがそれを冷蔵庫から取り出すんだ」

「いや、あれはただの普通のプラスチック製水差しだったろ」とファット。

「ちがうね。またもあの壺だった」とケヴィン。

「水差しだったんなら、なぜそれがやっぱり壺だなんてことがあるんだよ」とファット。

ケヴィンは言った。「映画の冒頭の、ひからびた草原の場面。片端によったところ。意識して見てないと、サブリミナルにしか気がつかない。水差しの絵柄は、壺の絵柄と同じなんだ。女性がそれを小川に浸してた。すごく小さな、ほとんど涸れた小川にね」

ぼくは言った。「どうも、そこにキリスト教徒の魚の徴が一度現れたように見えたんだけれど。絵柄として」

「いいや」とケヴィンは共感を込めて言った。

「ちがうの？」とぼく。

「おれも最初はそう思ったんだ。でもこんどはもっと注意して見たんだよ。なんだったと思う？　二重らせんだ」とケヴィン。

「それはDNA分子か」とぼく。

ケヴィンはにやにやした。「その通り。それが水差しのてっぺんを取り巻く絵柄として繰り返される」

みんなしばし沈黙した。そしてぼくは言った。「DNA記憶。遺伝子プールの記憶」

「その通り」とケヴィン。そしてこう付け加えた。「彼女が水差しに水を入れる小川で——」

「『彼女』？　だれのこと？」とファット。

ケヴィンは答えた。「女性だ。二度と出てこない。顔は一度も映らないんだ。でも長い古いドレスを着て、裸足だ。壺か水差しに水を入れているとき、釣りをしている男性がいる。フラッシュカットで、ほんの一瞬だけ。でも確実にいる。だから魚の徴を見たと思ってしまうんだ。釣りをしている男の姿を見たから。男の横に、魚が山積みになってたかもしれない。次に見るときには本当にそこを注意して見ないと。男をサブリミナルで見て、脳は——右脳半球は——それを水差しの二重らせん模様と結びつけたんだ」

ファットが言った。「人工衛星。VALISか。巨大活性諜報生命体システム。それがみんなに情報を発射するのか？」

「それだけじゃあない。状況次第ではみんなをコントロールする。好きなときにオーバーライドできるんだ」とケヴィン。

「そしてあいつら、それを撃墜しようとしてるの？　あのミサイルで？」とぼく。

ケヴィンは言った。「初期のキリスト教徒——本物の連中——は人々に何でも好きなことをやらせられたんだ。そしてどんなものでも見させたり——見させなかったり——できた。あの映画からおれが理解したのはそういうことだ」

「でも初期キリスト教徒は死んでる。あの映画は現代が舞台だったぞ」とぼく。

「連中は死んでる」とケヴィンは言った。「もし時間が本物だと信じるならね。時間の機能不全を見ただろう？」

「いいや」ファットとぼくは声を合わせて言った。

「あの乾燥した不毛の草原。あれは黒服の男二人が待ち構えて射殺しようとしていたときに、ブレイディが車にたどりつこうと走っていった駐車場だ」

ぼくはそれには気がつかなかった。「なぜそうだとわかる？」

「木があったんだ。どっちにもね」とケヴィン。

「木なんか見えなかったぞ」とファット。

「うん、それならみんなでまたあの映画を観にいかないとな。おれは行くよ。細部の九割は、一回目には見過ごすように設計されているんだ——というか正しくは、意識ある心には見過ごされるように。でも無意識はそれに気がつく。あの映画、一コマずつ調べたいよ」とケヴィン。

ぼくは言った。「じゃあキリスト教徒の魚の徴はクリックとワトソンの二重らせんなんだ。DNA分子は遺伝記憶が蓄積されているところだ。マザー・グースはそれを指摘したかったのか。だからこそ――」

ケヴィンも同意した。「キリスト教徒、それも人間でなく、性器がなくて人間のように見えるだけで、でももっと注意してみると、実は本当に人間なんだ。性器も実際にあってセックスもする」

「頭蓋骨は脳みそではなく、電子チップが詰まっているけどね」とぼく。

「連中、不死なのかも」とファット。

「だからリンダ・ランプトンは夫を元通り組み立て直せたのか。ブレイディのミキサーに粉砕されたのに。連中は時間を逆行できるんだ」とぼく。

ケヴィンはニコリともせずに言った。「そうだよ。これでなぜ『ヴァリス』を観てほしかったかわかるよな」とファットに言った。

「うん」とファットは神妙に、深い内省にふけりつつ言った。

「リンダ・ランプトンはどうしてミキサーの壁を通り抜けられたんだ？」とぼく。

ケヴィンは答えた。「知らない。本当はそこにいなかったのか、ミキサーが実はそこになかったのか。ひょっとして彼女はホログラムだったのかも」

「ホログラムか」ファットが繰り返した。

ケヴィン曰く「人工衛星は最初からみんなをコントロールしてたんだ。人工衛星が望んだ通りのものをみんなに見せていた。最後にフレマウントが実はブレイディだったけれど――だれも気がつかない！　奥さんですら気がついていない。人工衛星はみんなの目を閉ざしたんだ。一人残らず。クソったれなアメリカを丸ごと」

「なんと」とぼく。いまの点にはまだ思い至ってはいなかったけれど、だんだん気がつきかけてはいたのだ。

「だろ」とケヴィン。「おれたちにはブレイディが見えるが、連中には明らかに見えてない。何が起きたか気づいてないんだ。ブレイディやその電子ノウハウや装置と、フレマウントの秘密警察――黒服の男たちが秘密警察だ――との間の権力闘争なんだよ。そしてあのチアリーダーみたいに見えたスケども――あれも何か、フレマウントの側の存在なんだけど、正体はおれにもわからない。今度観たらわかる」。ケヴィンは声を上げた。「ミニの音楽に情報がある。画面上の出来事を観るにつれて、音楽が――ちくしょう、音楽じゃない、特定の間隔で生じるあるピッチの音だ――が無意識のうちにおれたちに合図を出しているんだ。あの音楽が映画を意味あるものにまとめあげてるんだ」

「あの巨大ミキサーって、ミニが本当に作った実在のものかな？」ぼくは尋ねた。

「かもね。ミニはＭＩＴの学位を持ってるし」とケヴィン。

「他にミニのことで何を知ってる？」とファット。

ケヴィンは答えた。「大して知らない。イギリス人だ。一度ソ連を訪問してる。長距離のマイクロ波情報伝送でソ連がやってる実験を見たかったと言ってる。ミニが開発したシステムは――」

ぼくは割り込んだ。「いま思い出した。クレジットで、スチル写真を撮ったロビン・ジェミソン。知ってるぞ。『ロンドン・デイリーテレグラフ』紙でやったインタビュー用に写真を撮ってくれたんだ。戴冠式も取材したって。世界最高峰のスチル写真家の一人なんだ。家族をヴァンクーヴァーに引っ越させるって言ってたよ。そこは世界で最も美しい都市なんだって」

「その通り」とファット。

「ジェミソンは名刺をくれて、インタビュー刊行後にネガがほしければ手紙をくれって」

ケヴィンが言った。「そいつならリンダとエリック・ランプトンを知ってるはずだ。それにもしかするとミニも」

「連絡歓迎だって言ってたよ。すごくいい人だった。長いことすわって話をしてくれたんだ。モーター駆動のカメラも持ってた。その音にウチのネコたちが夢中になったよ。それと広角レンズをのぞかせてくれた。信じられなかったよ、あの人が持ってたレンズは」

「人工衛星を打ち上げたのはだれ？　ロシア人ども？」とファット。

「それはちっともはっきりしないんだ。でも映画の中での話から見ると……ロシア人だとはにおわせてなかったぜ。フレマウントが古くさいレターオープナーで手紙を開けてるところがあって、即座にモンタージュが出る——古いレターオープナーと、人工衛星の話をしてる軍と。この二つを融合させると、人工衛星はすごく古いということになる——おれはそう思った」

「それは納得がいく。時間の機能不全、古くさいロングドレスの女性がはだしで、粘土の水差しで小川から水を汲んでいるところ。空のショットがあったな。ケヴィン、気がついた？」とぼく。

「空、か」とケヴィンはつぶやいた「うん。ロングショットだった。パノラマショット。空、野原……野原は古く見えた。まるで近東とかみたいに。シリアみたいに。そしてお前の言う通り。水差しはその印象を強化している」

ぼくは言った。「人工衛星は一度も出てこない」

「残念でした」とケヴィン。

「残念？」とぼく。

「五回。一回目は、壁のカレンダーの絵として。もう一度は一瞬だけ子供のオモチャとして店のウィンドウに。一回は空だけれど、フラッシュカットだったから一回目は見過ごした。一回はフレマウント大統領がメリトーンレコード社のデータや写真の束をめくっていたときに、図の形で出てきた。……五回目は、ど忘れした」とケヴィンは顔をしかめた。

「タクシーに轢かれる物体」とぼく。

「え？　ああそうだな、ウェストアラメダ通りを疾走してたタクシーか。ビールの缶かと思った。大きな音をたててドブに入ったよな」とケヴィンは回想して、うなずいた。「お前の言う通りだな。あれも人工衛星で、タクシーに轢かれてつぶれてた。ビールの缶みたいな音がしたよな。それでだまされたんだ。またもやミニだ。あのろくでもない音楽だかノイズだか——何でも。ビール缶の音が聞こえると、自動的にビール缶が見えてしまう」。そしてニヤニヤ笑いが一層強まった。「聞こえるから見える。悪くない」。かなりの交通量の道路で運転していたのに、ケヴィンは一瞬目を閉じた。「うん、つぶれてはいた。でも人工衛星だ。アンテナとかついてたよ。折れて曲がってはいたけれど、それと——クソッ！　言葉が書いてあった。ラベルみたいに。何て書いてあったんだろう？　なあまったく、虫眼鏡使って、映画のスチルを検討しないと、一コマごとのスチルを。一つずつ、一つずつ、一つも見逃さずに。そして重ね合わせもやってみないと。網膜の遅延が出てる。ブレイディが使ってるレーザーによるものだ。光があまりに明るいので、それが——」ケヴィンは言いよどんだ。

「光視活動を起こすんだ」とぼく。「観衆の網膜に。そう言いたいんだろう。だからこそレーザーはあの映画であんな重要な役割を果たすんだ」

＊

「オッケー」みんながファットのアパートに戻るとケヴィンが言った。みんなオランダビールのボトルを手に、くつろいですべてを解明しようとしていた。

マザー・グースの映画にあった材料は、ファットと神様の遭遇と重なっていた。それが混じりけなしの真実だ。ぼくなら「神様の真実だ」と言うところだが、神様がそれに少しでも関係していたとは思わない――まして当時はそんなことを思いもしなかった。

「大いなるプンタはすばらしいやり方で御業をなさる」とケヴィンは言ったが、馬鹿にした口調はなかった。そしてファットに向かってこう言った。「くそっ、まったくなんてこったい。おれ、お前がキチガイだとしか思ってなかったよ。だって、お前はゴム張りのキチガイ部屋を出たり入ったりしてるんだからな」

「おい、よせよ」とぼく。

ケヴィンは続けた。「で、『ヴァリス』を観たわけだ。おれが映画にいくのは、ここにいるファットが投げつける、イカレポンチのごみくずからちょっとの間逃れたいからなんだぜ。そうして映画館で、マザー・グース主演のSF映画を観てたら、見せられたのがこんな代物ときたぜ。まったく、なんか陰謀でもあるみたいだ」

「オレのせいじゃないからな」とファット。

ケヴィンはファットに言った。「お前、マザー・グースに会うしかないぞ」

「そんなのどうやって？」とファット。

「フィルがジェミソンに連絡する。お前はグース——エリック・ランプトン——にジェミソン経由で会える。フィルは有名作家だ——手配つけられる」。そしてケヴィンはぼくに向かって言った。「映画プロデューサーにオプションを売った本って何かあるの？」「うん。『アンドロイドは電気羊の夢を見るか？』（『アンドロイドは電気羊の夢を見るか』ダブルデイ、一九六八年。邦訳：浅倉久志、早川書房、一九七七年）と、『三つの聖痕』（『パーマー・エルドリッチの三つの聖痕』、ダブルデイ、一九六四年。邦訳：浅倉久志、早川書房、一九七八年）も」

「すばらしい。だったらフィルは、こいつも映画になるかも、と言えばいい」とケヴィンはぼくに向き直った。「お前のプロデューサー友だちってだれだっけ？　ＭＧＭのやつ」

「スタン・ジャフライ」

「まだ連絡取ってる？」

「あくまで個人的にだけどね。『高い城の男』（『高い城の男』、ダブルデイ、一九六二年。邦訳：川口正吉／浅倉久志、早川書房、一九六五／一九八四年）のオプションは延長してくれなかったんだ。ときどき手紙がくる。前に、ハーブの種のものすごいキットを送ってくれたっけ。後で水ごけのでかい袋も送ってくれると言っていたんだけれど、ありがたいことにそれは手がまわらなかったみたい」

「連絡しろ」とケヴィン。

ファットは言った。「なあ、わけわかんないんだけど。『ヴァリス』には――」と身振りをする。「一九七四年三月にオレの身に起こったことが出てきた。あれはオレが――」またも身ぶりをしたが、そこで口を止め、複雑な表情を浮かべた。ほとんど苦悶の表情なのがわかった。なぜだろうと思った。

自分と神様――シマウマ――との出会いの一部が、マザー・グースなる名前のロックスター主演SF映画に登場すると、その出会いの意義が相対的に低下すると感じたのかもしれない。だがこれは、それが何だろうと実在したという初の確実な証拠だったし、それに注意を喚起したのは、インチキなど一発で解明してみせるケヴィンなのだった。

「要素のうちいくつくらいが見分けられたんだ？」とぼくは、落胆した様子のホースラヴァー・ファットに、なるべく静かで穏やかに言った。

しばらくして、ファットは椅子にしっかりすわりなおして「オッケー」と言った。

「書き留めておいてよ」とケヴィンは言った。そして万年筆を持ち出した。ケヴィンはいつも万年筆を使う。消えゆく貴族階級の最後の生き残りだ。「紙はない？」とあたりを見回しながら言う。

紙がくると、ファットは列挙し始めた。「水平レンズの第三の目」

「オッケー」とうなずきながら、ケヴィンはそれを書き留めた。

「ピンクの光」

「オッケー」

「キリスト教徒の魚の徴。オレは見なかったけれど、お前の話だとそれは――」

「二重らせんだ」とケヴィン。

「どうやら同じものらしい」とぼく。

「他には何か？」ケヴィンはファットに尋ねた。

「うん、あの情報転送とやらのクソ丸ごとだな。ヴァリスからの。人工衛星からの。お前、それがみんなに情報を送るだけでなく、オーバーライドして支配するって言ったよな」

ケヴィンは言った。「それこそあの映画の一番肝心な要点なんだ。人工衛星が取った形は――つまりな、あの映画というのはこういうことなんだ。明らかにリチャード・ニクソンをモデルにした、フェリス・F・フレマウントという圧政者がいるだろ。そいつがアメリカを、黒服の秘密警察を使って支配している、というかあのスコープつき兵器を持った黒い制服の男たちと、あのろくでもないチアリーダーのスケどもを使って。映画の中では『ファッパーズ』と呼ばれていたな」

「ぼくが見たときにはそんなの気がつかなかったぞ」とぼく。

ケヴィンは言った。「バナーに出てたんだよ。隅のほうに。ファッパー――『アメリカ国民の友（フレンズ・オブ・ジ・アメリカン・ピープル）』。フェリス・フレマウントの市民兵だ。みんな同じでみんな愛国的。とにかく、人工衛星は情報のビームを発射してブレイディの命を救う。それには気がついただろ。最後に、人工衛星は、最後の最後でフィレマウントが再選されたときに、ブレイディがフレマウントに入れ替わるように手配した。大統領なのは実はブレイディで、フレマウントじゃない。そしてフレマウントはそれを知っている。メリトーンレコードの連中の写真が入ったファイルを持っている場面があったよな。何が起きているかわかっているのに、それが止められないんだ。軍にヴァリスを撃墜する命令を出したけれど、ミサイルは歪んで破壊するしかなかった。すべてはヴァリスに操られていたんだ。そもそもブレイディが電子関係の知識を得たのだってどこからだと思う？　ヴァリスからだ。だからブレイディがフェリス・フレマウントとして大統領になったとき、本当に大統領になったのは人工衛星だったんだ。さて、この人工衛星というのは誰、または何なのか？　そのヒントは、陶器の壺だか、同じものだけれど陶器の水差しにある。魚の徴――これは脳がいろいろ散在する情報から組み立てねばならない。魚の徴、キリスト教徒。女性の古くさいドレス。時間の機能不全。ヴァリスと初期のキリスト教徒との間に何かつながりがあるけれど、なんだかわからない。とにかく、映画はそれについてもってまわったやり方でほのめかす。すべてはバラバラなんだ、あらゆる情報が。たとえば、フェリス・フレマウントがメリトーンレコードのファイルを読んでいるとき――データを少しでも斜め読みする暇はあった？」

「いいや」ファットとぼくは言った。

『かれはずっと昔に暮らしていたが、いまなお生きている』」とケヴィンは吐き捨てるように言った。

「そう書いてあったのか？」とファット。

「そうなんだよ！　そう書いてあった」

「じゃあ、神様に会ったのはオレだけじゃなかったんだ」とファット。ケヴィンがそれを訂正した。「シマウマだろ。お前、それが神様かどうかわかんないじゃないか。何だったかまるっきり見当もつかないんだろ」

「人工衛星だって？　すごく昔からの、情報放射人工衛星？」とぼく。いらだったようにケヴィンは言った。「連中、SF映画にしたかったんだろ。ああいう体験をしたら、SF映画ではそういう扱いにするわな。お前ならそのくらい知ってるはずだろ、フィル。ちがうか？」

「うん」とぼく。

「だからそれをヴァリスと呼んで、古代人工衛星にしたってことだ。それが人々を操って、アメリカを掌握した邪悪な圧政者を排除させるんだ——圧政者は明らかにニクソンが元になっている」

ぼくは言った。「すると映画『ヴァリス』の主張は、ニクソンを失脚させたのがシマウマだか神様だかヴァリスだかシリウスの三つ目人だってことなわけ？」

「その通り」とケヴィン。

ファットに向かってぼくは言った。「お前が夢に見た三つ目の巫女は『見つけられて対処されるはずの陰謀家たち』について話してなかったっけ？」

「一九七四年八月にね」とファット。

ケヴィンは厳しい口調で言った。「それ、ニクソンが辞任した年と月だぜ」

＊

後にケヴィンに車で送っていってもらう間、二人でファットと『ヴァリス』の話をした。というのもおそらくどちらも、ぼくらの話を盗み聞きしたりできないはずだからだ。ケヴィンがこだわっていた意見は、ずっと前からファットは単に頭がおかしいだけだと確信していたのだ、というもの。ケヴィンに言わせると状況は次の通り。グロリアの自殺に関する罪悪感と悲しみでファットの心は破壊され、二度と回復しなかったのだ。ベスはとんでもないクソ女で、切羽詰まって彼女と結婚したために、ファットはさらに惨めになった。ついに一九七四年、ファットは完全に正気をなくした。自分の陰鬱な生活を活気づけるために、生々しい精神分裂的なお話をでっちあげはじめたのだ。きれいな色を見て、心安まる言葉を聞いたが、それはすべて無意識が台頭してあいつを文字通り浸したときに生み出されたものだ。こうしたイカレた状態でファットはばたばたして、『神様との遭遇』だと思って大いなる安らぎを得たのだ。ファットにとって、完全にイカレたのはありがたいことだった。もはやあらゆる点で、内実ともに現実から遊離したファットは、キリストご自身が自分を腕にかき抱いて慰めてくれたとさえ信じられたというわけ。だがそこでケヴィンは映画にでかけて、いまや前ほど自信がなくなっていた。マザー・グースの映画で衝撃を受けていたのだ。

ファットは相変わらず、『第五の救済者』と称するものを見つけに中国にいくつもりなのかな、とぼくは思った。どうも、『ヴァリス』が撮影されたハリウッドだか、あるいはエリックとリンダ・ランプトンが見つかるならアメリカレコード産業の中心地バーバンクだかまで行けばすみそうだ。

第五の救済者はロックスター。

「『ヴァリス』ができたのはいつ？」とぼくはケヴィンに尋ねた。

「映画のこと？　人工衛星のほう？」

「映画に決まってるだろ」

ケヴィン曰く「一九七七年」

「そしてファットの体験は一九七四年だった」

ケヴィンは言った。「その通り。『ヴァリス』についての映画評で集めた情報によれば、おそらく脚本書きが始まる前だな。グースは脚本を十二日で書き上げたんだと。ずばりいつかは言っていないけれど、明らかになるべくすぐに製作に入りたかったらしい。たぶん一九七四年以後なのはまちがいないと思う」

「でも本当にそうかはわからないんだろ」

ケヴィンは言った。「それならスチル写真家のジェミソン経由で調べられるだろ。その人なら知ってるはず」

「それが同じ時に起きていたらどうなる？　一九七四年三月だったら？」

「そんなもん、知るかよ」とケヴィン。

「本当に情報人工衛星だとは思ってないんだろ？　ファットに光線を発射したのが？」

「うん。ありゃSFの仕掛けで、SF的な説明のやり方だよな」とケヴィンは思案した。そして続けた。「たぶんそうだ。でも映画では時間の機能不全があった。グースは、何らかの形で時間が関連しているのに気づいていたんだ。映画を理解する方法は実際、それしかない……水差しに水を汲んでる女性。ファットはあの陶器の壺をどうやって手に入れたんだっけ？　どっかのスケがくれたんだろ？」

「作って、焼いて、ファットにくれたんだよ、一九七一年に女房に逃げられた後の一九七一年頃に」

「ベスじゃない女房」

「そう、その前の女房」

「グロリアが死んだ後」

「そう。ファットに言わせれば、神様がその壺《ポット》の中に眠っていて、それが一九七四年三月に出てきたんだって——神性示現だ」

「神様が大麻《ポット》の中に寝ていると思ってるやつならたくさん知ってるけどな」

「つまんねーよ」

「まあとにかく、だから裸足の女はローマ時代にいたんだ。今夜『ヴァリス』を見て、いままで気がつかなかったものを見たんだけれど、黙っていたんだよ。ファットが爆竹みたいに部屋の中をはねまわるのはご免だったからな。女が小川の脇にいる背景に、ぼんやりとした形が見えたんだ。スチル写真家のお友だちのジェミソンがたぶんやったんだぜ。建物の形だ。古代の建物、おそらくはローマ時代からかな。雲みたいに見えたが——雲なら雲だからそれとわかる。最初に見たときには雲が見えたけど、二回目には——今日は——建物が見えた。あのクソ映画、見るたびに変わるってのか？　ちょっとそれってすごすぎだろ！　毎回ちがう映画か。いや、そんなの不可能だ」

ぼくは言った。「それを言うなら、息子の生まれつきの障害について医学情報を脳に転送するピンクの光線だって不可能だ」

「もし一九七四年に時間の機能不全があって、古代ローマの世界がおれたちの世界に侵入してきたとしたらどうだろう？」

「つまり映画の主題としてってことだな」

「いいや、本当に」

「この現実の世界に？」

「うん」

「するとトマスは説明がつく」

ケヴィンはうなずいた。

「侵入してきた。それからまた別れた」とぼく。

「そしてリチャード・ニクソンはスーツにネクタイ姿のまま放り出され、どこかカリフォルニアのビーチを歩いて、何が起こったのか不思議に思ってるってわけだ」

「じゃあそれは意図的なものだったんだ」

「機能不全が？　当然だろう」

「じゃあこの話は機能不全じゃない。だれか、何かが意図的に時間を操作してるんだ」

「ご名答」とケヴィン。

「お前、『ファットはキチガイ』理論から本当に百八十度方向転換したなあ」とぼく。

「まあとにかく、ニクソンはまだどこかカリフォルニアのビーチを歩いて、何が起こったのか不思議に思ってるってわけだ。在職中に追い出された史上初のアメリカ大統領。世界で最も権力のある人物。つまり実質的にはこの世に生まれてきた中で最も権力のある人物ということになる。『ヴァリス』の大統領がフェリス・F・フレマウントという名前だったかわかる？　おれはわかったぜ。『F』は英語のアルファベット六文字目だ。だからFは六だ。だからFFF、フェリス・F・フレマウントのイニシャルは、数字だと六六六だ。だからグースはそういう名前にしたんだ」

「おお神様」とぼく。

「まさにその通り」

「つまり現代は終末の日々ってことか」

「まあ、ファットは救済者が復活するか、すでに復活していると思い込んでるんだろ。あいつが耳にしている、シマウマだか神様だと称する内なる声――それが何通りかの方法でそう言ってる。聖ソフィア――つまりキリスト――と仏陀とアポロ。そしてそれが言ったのがなにやら『お前の待っていた時が――』」

「『いまや訪れた』」とぼくが後を引き受けた。

ケヴィンは言った。「こいつはとんでもない話だぜ。エリヤや、洗礼者ヨハネの再来がうろついて『砂漠の中に主のための大道《ハイウェイ》を作れ』と言ってるんだからな。ハイウェイというか高速道路かもな」と笑う。

突然、『ヴァリス』で見たものを思い出した。視覚的に心に入ってきたのだ。映画の最後のフレマウント、再選されたフレマウントだけど実は今やニコラス・ブレイディが、群衆への演説で降りてきた車のアップだ。「サンダーバード」とぼくは言った。

「ワインの？」

「車。フォード車。フォード」

「ああクソッ」とケヴィン。「お前の言う通り。あいつはフォード・サンダーバードから降りてきて、それがブレイディだ。ジェリー・フォード」

「偶然かもしれない」

「『ヴァリス』に偶然なんか何もない。そして映画は車にズームすると、金属のやつにフォードって書いてあった。『ヴァリス』で、おれたちが気がつかなかったものが他にどれだけあるんだろう？　意識的に気づかなかったってことね。あれが無意識の心に何をしてるかはとても知りようがない。あのクソッたれな映画は――」ケヴィンは顔をしかめた。「山ほどいろんな情報を、視覚的にも聴覚的にもこっちに放射してるのかも。あの映画のサントラのテープ作んないと。今度見るときは絶対にテープレコーダを用意しないと。つまりは数日以内にってことだけど」

「ミニのLPにはどんな音楽が入ってんの？」とぼく。

「ザトウクジラの歌に似たサウンド」

ケヴィンが本気で言っているのかわからず、ぼくはかれを見つめた。

「いやホント。実は、クジラの音とシンクロニシティ音楽を行ったり来たりするテープを作ったんだよ。不気味なほどつながるんだな、これが。いやちがいはわかるんだけど、それでも――」

「シンクロニシティ音楽はどんな影響をもたらすんだ？　お前、どんな気分になる？」

ケヴィン曰く「深いシータ状態、深い眠りの状態。でも個人的には幻視があった」

「何の？　三つ目人か？」

「いいや。古代ケルトの聖なる儀式の幻視。雄羊が丸焼きになって生け贄に捧げられてる。冬が去って春が戻ってくるようにするためなんだ」そしてぼくを見つめてケヴィンは言った。「人種的に、おれはケルト人なんだ」

「これまでこういう神話については知ってたのか？」

「いいや。おれは生け贄儀式の参加者の一人だった。雄羊ののどを掻き切ったのはおれだ。そこにいたのを覚えてる」

ケヴィンは、ミニのシンクロニシティ音楽を聴きながら、時間をさかのぼって己の起源にたどりついたのだった。

第10章

ホースラヴァー・ファットが第五の救済者を見つけるのは、中国ではなかったし、それを言うならインドでもタスマニアでもなかった。『ヴァリス』がどこを探せばいいか教えてくれた。通過するタクシーにひきつぶされたビールの缶。それが情報と救いの源なんだ。それが実は、マザー・グースの選んだ用語を使うなら、ヴァリス、つまり巨大活性諜報生命体システムだ。

ぼくたちはまさにファットに大金を節約させてやったわけだ。さらに時間と努力の無駄も節約できた。ワクチン接種とパスポート取得の手間もそこに含まれる。

数日後、ぼくたち三人はタスティン通りに車ででかけ、もう一度『ヴァリス』を吸収した。慎重に見つつ、表面的にはこの映画がまるで筋が通らないことに気がついた。サブリミナルで周縁的なヒントを選り分け、すべて寄せ集めないと、何一つ得られない。だがそうしたヒントは、それを意識的に検討して意味を考えようとしたかどうかにかかわらず、こちらの頭に放射される。こちらには選択の余地はなかった。観客は映画『ヴァリス』に対し、ファットがシマウマと称するものに対して持っていたのと同じ関係におかれていた。トランスジューサーで知覚者で、完全に受け身の存在だ。

今回も、観客のほとんどはティーンエージャーで構成されていた。みんな、観たものを楽しんでいるようだ。ぼくたちのように、この映画の不可解な謎を考えつつ映画館を後にした人がどれだけいるだろうか、とぼくは疑問に思った。もしかすると、一人もいないかも。でも、それで何一つ変わるわけではないという気がした。

ファットの神様との遭遇と称するものは、グロリアの死が原因だとすることもできるけれど、それが映画『ヴァリス』の原因だと考えることはできない。ケヴィンは、最初に映画を観てすぐにこれに気がついた。説明はどうでもいい。いまや確立されたのは、ファットの一九七四年三月の体験が本当だったということだ。

オッケー。説明は、どうでもよくはない。でも少なくとも一つ証明されたことがある。ファットは臨床的なキチガイかもしれないが、でも現実に封じ込められていた——それは何らかの現実ではあるが、まちがいなく通常の現実ではない。

古代ローマ——使徒の時代で初期キリスト教徒の時代——が現代社会に侵入してくる。しかも目的をもって侵入してくる。フェリス・F・フレマウント、つまりリチャード・ニクソンを失脚させるために。

連中はその目的を達成して、家に戻った。

帝国は結局のところ、本当に終わったのかもしれない。

いまや自分がいささか説得されてしまったケヴィンは、聖書の黙示録的な書を二つ精読してヒントを探すようになった。そしてダニエル書で、ニクソンを描いたと思える部分にさしかかった。

「四つの国の終わりに、その罪悪の極みとして
高慢で狡猾な一人の王が起こる。
自力によらずに強大になり
驚くべき破壊を行い、ほしいままにふるまい
力ある者、聖なる民を滅ぼす。
才知にたけ
その手にかかればどんな悪だくみも成功し
驕り高ぶり、平然として多くの人を滅ぼす。
ついに最も大いなる君に敵対し
人の手によらずに滅ぼされる」

いまやケヴィンは聖書学者になってしまい、ファットは大いにおもしろがっていた。特

定の目的があるとはいえ、皮肉屋が敬虔になったわけだ。

だがもっと根本的な水準で、ファットは事態の展開に恐れを感じていた。ひょっとすると、一九七四年三月の神様との出会いは単なる狂気の産物だと考えることでファットはずっと安心していたのかもしれない。そういう見方をすれば、必ずしもそれを本気で受け入れずにすむからだ。いまや、それを本気にするしかない。みんなそうするしかない。説明のつかないことがファットに起こり、物理世界自体の溶解と、それを定義づける存在論的なカテゴリー、つまり時間と空間の溶解を示すような体験が起こってしまったのだから。

その夜、ファットはぼくに言った。「ちくしょう、もしこの世が存在しなかったらどうする、フィル？　それが存在しないなら、何が存在するってんだ？」

「知らないよ」とぼくはいい、それから引用を付け加えた。「君が権威だからね」

ファットはぼくをにらみつけた。「ふざけんなよ。何やらの力か存在かが、すべてはホログラムだったとでもいうようにオレのまわりの現実を溶かしちまったんだぜ！　オレたちのホログラムに介入したんだぜ！」

「でもお前のトラクタテで、まさに現実ってのはそういうものだと主張してるじゃないか。二源ホログラムだって」とぼく。

「でも知的に考えるのと、それが本当に事実だと知るのとでは話がちがうだろ！」とファット。

「ぼくに当たり散らしたってしょうがないだろ」とぼく。

カトリックの友人デヴィッドと、そのティーンかそこらの未成年ガールフレンドのジャンはぼくたちの薦めにしたがって『ヴァリス』を観てきた。デヴィッドは見終えてかなり喜んでいた。神の手が世界をオレンジのように絞っているのを見たからだ。

「そうとも、まあオレたちもそのジュースの中にいたんだがな」とファット。

「でも、それこそあるべき姿じゃないか」とデヴィッド。

「するとお前、この世すべてが現実のものだというのを捨ててしまって平気なのかよ」とファット。

「神様が信じているものはすべて現実なんだよ」とデヴィッド。

ケヴィンはこれに怖気をふるってこう言った。「何も存在しないなどと信じてしまえるほどだまされやすい人物を神様は創れるのかよ？　だって、存在が無なのであれば『無』というのは何を意味してるんだ？　存在している『無』は存在しない『無』と比べてどう定義されるんだ？」

ぼくたちはいつも通り、デヴィッドとケヴィンの交戦の間で板挟みになっていたが、今度の状況はちがっていた。

「存在するのは、神様と神様のご意志《ウィル》だ」とデヴィッド。

「おれも神様の遺言《ウィル》に入ってるといいんだがな。一ドル以上は遺してほしいもんだぜ」

とケヴィン。

「あらゆる生き物は神様の遺言《ウィル》／意志に入っているんだよ」とデヴィッドはいささかもひるまずに言った。決してケヴィンにやりこめられたりしなかった。

ぼくたちの小集団には、いまやだんだん懸念が広がってきた。いまのぼくたちは、精神錯乱を起こした一員を慰め元気づける友人たちじゃなかった。ぼくたちは集合的にかなり困った事態に入り込んでいたのだ。まさに完全な逆転が生じていた。ファットをばかにするどころか、いまやみんなファットの助言をあおがねばならなかった。ファットこそは、あのヴァリスだかシマウマだかという存在との接点だったのだ。その存在は、もしあのマザー・グースの映画を信じるのであれば、ぼくたちすべてに力を及ぼしているようなのだ。

「情報をおれたちに放射するだけでなく、その気になればおれたちをコントロールできる。おれたちをオーバーライドできるんだ」

これが状況を完璧に伝えている。いつ何時、ピンクの光線がぼくたちに当たり、目をつぶし、そして視覚が戻ったら（戻るかもわからないが）すべてを知ったり何もわからなくなったりして、四千年前のブラジルにいたりする。時間と空間はヴァリスにとって何の意味もないのだ。

ぼくたちみんなを結び合わせていた共通の心配があった。それはぼくたちが、知りすぎたんじゃないか、あるいは解明しすぎたんじゃないか、という恐れだ。ぼくたちは、使徒の時代のキリスト教徒たちが、驚異的なほど高度な技術を使い、時空間の障壁を突破してこの世に侵入したのを知っている。そして巨大情報処理装置を使って、要するに人類史を曲げてしまったのを知っている。こんな知識にぶち当たってしまうような生物種は、長命表の上であまりよい成績を示さないかもしれないのだ。

最も恐ろしいこととして、キリストを直接知っていた使徒時代のキリスト教徒たち、ローマ人たちが教えを消し去る前に、直接口承で教えを受け取れる頃に生きていた人々は、不死だったことをぼくたちは知っている——またはそう推測している。ファットがトラクタテで論じたプラスマテを通じて不死を獲得したのだ。元々の使徒時代のキリスト教徒たちは殺されたが、プラスマテはナグ・ハマディで隠れ、そしていまや再びこの世に解き放たれ、下品な表現で恐縮だけど、クソッタレなほどに怒り狂ってるのだ。復讐に飢えてる。そしてどうやらそれは、その復讐を、帝国の現代版の表現形態である帝政アメリカ合衆国の大統領に対して向け始めているのだ。

プラスマテが、ぼくたちを友人だと思ってくれることを願った。タレコミ屋と思わないでほしかった。

「何でも知っていて、世界を化体で覆い尽くそうとしてる不死のプラスマテがこっちを探してたら、どこに隠れりゃいいんだ？」とケヴィン。

「シェリーが生きててこういった話を聞かなかったのはありがたい」とファットが言った

のでみんなびっくりした。「だって、そしたら彼女の信仰が揺らぐじゃないか」

みんな笑った。信仰の対象だった存在が実在するという発見により揺らぐ信仰——敬虔さのパラドックスだ。シェリーの神学は硬直化していた。そこにはぼくたちによる解明を受け入れるのに必要な、成長や拡大や発達の余地がなかった。ファットと彼女がいっしょに暮らしていけなかったのも当然だ。

問題は、エリック・ランプトンとリンダ・ランプトンと、シンクロニシティ音楽作曲者ミニと、接触をはかるにはどうしたらいいのか、ということだった。明らかにぼくと、ぼくとジェミソンとの友人関係——といっていいものかどうか——を通じてだ。

「あとはお前が頼りだぜ、フィル」とケヴィン。「ラリってないで行動をおこせ。ジェミソンに電話して——なんでもいいから話せ。いろいろあるだろう。なんか思いつくよ。あたりそうな脚本を書いたからランプトンに読ませたいと言えよ」

「『シマウマ』という題名にしろ」とファット。

「わかったよ。シマウマでも馬のケツでもなんでも言う通りにするから。もちろんこれで、ぼくのプロとしての信用ガタ落ちになるのはわかってんだろ」

「信用って何のことだよ」とケヴィンはケヴィンらしく言った。「お前の信用なんてファットの信用と同じ。最初っからありゃしないんだよ」

「お前がやるべきなのは、シマウマがオレに明かしてくれたグノーシスの知識で『ヴァリス』以上のもの、つまりそれを超えるものがあると示すことだ。そうすれば相手は魅了される。シマウマから直接受け取った発言をいくつか書いといてやる」とファット。

そしてすぐに一覧を手渡してくれた。

18．実時間はCE七〇年にエルサレム神殿の崩壊とともに止まった。そして一九七四年にまた動き出した。その間の時期は、「精神」の「創造」を猿まねしているだけの、まったく偽の穴埋めだ。「帝国は終わっていなかった」が、一九七四年に鉄の時代が終わったという信号として暗号が送り出された。その暗号は二つの単語で構成される。KING FELIX（フィリックス王）で、これは幸せな（または正当な）王を指す。

19．二語の暗号信号キング・フィリックスは人類に向けたものではなくイクナアトン、つまり秘密裏にわれわれと共にある三つ目の種族の子孫に向けたものだ。

こうした記述を読んでぼくは言った。「これをロビン・ジェミソンに暗唱して見せろっての？」

「脚本『シマウマ』からのものだと言えよ」とケヴィン。

「この暗号文って本物？」とぼくはファットに尋ねた。

隠すような曖昧な表情がその顔にあらわれた。「かもな」

「この二語の秘密メッセージは本当に送信されたの?」とデヴィッド。

「一九七四年にね」とファット。「二月のことだ。米軍暗号担当者たちが研究したんだけれど、だれに向けてのものか、どういう意味かつきとめられなかった」

「なんでお前がそんなこと知ってるの?」とぼく。

「シマウマに聞いたんだろ」とケヴィン。

「ちがう」とファットは言ったが、それ以上話を広げなかった。

この業界では、いつも代理人《エージェント》とばかり話をして、決して本人《プリンシパル》とは話ができない。あるときヤクをやりすぎて、ケイ・レンツと連絡を取ろうとしたことがある。『愛のそよ風』を観て彼女に一目惚れしたからだ。彼女のエージェントがそれを途中で止めた。同じことがヴィクトリア・プリンシパル相手にも起きた。ヴィクトリア当人がいまやエージェントだ。ここでもぼくは彼女に一目惚れして、ユニバーサルスタジオに電話をかけ始めたところで阻止された。でもロビン・ジェミソンのロンドンの住所と電話番号を持っていると、話はちがってくる。

「うん、あなたのことは覚えているよ」とロンドンに電話をかけるとジェミソンは快く言ってくれた。「幼妻のいるSF作家だよね。幼妻というのは、パーサーさんが記事の中で使った表現だが」

ぼくは、自分のすごい脚本『シマウマ』の話をして、衝撃的な映画『ヴァリス』を観たのでマザー・グースが主演に絶対ぴったりだと思ったのだと話した。ロバート・レッドフォードも考えていて、かれも興味を示したけれど、でもそれよりマザー・グースのほうがいいのだ、と。

「ランプトンさんに連絡をとって、あなたのアメリカの電話番号を教えることならできますよ。もし興味があるようなら、本人かエージェントが、あなたかあなたのエージェントに連絡を入れるでしょう」とジェミソン。

ぼくにできる精一杯のことはやった。これが限界だ。

もうしばらくしゃべってから、徒労感に襲われつつ電話を切った。またインチキな大風呂敷のことでちょっと後ろめたさも感じたけれど、そんな後ろめたさがすぐ消えるのは知っていた。

エリック・ランプトンはファットが求める第五の救済者なのだろうか？

現実性と理念との関係は奇妙なものだ。ファットはチベットで最も高い山にでも登るつもりで、するとそこで二百歳の老僧に出会い、「我が子よ、これらすべての意味はだな——」とでも言ってくれるのだろうと思っていた。たぶん「ここではな、坊や、時間が空間に変わるのじゃ」とでも言うのだろうとぼくは思う。でも何も言わなかった。ファットの回路はすでに情報過多になっていた。ここでこれ以上の情報を与えるのは絶対にまずい。

ファットに必要なのは、あいつから情報を吸い上げてくれる人だ。

「グースはアメリカにいるのか？」とケヴィン。

「うん、ジェミソンによればね」とぼく。

「お前、暗号文を言わなかったじゃないか」とファット。

ぼくたちみんな、ファットをにらみつけた。

「暗号はグースのためのものだろ。やつが電話してきたらその時に使う」とケヴィン。

「『してきたら』な」とぼくは反復した。

「場合によっては、お前のエージェントにグースのエージェントと連絡取ってもらえよ」とケヴィン。この一件についてはファット当人より乗り気になっていた。『ヴァリス』を見つけて、ぼくたちを動かしたのは他ならぬケヴィンなのだから仕方ない。

デヴィッドが言った。「あんな映画は、イカレポンチをたくさん惹きつけるに決まってるよ。マザー・グースはたぶん、かなり慎重になってるはずだ」

「ごあいさつだな」とケヴィン。

「われわれの事じゃないよ」とデヴィッド。

「その通りだな」とぼくは、自分自身の著作が引き起こした手紙をいくつか思い出しつつ言った。「グースはどっちかといえばぼくのエージェントに連絡するだろう」。もしそもそも連絡なんかしてくれるならね、とぼくは頭の中で思った。かれのエージェントからぼくのエージェントへ。バランスの取れた正気な心同士。「もしグースが本当に電話をよこしたら」とファットは、平静で深く、とても緊張した声で言った。ファットにしては珍しい。「あの二語の暗号 KING FELIX を言うんだぞ。うまく会話の中に織り込んでくれよ、もちろん。これはスパイみたいな話じゃないんだから。それが脚本の別の題名だと言えよ」

ぼくは苛立って言った。「ちゃんと対応できるって」

そもそも対応するようなことは起きない可能性が高かった。一週間後、マザー・グース本人、つまりエリック・ランプトンから手紙をもらった。そこにはたった一語書いてあるだけ。KING。そしてその単語の後には疑問符と、KINGの右側を指す矢印が書かれていた。

ぼくは心底びびった。身震いした。そしてそこにFELIXという単語を書き込んだ。そして手紙をマザー・グースに返送した。

住所も切手もついた返信用封筒が同封してあったのだ。

疑問の余地はなかった。ぼくたちはつながった。

＊

二語の暗号キング・フィリックスで言及されている人物は、第五の救済者であり、シマウマ——またはヴァリス——によればすでに誕生しているか、まもなく誕生する。これはぼくにとって実におっかないことだった、マザー・グースから手紙をもらうというのは。グース——エリック・ランプトンとその妻リンダ——は、正確にFELIXと加筆された手紙を受け取ってどう感じるだろうか。正確に。そう、まさにその通り。何十万という英単語のうち、正しいのはたった一つ。いや、英単語じゃない。ラテン語だ。英語では名前だがラテン語の単語なんだ。

繁栄した、幸せ、実り多い……ラテン語の「Felix」という単語は、神様ご自身からのお告げなどに登場する。神様は創世記一：21でこの世のあらゆる生物に対し「産めよ増えよ、海の水に満ちよ、鳥は地の上に増えよ」と告げる。これがFelixということばの本質だ。この神様からの命令、この愛に満ちた命令、ぼくたちが生きるだけでなく、幸せに繁栄して生きよという願望の表明が本質なのだ。

フィリックス。果実を実らせる、有意義な、肥沃な、生産的な。高位の神々に果実が捧げられる、各種の高貴な樹木。幸運、よい運命、縁起良さ、好もしい、吉兆、良運、繁栄、見事さ。運のいい、幸せ、幸い。健全。もっと幸運。もっと成功した。

最後の意味に興味を覚える。「もっと成功した」。もっと成功した王……何に成功したんだろうか？　涙の王の圧政的な支配を打倒し、あの悲しく険悪な王さまを、自分自身の正統な幸福の支配に置き換えるのに成功したのかも。黒い鉄の牢獄の時代が終わり、アラビアの暖かい太陽の中の、ヤシの園の時代が始まるんだ（「フィリックス」はまた、アラビアの肥沃な部分も指す）。

ぼくら小集団は、マザー・グースからの親書を受け取ったことで全権評議会を開催した。「ファットはやばいことになってるぜ」とケヴィンは居丈高に言ったが、その目は興奮と喜びに輝いており、その喜びはぼくたちみんなが共有していた。

「お前らも道連れだからな」とファット。

みんなでお金を出し合い、クルボアジェ・ナポレオンコニャックのボトルを買ってあった。ファットの居間に車座になって、みんな火おこし棒のようにグラスの縁をこすって温めて、なんだか賢いような気分になっていた。

ケヴィンは空疎な感じで、だれに言うともなくつぶやいた。「ぴっちりした黒制服の男たちがやってきて、いますぐ全員を射殺したらおもしろいよな。フィルの電話のせいで」

「世の中そんなもんかもしれないぜ」とぼくは、楽々とケヴィンのウィットをさばいた。

「ほうきの柄を使ってケヴィンを廊下の奥につきだしてみようぜ。だれかケヴィンに発砲しないかどうか見てみよう」

「そんなの何の証明にもならない。サンタアナの半分はケヴィンにうんざりしてるんだから」とデヴィッド。

三夜後、朝の二時に、電話が鳴った。出てみると――作家生活二十五年分から集めた短篇集（マーク・ハースト編『ゴールデンマン』、バークレー出版社、NY、一九八〇年。邦訳：浅倉久志ほか、サンリオSF文庫『ザ・ベスト・オブ・P・K・ディックⅢ・Ⅳ』）の序文を仕上げていたので、まだ起きていたのだ——ちょっとイギリス訛りの男の声が「君たちは何人いるんだ？」と言った。

面食らってぼくは言った。「どちらさんですか？」

「グースだ」

ああ神よ、とぼくは思って再び身震いした。「四人」と言うぼくの声は震えていた。

「こいつは嬉しいめぐりあわせだ」とエリック・ランプトン。

「繁栄の機会です」とぼく。

ランプトンは笑った。「いいや、王は金銭的にはあまり豊かでないんだ」

「かれは——」ぼくは先が続けられなかった。

ランプトンは言った。「ヴィヴィット、かな。ヴィヴェット？　とにかく、かれは生きてる。そう知って喜んでくれ。私のラテン語はあまり上手くなくてね」

「どこに？」とぼく。

「君たちはどこだ？　こっちの市外局番は714なんだ」

「サンタアナです。オレンジ郡」

「フェリスといっしょだ。君たちはフェリスの海辺の邸宅のすぐ北にいる」とランプトン。

「なるほど」とぼく。

「もちろん」とぼくは言い、脳内の声が、これは本物だ、と言った。

「ここまで飛行機でこられる、君たち四人とも？　ソノマまで？」

「ええもちろん」

「オークランド空港まできてくれ。サンフランシスコよりいい。『ヴァリス』を観たんだね？」

「何度も」ぼくの声はまだ震えていた。「ランプトンさん、時間の機能不全が関係してるんですか？」

エリック・ランプトンは言った。「存在しないものに機能不全はあり得ないだろう？」

そして間を置いた。「その点は考えなかったんだな」

「ええ」とぼくは認めた。「こう言ってよければ、『ヴァリス』はぼくたちが観た中で最高の映画の一つですよ」

「いつか完全版をリリースできればいいんだけどね。ここまで来たときに、それをちょっと見られるようにしてあげよう。カットするのはいやだったんだが、ほら、現実的な配慮があって……君、SF作家だろ？　トマス・ディッシュは知ってる？」

「ええ」とぼく。

「ディッシュはすごくいいねえ」

「一度会おうか？」

「ええ」とぼくは、ランプトンがディッシュの作品を知っているので嬉しくなった。これはいい報せだ。

「ある意味で『ヴァリス』はクソなんだよ。あんなふうにしないと、配給元が扱ってくれないんだ。ポップコーン買ってドライブインで見るような連中向けにしないと」というランプトンの声は楽しげで、音楽的なきらめきがあった。「連中は私が歌うんだと思ってたんだぜ。『ヘイ、スターマン！　いつやってくるんだい？』たぶんちょっとがっかりしたと思うんだな、どうだろう」

「うーん」とぼくは当惑した。

「じゃあ、ここで会おう。住所は持ってるよな？　今月以降はソノマにいないから、今月中か、さもないと今年のずっと後になる。イギリスに戻って、グラナダ社向けにテレビ映画をやるんだ。それにコンサートの予定もあるし……そういえばバーバンクでレコーディングの日があった。そこで会ってもいいんだが――なんていうんだ、『サウスランド』でってことになるのかな？」

「ソノマまで飛行機をとりますよ」とぼく。「他にもいるんですか」とぼく。「あなたに接触してきた人が？」

「『幸せな王』の人々？　まあその話は会ったときにしよう。君の小グループとリンダとミニが会ったときに。ミニが音楽をやったのは知ってた？」

「ええ。シンクロニシティ音楽ですね」

「実に優秀。あの映画で伝えられることの相当部分はあの音楽に入ってる。あいつ、歌はやらないんだ、あんちくしょうめが。やってくれればいいんだがな。すごく美しい歌を書くだろう。私の歌は悪くはないが、ポールの域には達してないから」そこで間を置いた。

「ポールって、ポール・サイモンのことね」

「聞いてもいいですか。かれはどこにいるんですか？」

「おや。うんもちろんだとも。聞いてもいいけれど。でも私たちが話をするまでは、だれも教えてくれないよ。二語のメッセージだけでは、君のことが実のところあまりよくわかるわけではないだろう、ね？　でも君のことは調べたよ。しばらくはドラッグをやっていて、その後宗旨替えしたね。ティム・リアリーにも会ってる――」

「電話で話しただけです」とぼくは訂正した。「一回だけ電話で。リアリーはジョン・レノンとポール・ウィリアムズ――歌手じゃなくて作家です――といっしょにカナダにいたんです」

「逮捕歴はないよね、麻薬所持で？」

「一度も」とぼく。

「ティーンエージャー相手の、なにやらヤクの導師《グル》みたいな役回りだったよね――どこだっけ？――そうそう、マリン郡か。だれかに撃たれただろう」

「ちょっとちがいます」とぼく。

「君、かなり変な本を書くね。でも逮捕歴がないのはまちがいないね。逮捕歴がある人はご免だから」

「ありません」とぼく。

穏やかに、不快な様子もなく、ランプトンはいった。「一時、黒人テロリストとも関わりを持っていたね」

ぼくは何も言わなかった。

「なんとも冒険だらけの人生じゃないか」とランプトン。

「ええ」とぼくも同意した。それは確かに事実だったから。

「いまはもうヤクはやってないんだよな?」ランプトンは笑った。「いまの質問は取り消そう。いまはもう更正したのは知ってるんだ。よーし、フィリップ。君と友人一同と喜んで個人的に会おう。えーと、なんだこれは。神様が話をしたってのか。これって君?」

「情報は友人のホースラヴァー・ファットに放射されたんです」

「でもそれって君だろう。『フィリップ』はギリシャ語で『ホースラヴァー』、馬を愛する者という意味だ。『ファット』は『ディック』のドイツ語訳だ。だから君は自分の名前を訳したわけだ」

ぼくは何も言わなかった。

「君を『ホースラヴァー・ファット』と呼んだほうがいいかい？　そっちのほうが落ち着くの？」

「正しければなんでも」ぼくはこわばった口調で言った。

「六〇年代からの表現だな」とランプトンは笑った。「よーしフィリップ。君については十分に情報が集まったと思う。君のエージェント、ゲイレンさんと話をしたんだ。とってもしっかりして率直な感じだったよ」

「悪くない人物です」とぼく。

「ここで使う言い回しだと、君の頭がどうなってるかよくわかってるようだったな。君の版元はダブルデイだったよな？」

「バンタムです」とぼく。

「君たちの仲間はいつくる？」

ぼくは「今週末とかどうですか」と言った。

「大いに結構。君たち、堪能するぜ。君たちが経てきた苦しみは終わるんだ。それがわかるか、フィリップ？」その口調はもはやからかうようなものではなかった。「終わったんだ。本当に終わったんだ」

「すばらしい」というぼくの胸は激しく鼓動していた。

「怖がるなよ、フィリップ」ランプトンは静かに言った。

「オッケー」とぼく。

「君はいろいろな目にあってきた。あの死んだ女性……うん、もうそれにしがみつかなくていい。終わったんだ。わかるかい？」

「ええ、わかります」とぼく。そして本当にわかった。わかったと願いたかった。理解しようとした。理解したかった。

「わかってないな。かれはここにいる。情報は正しいんだ。『**仏陀は遊園にいる**』。わかるか」

「いいえ」とぼく。

「ゴータマはルンビニという大きな公園で生まれた。これはベツレヘムのキリストのような物語なんだ。情報が『キリストはベツレヘムにいる』というものだったら、その意味はわかるだろう、ね？」

ぼくは自分が電話で話しているのも忘れてうなずいた。

「かれは二千年近くも眠ってきた。すごく長時間。起こったことすべての下で。でも――うん、これで十分に話しただろう。かれはいまや目覚めた。それが重要な点だ。リンダと私が君に会うのは、金曜の晩か、土曜の朝ってことかな？」

「了解です。大丈夫。たぶん金曜の晩」

ランプトンが言う。「とにかく忘れないで。『**仏陀は遊園にいる**』。そして喜ぼうとしなさい」

ぼくは言った。「かれが戻ってきたんですか？　それとも別の人？」

間があいた。

「つまり――」とぼく。

「うん、君の言いたいことはわかる。でもね、時間は現実じゃないんだよ。かれの再来だけれど、でもかれじゃない。別の人だ。仏陀はたくさんいるが、でもたった一人。これを理解する鍵が時間だ……レコードを二回目にかけるとき、ミュージシャンたちは二回目に音楽を演奏するのか？　レコードを五十回かけたら、ミュージシャンたちは五十回演奏してるのか？」

「一回」とぼく。

「結構」とランプトンは言って、電話がきれた。ぼくは受話器を置いた。

あれは毎日お目にかかる代物じゃないな、グースの話は、とぼくはつぶやいた。

驚いたことに、気がつくと身震いは止まっていた。

＊

まるで生涯ずっと身震いを続けてきたようだった。何か慢性の恐怖の底流があるんだ。身震い、逃走、もめごとに首をつっこみ、愛した人を失う。まるで人間どころか漫画のキャラみたいだ、とぼくは気がついた。三〇年代初期のばかげたアニメだ。ぼくがこれまでやってきたことすべての背後には、恐怖にかられた強制があった。いまや恐怖が死んだ。聞いたニュースで恐怖がなだめられて消えた。突然気がついたんだが、このニュースこそぼくが当初から待ち望んでいたものだった。ぼくが創られたのは、そのニュースがやってきたときに居合わせるためであり、それ以外の存在理由はない。

死んだ女性たちを忘れられる。宇宙自体が、そのマクロコスモス的な規模で、いまや悲しむのをやめられる。傷が癒やされた。

時間が遅かったので、ランプトンの電話について他の連中に報せることはできなかった。またカリフォルニア航空に電話して飛行機の予約もできなかった。でも早朝になってデヴィッドに電話をかけ、次いでケヴィン、そしてファットに電話した。みんな旅の手配はぼくに任せた。金曜の夜遅くで問題ないとのことだった。

その晩みんなで集まって、この小集団には名前がいると決めた。しばらくギャアギャアやりあってから、ファットに決めさせることにした。エリック・ランプトンが仏陀についての発言を強調していたことを鑑みて、シッダールタ協会を名乗ることにした。

「じゃあぼくは外してくれ」とデヴィッド。「すまないけど、多少なりともキリスト教を示唆するものがないと乗れないよ。狂信的な言い方をする気はないんだけど、でも――」

「狂信的な言い方だよ」とケヴィンが告げた。

またしてもギャアギャアやりあった。やっと、デヴィッドが満足できるくらいもってまわった名前を思いついた。ぼくにとって、この話はまるでどうでもよかった。ファットは最近観た夢の話をしてくれて、そこでのあいつは大きな魚だったという。腕のかわりに、帆のような、あるいはうちわのようなひれで歩き回っていた。そのひれの片方で、M‐16ライフルをつかもうとしたけれど、その武器は地面に落ちてしまい、そこである声がこう唱えたそうだ。

「魚は銃を持てない」

その種のうちわを指すギリシャ語の単語はリピドス——リプトグラッサ爬虫類（カメレオン）の名前にも出てくる——なので、やっとのことでリピドン協会で落ち着いた。この名前は迂遠《うえん》なやり方で、キリスト教徒の魚を指しているのだ。これにはファットもご満悦だった。というのも、それはドゴン族と、その優しい神様を指す魚のシンボルもほのめかされているからだ。

こうしてぼくたちはランプトン——エリックとリンダ・ランプトンの両方——に、公式の組織としてアプローチできるようになった。かなり小規模ではあったが。たぶんこの時点で、ぼくたちは怯えていたんだろう。ビビっていたというのがもっと適切かもしれない。

ぼくを片隅に連れて行って、ファットは低い声で言った。「エリック・ランプトンは本当に、彼女の死についてはもう考えなくていいと言ったのか？」

ぼくはファットの肩に手を置いた。「終わったんだよ。そう言ったんだ。圧政の時代が一九七四年八月に終わった。いまや悲しみの時代が終わり始める。いいな？」

「いいよ」とファットは微かな微笑を浮かべ、まるで耳にしたことが信じられないが、それでも信じたいと言うようだった。

「お前、キチガイじゃないからな」とぼくはファットに言った。「それは忘れるなよ。それを逃げ出す口実には使えないんだぞ」

「そしてかれは生きているのか？　すでに？　本当に？」

「ランプトンはそう言ってる」

「じゃあ本当なんだ」

ぼくは「たぶん本当なんだろう」と言った。

「お前はそう信じてるんだろう」

「たぶんね」とぼく。「いずれわかる」

「年寄りだろうか？　それとも子供？　たぶんまだ子供なんだろう。フィル――」とファットはハッとしたようにぼくを見つめた。「人間じゃなかったらどうしよう？」

「まあ、その問題には、それが実際に起きたときに対処すればいいだろ」とぼく。自分では、たぶんかれは未来からきたんだと思っていた。それがもっともありそうな可能性だ。たぶんある面では人間じゃないだろうが、ある面では人間だ。我らが不死の子供……その生命体は、何百万年も先を行っているかもしれない。ぼくは思った。シマウマよ、今度こそぼくがあなたを見るんだ。ぼくたちみんなが。

王と審問官だ、とぼくは思った。約束通り。ずっとゾロアスターまでさかのぼって。実はずっとオシリスまでさかのぼる。そしてエジプトからドゴン族まで。そしてそこから星へと。

「コニャックを一発」と言いつつケヴィンがボトルを居間に持ってきた。「乾杯として」

「頼むぜケヴィン」とデヴィッドが文句を言った。「救済者に乾杯なんかできないよ、コニャックなんかで」

「リプル印の安ワインだと思えば?」とケヴィン。

みんなクルボアジェ・ナポレオンコニャックのグラスを受け取った。デヴィッドも。

「リピドン協会に」とファット。みんなグラスをぶつけた。

ぼくが言った。「そしてぼくらのモットーにも」

「モットーなんてあったっけ?」とケヴィン。

「『魚は銃を持てない』」とぼく。

みんなそれに乾杯した。

第11章

カリフォルニア州ソノマを訪れるのは何年ぶりだろうか。ここはワイン地方の真ん中にあって、三方を美しい丘陵に囲まれている。最も魅力的なのは町の公園で、町のど真ん中に置かれており、古い石造の郡庁舎があって、アヒルのいる池に、昔の戦争時代から遺された古い大砲がある。

この四角い公園を取り巻く小さな商店は、おおむね週末の観光客向けで、数々のガラクタめいた商品を売りつけて何も知らない連中をぼったくっているのだけれど、かつてのメキシコ支配期から残る本当に歴史的価値のある建物がいくつか建っていて、ペンキも塗られ、その古代の役割を説明した銘板もかかっている。空気はいいにおいだった――特に南方からやってきた者にとっては――だから夜ではあったけれど、しばらくそぞろ歩いてからやっと、ジーノズというバーに入ってランプトン家に電話したんだった。

白いフォルクスワーゲンラビットに乗って、エリックとリンダ・ランプトンが連れだって迎えにきた。ぼくたち四人がジーノズでテーブルを囲んで、ここの名物であるセパレータを飲んでいるところに会いに来てくれたのだ。

「空港に迎えにいけなくて悪かった」とエリック・ランプトンは、妻とテーブルのほうに歩きながら言った。明らかに、宣伝写真で見てぼくに気がついたのだった。エリック・ランプトンはやせていて、長いブロンドの髪をしていた。赤いベルボトムと、「クジラを救え」と書いたTシャツを着ていた。ケヴィンはもちろん一発でかれに気がついたが、バーその他の人もそうだった。呼びかけや叫び、あいさつなどがランプトン夫妻を迎え、二人はあたりをにっこり見回して友人らしき人々にあいさつしていた。エリックと並んだリンダは足取りが素早く、同じくやせていて、歯はエミルー・ハリスのようだ。夫と同じくやせていたが、髪は黒くてとても柔らかく長かった。かなり洗い古したひざまでのジーンズをはき、チェックのシャツと、首にはバンダナを結わえている。二人ともブーツをはいていた。エリックのはサイドブーツで、リンダのはショートブーツだ。

まもなく、ぼくたちはラビットにぎゅうぎゅう詰めになり、広い芝生のある比較的新しい家が並ぶ、住宅街を下っていった。

「オレたちはリピドン協会なんだ」とファット。

エリック・ランプトンは「私たちは神様の友だちだ《フレンズ・オブ・ゴッド》」と言った。

ケヴィンは驚愕して荒っぽい反応を見せた。エリック・ランプトンを凝視したのだ。残りのみんなはそれを不思議に思った。

「すると君はこの名前を知ってるんだな」とエリック。

「ゴッテスフロインデ」とケヴィン。「十四世紀までさかのぼる！」

「その通りよ」とリンダ・ランプトンが言った。「神様の友だちはもともとバーゼルで結成されたの、最後にはドイツとオランダに入ったわ。マイスター・エックハルトは知ってるのよね？」

ケヴィン曰く「神様とは別の神性を初めて考案した人物だ。キリスト教神秘主義者の最高峰。人物が神性との合一を実現できると教えた——神様が人間の魂の中に存在するという考え方を抱いていた！」ケヴィンがこんなに興奮しているのは初めて見た。「魂は本当にありのままの神様を知ることができるんだ！　今日そんなことを説く人はだれもいない！　そして、そして、そして——」ケヴィンはどもった。どもるところも初めて見た。「九世紀インドのシャンカラ。かれもエックハルトと同じことを説いた。これはキリスト教を超えた神秘主義で、人は神様の彼方に到達できるか、あるいは神様と融合できるというものだ。その神様は、創造されたものではないある種の火花として、またはそれとともに融合するんだ。ブラフマンだ。だからこそシマウマは——」

「ヴァリスだ」とエリック・ランプトン。

「なんでもいい」とケヴィンはぼくに向き直り、興奮して言った。「これで仏陀や聖ソフィアまたはキリストに関する啓示の説明がつく。これはどこか一つの国や文化や宗教に限った話じゃないんだ。ごめんな、デヴィッド」

デヴィッドはにこにこしてうなずいたが、衝撃を受けているようだった。これがキリスト教の正統教義でないのはわかっていた。エリック曰く「シャンカラとエックハルト、同一人物だ。二つの場所に二つの時代に生きていた」

半ば自分自身に向けてファットは言った。「かれはものごとが変わったように見せて、それにより時間がたったように見えるんだ」

「時間と空間のどっちもよ」とリンダ。

「ヴァリスって何です?」とぼく。

「巨大活性諜報生命体システム」とエリック。

「それは単なる説明だ」とぼく。

「だってまさにそういうものだから。それ以外に何があるね? 神様が人にあらゆる動物の命名をさせたような名前がほしいのか? 名前はヴァリスだ。そう呼んで満足しなさい」

「ヴァリスは人ですか? 神様? あるいは何か他のもの?」とぼく。

エリックもリンダもにっこりした。

「星からきたんですか?」

「いま私たちがいるここも、星の一つだ。太陽だって星だ」とエリック。

「なぞなぞですか」とぼく。

ファットが言った。「ヴァリスは救済者なんですか？」

一瞬、エリックもリンダもだまり、それからリンダが言った。「私たちは神様の友だちです」。それ以上、何も付け加えようとしなかった。

慎重にデヴィッドはぼくのほうを見て、目をあわせ、問いかけるような仕草をした。こいつ、いい、いい、いい、いい、の連中、はぐらかしてるのか？

「それはとても古い集団だ。何世紀も前に滅びたもんだと思ってた」とぼくは答えた。

エリックが言った。「私たちは決して滅びてなんかいないし、君たちが考えるよりずっと古いんだ。君たちが聞かされたより。尋ねられて私たちが語るより」

「じゃあエックハルトより昔にさかのぼるんですね」ケヴィンが鋭く詰問した。

リンダは言った。「そう」

「何世紀も？」とケヴィン。

答えなし。

「何千年も？」やっとぼくは言った。

「『高い丘は山羊が彷徨い、岩山は岩狸の隠れ家である』」とリンダ。

「それ、どういう意味です？」とぼく。ケヴィンも声をあわせた。二人で同時にしゃべっていた。

「そんなはずはない」とファット。明らかにあいつも、リンダが引用したものがわかったのだ。

「ぼくはわかるよ」とデヴィッド。

『こうのとりはそのてっぺんに巣を作る』しばらくしてエリックが言った。

ぼくに向かってファットは言った。「これはイクナアトンの種族だ。いまのは詩篇一〇四章、イクナアトンの頌歌に基づいたものだ。それがオレたちの聖書に入っている――聖書より古いんだ」

リンダ・ランプトンは言った。「あたしたちは醜い建設者でかぎ爪のような手をしているの。恥ずかしさのあまり身を隠しているのよ。ヘファイストスと共にあたしたちは大城壁を作り、神々自身の家を建てたわ」

ケヴィンは言った。「そう、ヘファイストスも醜かった。建築神なんだ。あなたたちはアスクレピオスを殺した」

「この連中はキュクロペスなんだ」ファットは消え入るような声で言った。

「その名は『丸い目』という意味だぜ」とケヴィン。

「でも私たちは三つ目だ。だから歴史記録にまちがいが行われたわけだ」とエリック。

「わざと?」とケヴィン。

リンダが言う。「そう」

「あなたたちはすごく高齢なんだ」とファット。

「うんそうだ」とエリックが言って、リンダもうなずいた。「すごくね。でも時間は本物じゃない。少なくともあたしたちにとってはね」

「なんてこった。この連中は元々の建設者なんだ」

「一度も止めたことはない。いまでも造っている。この世界を造り、この時空間マトリックスを造った」とエリック。

「あなたがオレたちの創造者だ」とファット。

ランプトン夫妻はうなずいた。

「あなたたちは本当に神様の友だちなんだ。本当に文字通り」とケヴィン。

「恐れないで。シヴァが片手をあげて、恐れるものはないと示すのは知っているだろう」とエリック。

「でも恐れるものはある。シヴァは破壊者だ。シヴァの第三の目は破壊する」とファット。

「シヴァは回復者でもあるのよ」とリンダ。

ぼくによりかかってデヴィッドが耳に囁いた。「こいつら狂ってるの？」

いいや、こいつら神々なんだ、とぼくはつぶやいた。二人は破壊もして保護もするシヴァだ。かれらは裁く。

恐れを感じるべきだったのかもしれない。でも感じなかった。かれらはすでに破壊は終えていた——映画『ヴァリス』に描かれたような形でフェリス・F・フレマウントを失脚させていた。

回復者シヴァの時代が始まった。ぼくたちが失ったものすべての回復だ。死んだ女性二人の。

映画『ヴァリス』と同様に、リンダ・ランプトンは必要とあらば時間を逆転させられる。そしてすべてを生き返らせることもできる。

ぼくはあの映画を理解し始めた。

リピドン協会は、魚かもしれないが、これはとても手におえない。

＊

集合的無意識からの乱入は、繊細な個人のエゴなど吹っ飛ばしてしまえる、とユングは説いている。集合性の深みに各種の原型《アーキタイプ》がまどろんでいる。呼び覚まされると、それは癒やすこともあれば破壊することもある。これが原型の危険性だ。正反対の性質がまだきちんと分離していないのだ。対になった反対物への双極化は、意識が生じるまでは起こらない。

だから神々では、生と死——保護と破壊——は一体だ。この秘密のパートナーシップは時空間の外に存在する。

これにはかなり怯えてしまうし、無理もない。なんだかんだ言っても、自分の存在が懸かっているのだから。

真の危険、究極の恐怖は、創造と保護、庇護が最初にやってきて――それから破壊が起こるときに生じる。というのも、これが順番であるなら、積み上げたすべては死で終わるからだ。

死はあらゆる宗教に潜んでいる。そしてそれはいつでもパッと飛び出してきかねない――その翼に癒やしを抱えてではなく、毒、つまり傷つけるものを抱えて。

だが、ぼくたちは発端から傷ついていた。そしてヴァリスは癒やす情報、医学情報をぼくたちに放射した。ヴァリスは医師の形でぼくたちにアプローチして、傷の時代、鉄の時代、有毒な鉄のかけらは廃止された。

だがそれでも……リスクは潜在的に、常にそこにあるのだ。

一種のひどいゲームだ。結果はどっちになるかわからない。

Libera me, Domine. In die illa. とぼくはつぶやいた。神様、救って、保護して、この怒りの日に。宇宙には非理性の筋があり、ぼくら小さく希望に満ちて信頼あふれるリピドン協会は、そこに引き込まれて潰え去りつつあるのかもしれない。

すでに多くの存在が潰え去ってきたのだ。

ルネサンスの偉大な医師が発見したことを思い出した。毒は量を限れば薬になる。この発見のため――有毒金属を加減して使い薬にしたため――パラケルススは歴史に残った。だが、この大医師の生涯の終わりは不幸なものだ。

金属中毒で死んだのだ。

だから別の言い方をすると、薬物は毒となり、人を殺しかねない。そしてそれがいつでも起こりかねない。

「時は遊んでいる子供であり、チェッカーをしているのだ。子供のものが王国である」とヘラクレイトスが二千五百年前に書いた通り。多くの点でこれはひどい考えだ。最悪の考え。ゲームを遊んでいる子供……到るところのあらゆる生命を使って。

ぼくなら別の選択肢のほうがいい。いまやぼくたちのモットー、ぼくらの小さな協会のモットーの、拘束力ある重要性がわかる。それはキリスト教としてあらゆる場合を拘束しているのであり、ぼくたちはそこから決して逸脱できない。

魚は銃を持てない！

これを放棄したら、ぼくたちはパラドックスに入り込み、そして最後には死に達する。ぼくたちのモットーはばかげて聞こえるけれど、でもその中に必要とされる洞察をこめたのだ。これ以上知るべきことはない。

M‐16ライフルを落とすというファットのかわいらしいちょっとした夢において、聖なるものがぼくたちに語りかけた。何一つ反対するところはない。ぼくたちは愛に入り、そして居場所を見つけた。

だが聖なるものと恐ろしいものとはお互いに実に近いのだ。ノンモとユルグは伴侶だ。どっちも必要だ。オシリスとセスもそうだ。「ヨブ記」で、ヤーウェとサタンも提携関係を結んでいる。でもぼくたちが生きるためには、そうした提携者たちには別れてもらわねばならない。こうした裏の提携関係は、時間や空間やあらゆる生物が存在すると同時に終わらねばならない。

勝つべきなのは神様や神々ではない。叡智だ。聖なる叡智。第五の救済者がそれであることを願った。双極性を分離させて、一つのものとして登場するのだ。三人や二人ではなく一人として。創造者ブラフマン、維持者ヴィシュヌ、破壊者シヴァという具合に三つに分かれるのではなく、ゾロアスターが賢い心と呼んだものが登場すべきだ。

神様は善良であり恐ろしくもある――それも交替でそうなるのではない――同時にそうなのだ。だからこそ、ぼくたちは神様と自分たちの間に仲裁する神官を置いて神にアプローチし、儀式を通じて神を穏やかにして囲い込む。それはぼくたち自身の安全のためだ。神様を安全なものにする囲いの中に封じ込めるのだ。だがいまや、ファットが見たように、神様はその囲いから逃れ、世界を変容させている。神様は自由になった。

「アーメン、アーメン」と歌う合唱の優しい響きは、集まった信徒を落ち着かせるものではなく、神様をなだめるためのものなのだ。

これを知れば、宗教というものの最深奥の核を射貫いたことになる。そして最悪の部分は、神様が自分を外に投射し信徒に入り込んで、信徒になってしまえるということだ。神様を信仰すると、そのお返しとして神様はこっちを乗っ取ってしまう。これはギリシャ語で「エントウシアスモス」と呼ばれる。文字通りにいえば「神様に取り憑かれる」という意味だ。ギリシャの神様の中で、これを最もやりそうなのはディオニソスだった。そして残念ながら、ディオニソスは狂っていた。

別の言い方で——逆から——言えば、もし神様に乗っ取られたら、その神様がどんな名前で出回っているにしても、実はそれは狂神ディオニソスの一形態である可能性が高い。ディオニソスはまた陶酔《イントキシケーション》の神様でもあり、これはつまり文字通りにいえば毒物《トキシン》を摂取するという意味にもなる。つまり毒を飲むわけだ。危険は確実にある。

これに気がついたら逃げようとするだろう。でも逃げようとしたらやっぱり捕まったことになってしまう。というのも神様もどきのパンは逃げようという抑えがたい衝動であるパニックの語源であり、パンはディオニソスの副形態だからだ。だからディオニソスから逃げようとしたら、やっぱり乗っ取られてしまうのだ。

ぼくはこれを、文字通りいやいやながら書いている。あまりにうんざりしていて、すわっているのに倒れそうだ。ジョーンズタウンで起こったのは、パニックによる群衆の逃亡で、それが狂神にたきつけられたものだった——パニックは死につながる。これは狂神の探求の論理的な結果だ。

あの人々にとって出口はなかった。これを理解するには狂神に乗っ取られる必要がある。それがいったん起きたら逃げ道はないこと、なぜなら狂神はいたるところにいるから、というのがわかる。

九百人もの人々が自分自身の死や幼い子供たちの死を共謀するなどというのは理性的ではないけれど、狂神は論理的ではない。少なくとも、ぼくたちが理解するような意味での論理では。

*

ランプトン家についてみると、そこは堂々たる古い農場邸宅で、ブドウ畑のどまんなかだった。なんといってもここはワインの生産地なのだ。ディオニソスはワインの神だ、とぼくは思った。

「ここの空気はいい香りだ」とケヴィンは、フォルクスワーゲンラビットから降りるときに言った。

「ときどき大気汚染が来る。ここまできてもね」とエリック。

家に入ると、そこは暖かくて魅力的だった。エリックとリンダの巨大ポスターが、無光沢ガラスの額に入ってすべての壁を覆っている。これが古い木造住宅に現代的な様相を与え、それがぼくたちを南部とつなぎあわせた。

リンダはにっこりして言った。「ここでは自家製ワインを作るの。自家製のブドウからね」

そうでしょうとも、とぼくはつぶやいた。

巨大なステレオ装置の複合体がある壁沿いに、『ヴァリス』でニコラス・ブレイディのサウンドミキサーだった要塞のようにそびえ立っていた。ビジュアル的なアイデアがどこからきたか、これで理解できた。

「私たちが作ったテープをかけよう」とエリックはオーディオ要塞に近づいて、スイッチをオンに入れていった。「音楽はミニだが作詞は私だ。歌っているのも私だが、リリースはしない。ただの実験なんだ」

ぼくたちがすわると、すさまじいデシベルの音楽が居間を満たし、すべての壁に反響した。

お前に会いたいぜ、なあ。

できるだけはやく。

お前の手を握らせて
おれには握る手がない
そしてオレは老いて、老いて、すごく老いた。

なぜオレを見てくれない？
見えるものが怖いのか？
おれはどのみちお前を見つける
遅かれ早かれ、遅かれ早かれ

なんとまあ、とぼくはこの歌詞を聴きながら思った。とにかく、正しい場所にやってきたわけだ。それについて疑問の余地はない。ぼくたちはこれを望み、これを得た。ケヴィンはこの歌詞を脱構築して悦に入ることもできるが、この歌詞に脱構築など必要ない。まあそれなら、ケヴィンはミニの電子ノイズに注目してもいい。

リンダはかがみ込んで唇をぼくの耳に寄せて、音楽に負けないように叫んだ。「こういう反響が高次のチャクラを開くのよ」

ぼくはうなずいた。

歌が終わると、みんなそれが実にすばらしかったと言った。ここにはデヴィッドも含まれる。デヴィッドはトランス状態に入り込んだ。その目はうつろとなった。デヴィッドは、自分に耐えられないことに直面するとそうするのだ。教会は、ストレスの高い状況が終わるまで一時的に精神を飛ばす方法を教えていたのだった。

「ミニに会いたい？」とリンダ・ランプトン。

「是非！」とケヴィン。

「たぶん上で寝てるだろう」とエリック・ランプトンは、居間から出て行こうとした。

「リンダ、倉庫から一九七二年のカヴェルネ・ソーヴィニョンを持ってきてくれ」

「オッケー」と彼女は部屋の反対側から出て行った。そして肩越しに「楽にしていてね。すぐに戻ってくるから」と言った。

ステレオのところで、ケヴィンは恍惚として機械を見下ろしていた。

デヴィッドがぼくのところへ、ポケットに深く手を突っ込んだままやってきて、複雑な表情を浮かべている。「あの二人って――」

「あの二人は狂ってる」とぼく。

「でも車の中で君は――」

「狂ってる」とぼく。

「いいキチガイ？」とデヴィッドはぼくの近くに立って、まるで保護のためとでも言うようだった。「それとも――もう一つのほう？」

「知らん」とぼくは正直に言った。

いまやファットが一緒に立っていた。聞いてはいるが口は開かない。心底から正気に返ったように見えた。一方ケヴィンは一人きりでオーディオシステムを分析し続けていた。

「たぶんぼくたちは――」とデヴィッドが口を開いたその瞬間に、リンダ・ランプトンがワインセラーから戻ってきて、手にした銀のお盆にはワイングラスが六つと、栓をしたままのボトルが乗っていた。

「だれかワインを開けてくれない？　あたしがやるとコルクが中に入っちゃうのよ。なぜかしらね」。エリックがいないと、彼女はぼくたちに対して引っ込み思案に見え、『ヴァリス』で演じた女性とはまったくちがって見えた。

ケヴィンが張り切って、ワインボトルを受け取った。

「コルク抜きは台所のどこかにあるわ」とリンダ。頭上からは、ドシドシ言う音やひっかくような音が聞こえ、何か重たいものが上階の床を引きずられているかのようだった。

リンダが言った。「ミニは――あらかじめ言っておいたほうがいいかな――多発性骨髄腫を発症しているの。すごく痛い病気で、車いす生活よ」

ケヴィンは衝撃を受けていた。「骨髄腫はすべて致死性だ」

「余命二年ですって。ちょうど診断が下ったところ。あと一週間で入院よ。残念だわ」とリンダ。

ファットが言った。「ヴァリスに治してもらえないの？」

「癒やされるはずのものは癒やされるわ。破壊されるものは破壊される。でも時間は現実じゃないのよ。何も破壊されない。それは幻覚にすぎないわ」とリンダ・ランプトン。

デヴィッドとぼくは顔を見合わせた。

ドシンドシン。何か大きなものがよたよたと、階段を引きずるように下りてきた。そしてぼくたちが身じろぎもせずに立ち尽くす中、車いすが居間に入ってきた。そこに、つぶれた固まりのような存在が、ユーモアと愛と、こちらを認識したという暖かみを込めて微笑みかけてきた。その両耳からは電線が伸びている。両耳とも補聴器だ。シンクロニシティ音楽作曲者のミニは、ほぼ耳が聞こえないのだった。

一人ずつミニに近づいて、それぞれそのか細い手と握手をして自己紹介した。協会としてではなく、個人として。

「あなたの音楽はすごく重要です」とケヴィン。

「そうだよ」とミニ。

かれの苦痛は目に見えるほどで、先が長くないのもわかった。だがその苦悶にもかかわらず、世界に悪意はまったく持っていなかった。シェリーとはちがった。ファットを見ると、あいつも車いすで身動きの取れない男を見ながらシェリーを思い出しているところなのがわかった。これほど遠くまできたのに、またもやこんなものを見るとは——ファットが逃げ出したものを見せられるとは。まあ、ぼくがすでに言ったように、どっちに行こうとも、逃げ出せば神様もいっしょについてくる。神様はいたるところ、人々の中にも外にもいるからだ。

「ヴァリスが君たちと接触したの？　君たち四人と？　だからここにきたの？」とミニ。

「オレとです。他の連中はオレの友人です」とファット。

「何を見たか教えてくれ」とミニ。

「セントエルモの火みたいで。それと情報——」とファット。

「ヴァリスがいると常に情報がある」とミニはうなずいて微笑んだ。「情報そのものだから。生きた情報だ」

「ヴァリスはオレの息子を治したんだ。というか、治すのに必要な医学情報をオレに放射したんだ。そしてヴァリスが語ったのは、聖ソフィアと仏陀と、かれだかそれだかが『アポロの頭領』と呼んだものがまもなく生まれて——」

「——君が待っていた時が」とミニがつぶやいた。

「そう」とファット。

「暗号はなぜ知っていた？」エリック・ランプトンがファットに尋ねた。

「図地反転した戸口を見たんだ」とファット。

「この人、見たのよ」とリンダがすぐに言った。「その戸口の比率は？　縦横の？」

ファットは言った。「フィボナッチ定数」

「それはあたしたちのもう一つの暗号よ。世界中に広告を打っているの。一対〇・六一八〇三四。あたしたちが言うのは『以下の数列を完成させよ――一対〇・六』。フィボナッチ定数だとわかれば、この数列を完成させられるわ」

エリックが言った。「あるいはフィボナッチ数を使うこともある。一、二、三、五、八、一三という具合。あの戸口はちがう領域に続く」

「高次の？」とファットが尋ねた。

「私たちは単に『ちがう』と呼んでる」とエリック。

「戸口越しに、輝く文字が見えた」とファット。

ミニはにっこりした。「ちがうね。戸口の向こうにあるのはクレタだ」

しばらくしてファットが言った。「レムノス」

「時にはレムノス。時にはクレタ。おおむねあのへんだ」苦痛の発作で、ミニは車いすの中で身をすくめた。

「壁にヘブライ文字が見えた」とファット。

ミニは相変わらずにっこりしていた。「そう。カバラだ。そしてヘブライ文字は変形し続けて、それが相殺しあって君の読める単語になったはず」

「KING FELIX に変形した」とファット。

「なぜ戸口のことでウソをついたの？」とリンダ。特に怒りはなく、単に好奇心で尋ねたようだった。

「信じてもらえると思わなかったから」とファット。

ミニが言った。「なら、普段はあまりカバラに馴染みがないんだな。ヴァリスは符号化の体系としてカバラを使うんだ。その言語情報はすべてカバラとして保存される。最も効率的なんだ。母音はすべてただの母音点で示されるからね。君が与えられたのは図地識別解読装置だというのはわかるね。人は通常、図と地を区別できない。ヴァリスに解読装置を放射してもらわねばならない。君はもちろん、図のほうを色彩として見たわけだ」

ファットはうなずいた。「そうです。そして地は白黒で」

「じゃあ偽の作品が見えたんだ」

「なんだって？」とファット。

「現実世界と入り交じっている偽の作品だよ」

「ああ。うん、わかります。まるで何かが取り除かれて――」とファット。

「別のものが加えられたようだった」とミニ。

ファットはうなずいた。

「いま、頭の中で声はしてるの？　ＡＩの声が？」とミニ。

長いことだまって、ぼくやケヴィンやデヴィッドをちらっと見てから、ファットは言った。「中性的な声です。男でも女でもない。うん、確かにまるで人工知能の声みたいに聞こえる」

「それは星系間通信ネットワークだ。星の間に広がって、あらゆる星系をアルベマスと結んでいる」とミニ。

ファットはミニをじっと見た。「アルベマス？　星なんですか？」

「君はその単語を知っているのに――」

「書いてあるのを見ただけで、意味は知らないんです。頭に『アル』とついているので、錬金術《アルケミー》と結びつけて考えてたんですが」とファット。

ミニは答えた。「接頭辞のアルは、アラビア語だ。単に英語の定冠詞 the と同じもので、星の名前にはよくついている。それがヒントだったんだがね。いずれにしても、書かれたページは見たわけだ」

「ええ。たくさんね。オレに何が起こるかを教えてくれましたよ。たとえば――」ファットはためらった。「後の自殺未遂とか。ギリシャ語の『アナンケ』とか、それまで知らなかったことも教えてくれました。そしてそこには『世界が徐々に暗黒化、全体的な病的化』と書かれていた。後でその意味に気がついたんです。悪いこと、病気、自分がやることになる行為。でもオレは生き延びた」

ミニは言った。「私の病気はヴァリスに近づいたため、そのエネルギーに接近したためのものだ。残念なことではあるけれど、でもご存じの通り、われわれは不死なんだ。肉体的にはそうではないがね。われわれは生まれ変わって記憶が残る」

「オレの動物たちは癌で死んだ」とファット。

「うん、放射能の水準はときにすさまじいから。われわれには耐えられない」とミニ。

ぼくは思った。だからあんたは死にかけてるってわけか。あんたの神様に殺されているのに、あんたはそれを喜んでいる。ぼくは思った。ここから逃げ出さないと。この連中は死を培ってる。

ケヴィンがミニに尋ねた。「ヴァリスってなんなんです？　どの神様または造物主《デミウルゴス》なんですか？　シヴァ？　オシリス？　ホルス？　おれ、『コスミック・トリガー』を読んだら、ロバート・アントン・ウィルソンが——」

「ヴァリスは構築物だ、人工物。それはこの地上に根ざしている。文字通り、根ざして固定されているんだ。でもヴァリスにとって空間も時間も存在しないので、ヴァリスは望み次第でいつでもどこにでも登場できる。連中がわれわれをプログラミングするために作り上げたものなんだ。通常それは、赤ん坊に向けてきわめて短い情報のバーストを放射し、命令をエングラム化して、それが時計通りの間隔で生涯にわたり、その子の右脳半球からにじみ出してくる。適切な状況の文脈に応じてね」

「それには敵がいるんですか？」とケヴィン。

「この惑星の病理だけだ。大気のせいで起こる病気。私たちはこの大気をそのまま呼吸はできない。私たちの種族には有毒なんだ」とエリック。

『『私たち』？」とぼく。

リンダが言った。「あたしたち全員よ。みんなアルベマスからきたの。この大気はあたしたちには毒で、錯乱してしまうの。だから連中――アルベマス星系に残った人たち――がヴァリスを作ってここに送り、あたしたちに理性的な命令を放射して、大気の有毒性が引き起こした病理をオーバーライドするようにしているのよ」

「じゃあヴァリスは理性的なんだ」とぼく。

「現存する唯一の理性だわ」とリンダ。

ミニは言った。「そしてわれわれが理性的に行動したら、ヴァリスの支配下にあるということだ。われわれというのは、この部屋にいるみんなのことじゃない。あらゆる人だ。生きている万人だけでなく、理性的なあらゆる人」

「じゃあ要するに、ヴァリスは人々の毒抜きをするということですか」とぼく。

「まさにその通り。ヴァリスは情報的な解毒剤だ。でもそれに曝されると――病気になるかもしれない。私のように」

ぼくはパラケルススを思い出した。薬は多すぎると毒なんだ。この男は死に到るまで癒やされたわけだ。

「私はできる限りヴァリスを知りたかったんだよ。戻ってきて私ともっと通信してくれと懇願したんだ。向こうは嫌がった。戻ってきたらその放射線が私にどんな影響を与えるかわかっていたからね。でもこちらの望み通りにしてくれたよ。それだけの価値はあった、再びヴァリスを体験するのはね」とミニは言い、ファットに向き直った。「君なら私の言っていることがわかるだろう。鐘の音が……」

「ええ。復活祭の鐘だ」とファット。

デヴィッドが言った。「あなたの言ってるのはキリストのことですか？　キリストが人工的な構築物で、人々にサブリミナルに働きかける情報を放射するためのものだと？」

「われわれが生まれたときから働きかけているんだよ。われわれは運がいい。ヴァリスに選ばれたわれわれは。その信徒たちだ。私が死ぬ前にヴァリスは復活する。約束してくれたんだ。ヴァリスがやってきて、私を連れ去ってくれる。私は永遠にその一部となるんだ」。涙がミニの目にあふれた。

＊

後で、みんな車座になってすわり、もっと落ち着いて話をした。

もちろん古代の人々は、ヴァリスが情報を放射するのを、シヴァの目として表した。それが破壊できるのも知っていた。それは情報のキャリアとして必要な有害放射線の要素だ。

ミニによれば、ヴァリスは情報を放射するときに、本当に近くにいるわけではないという。文字通り何百万キロも離れているかもしれない。したがって映画『ヴァリス』では、それを人工衛星で表したわけだ。それも、人類が軌道に打ち上げたのではない、きわめて古い人工衛星として。

「じゃあここで議論しているのは宗教じゃなくて、きわめて先進的な技術についてだということだね」とぼく。

「ものは言いよう」とミニ。

「救済者とは何？」とデヴィッド。

ミニがいった。「会えるよ。じきにね。お望みなら明日にでも。土曜の午後だ。いまは寝ている。かなりの時間、寝ているんだ。ほとんど寝ているというべきだな。なんといっても、何千年にもわたりぐっすり寝ていたんだから」

「ナグ・ハマディで？」とファット。

「言わないでおこう」とミニ。

「なぜそれを隠す必要があるんですか？」とぼく。

エリックが言った。「隠してなんかいない。映画も作ったし、歌詞に情報をこめたLPも作っている。ほとんどはサブリミナルな情報だ。ミニがそれを音楽でやっている」

ケヴィンが言った。「『ブラフマンは時に眠り、ブラフマンは時に踊る』。いま話しているのはブラフマンのこと？　それとも仏陀シッダールタのこと？　それともキリスト？あるいはそのすべて？」

　ぼくはケヴィンに言った。「大いなる――」大いなるプンタ、というつもりだったが、やめておいた。賢明ではないから。「ディオニソスじゃないですよね？」とミニに尋ねた。

「アポロよ。ディオニソスの対になった反対物」とリンダ。

　ぼくはこれで全身に安堵感が満ちた。彼女の言うことは信じられた。ホースラヴァー・ファットに明かされたことと整合していた。「アポロの頭領」というものだ。

　ミニがいった。「われわれはここで迷路の中にいる。それはわれわれが構築し、その中に落ち込み、そして出られなくなっている迷路だ。要するに、ヴァリスはこの迷路からの脱出、出口探しの助けとなる情報を選択的にわれわれに放射するんだ。それが始まったのはキリストよりも二千年ほど前、ミケーネ時代かひょっとしたら初期青銅器文化時代頃かもしれない。だからこそ神話では迷路がクレタ島のミノスに置かれているんだ。だからこそ、一対〇・六一八〇三四の戸口から君が見たのは古代クレタだったんだ。われわれは優れた建設者だったが、あるときゲームをやることにした。出口が絶えず変わり続けるために、出口があっても、実質的には迷路が――この世界が――生きているために出口がないような迷路を構築できるほど、われわれは優秀だろうか？　このゲームを本物の何かにして、単なる知的なお遊び以上のものにするために、自分たちの傑出した性質を放棄し、自分たち自身を一段階引き下げることにしたんだ。これは、不幸なことに、記憶の喪失も含まれていた――自分自身の真の起源に関する知識を失ってしまったんだ。だがそれよりひどい点として――そしてこの部分で、われわれは言わば自分自身を打倒してしまい、勝利をわれわれの召使い、自分たちの作った迷路自身に与えることになってしまったんだ――」

「第三の目が閉ざされた」とファット。

「その通り。第三の目を放棄したんだ。われわれの主要な進化属性を。ヴァリスが再び開いてくれるのはこの第三の目なんだ」

ファットが言った。「じゃあ、オレたちを迷路から引き出すのは第三の目なんだ。だからこそ第三の目は、エジプトとインドでは神的な力や啓示と同一視されてる」

「その二つは同じものだ。神的な力と啓示とはね」とミニ。

「そうなんですか？」とぼく。

「そうとも。それは本来の姿での人間なんだ。その真の状態だ」とミニ。

ファットが言った。「じゃあ記憶がなく、第三の目もない状態では、迷路を打破できる見込みはまったくなかったんだな。絶望的だったんだ」

ぼくは考えた。これまた中国の指罠だ。しかも自分自身で作ったものだ。自分自身を捕らえるために。

自分に対して中国の指罠を作ってしまうなんて、どういうつもりなんだろう。大したゲームだよ、とぼくは思った。まあ、単に知的な話でないのは確かだな。

「迷路から抜け出すには、第三の目を再び開けねばならなかった。でも自分たちにそのアジナの性質、見分ける目があることをもはや覚えていなかったので、われわれはそれを再度開くための技法を探しにいけなかった。何か外のものが入ってこなければならなかった。何かわれわれ自身では作れないものが」とミニ。

「じゃあオレたち全員が迷路に落ち込んだというわけじゃないんですね」とファット。

「そうだ。そして外側に残ったもの、他の星系に残った者たちはアルベマスに、われわれが自分で自分にどんなことをしたか報告し……そしてわれわれを救うためにヴァリスが構築された。これは不現実の世界なんだ。それはもちろんわかってるよな。ヴァリスがそれを君に気づかせた。われわれは生きた迷路の中にいるのであって、まるで世界の中にいるわけじゃないんだ」

みんながこれを考える間、沈黙があった。

「じゃあ迷路の外に出たら何が起こるんです?」とケヴィン。

「時空間から解放されるんだ。時空間は迷路の拘束とコントロールの条件だ——迷路の力のもとだ」とミニ。

ファットとぼくは顔を見合わせた。これはぼくたち自身の憶測とも一致していた——その憶測もヴァリスに仕組まれているのだ。

「そうなればぼくたちは死ななくなるんですか?」とデヴィッド。

「その通り」とミニ。

「じゃあ救済は――」

「救済というのは『召使いが主人となった、時空間迷路から導き出されること』を示す単語だ」とミニ。

ぼくは言った。「聞いていいですか? 第五の救済者の目的は何なんです?」

「『第五』じゃない。たった一人が、何度も何度も、ちがう時間に、ちがう場所で、ちがう名前で登場してるんだ。救済者は人間として生まれたヴァリスなんだ」とミニ。

「交接結合したってこと?」とファット。

「ちがう」とミニは激しく首を振った。「救済者には人間の要素はない」

「ちょっと待った」とデヴィッド。

「君が何を教わったかは知ってるよ。ある意味でそれは事実だ。でも救済者はヴァリスであり、この話ではそれが事実なんだ。だがかれは、人間の女性から生まれた。幻影の身体をお手軽に生成したわけじゃないんだ」

これを聞いてデヴィッドはうなずいた。これなら受け入れられるからだ。

「そしてかれはすでに生まれたんですか?」とぼく。

「うん」とミニ。

「あたしの娘よ。でもエリックの娘じゃない。あたしとヴァリスとだけの娘」とリンダ・ランプトンが言った。

「娘？」とぼくたち数名が一斉に言った。

「今回、始めて、救済者は女性の形をとったんだ」

エリック・ランプトンが言った。「とってもきれいな子だよ。気に入ってくれると思う。でもしゃべりまくるよ。こっちの耳がもげそうになるほど」

「ソフィアは二歳なの。一九七六年生まれ。彼女の発言はテープ録音してるわ」

「すべてテープに録ってある。ソフィアは音声ビデオ録画装置に囲まれていて、それが常に彼女を自動的にモニタリングしている。もちろん彼女を保護するためじゃないよ。彼女を守るのはヴァリスだ――ヴァリス、あの子の父親だ」

「ぼくたちも話ができるんですか？」とぼく。

「何時間でも論争してくれるわよ」とリンダは言って、さらに付け加えた。「現存する、あるいは過去に存在したあらゆる言語でね」

第12章

生まれたのは叡智であって、神性ではなかった。片手で斬り殺しつつもう片方で癒やす神性……そんな神性は救済者ではない。だからぼくはつぶやいた。神様ありがとう。

翌朝ぼくたちは、ちょっとした農場区域に連れて行かれた。動物だらけだ。ビデオや音声の記録装置はまったく見当たらなかったが、山羊や鶏に囲まれ、ウサギの入った小屋の隣にいる黒髪の子供がぼくには——ぼくたちみんなに——見えた。

ぼくが予想していたのは静謐さ、神様の平穏さであり、あらゆる理解を超越するものだった。でも子供はぼくたちを見ると、立ちあがって非難を顔にみなぎらせながらこちらにやってきた。目は巨大で怒りに見開かれ、しかも決然とぼくを見据えている——右手を挙げて、ぼくを指さした。

「あなたの自殺未遂は、自分自身に対する暴力的な残虐性だったわ」と少女は明瞭な声で言った。なのに彼女は、リンダが言った通り、せいぜい二歳だった。本当に赤ん坊で、なのに目は無限に老いた人物のものだった。

「それはホースラヴァー・ファットだ」とぼく。ソフィアは言った。「フィル、ケヴィン、デヴィッド。あなたたち三人。他にはいないわ」

ファットのほうに向き直って口を開く――と、だれもいなかった。エリック・ランプトンとその妻、車いすで死にかけている男、ケヴィンとデヴィッドしか見えない。ファットは消えた。跡形もなく。

ホースラヴァー・ファットは永遠に消えた。存在したことなどなかったかのように。

「どういうことだ。君はあいつを破壊したな」とぼく。

「そうよ」と子供。

ぼくは「どうして？」と言った。

「あなたを全《まった》き者にするため」

「じゃあファットはぼくの中にいるの？　ぼくの中で生きているの？」

「そうよ」とソフィア。だんだんその顔から怒りが消えていった。大きな黒い目はくすぶるのをやめた。

「ファットはずっとぼくだったんだ」

「その通りよ」とソフィア。

エリック・ランプトンが言った。「すわって。彼女はこっちがすわっているほうがいいんだ。しゃべるときに見上げずにすむから。われわれは彼女よりもあまりに背が高い」

おとなしくぼくたちはみんな、でこぼこのひからびた茶色い地面にすわった——ぼくはそこが映画『ヴァリス』のオープニングショットなのに気がついた。映画の一部はここで撮影されているんだ。

ソフィアは「ありがとう」と言った。

「あなたはキリストなんですか？」とデヴィッドは、体育座りでひざをあごにつけ、両腕を脚に回している。デヴィッドも子供のようだった。子供が同じ子供と対等に会話しているようだ。

「あたしはあたしであるところの者」とソフィア。

「これは実に——」ぼくは何と言っていいかわからなかった。

「過去が消えないと、その人は呪われているわ。知っていた？」とソフィアはぼくに言った。

「うん」とぼく。

ソフィアは言った。「未来は過去とちがっていないと。未来は常に過去とちがわないといけない」

デヴィッドが言った。「あなたは神様なの？」

「あたしはあたしであるところの者」とソフィア。

ぼくは言った。「じゃあホースラヴァー・ファットはぼくの一部が外に投射されて、グロリアの死に直面せずにすむようにしたものだったんだ」
ソフィアは「そうなのよ」と言った。
ぼくは言った。「いまグロリアはどこ?」
ソフィアは「お墓の中に横たわっているわ」と言った。
ぼくは言った。「彼女は戻ってくる?」
ソフィアは「決して」と言った。
ぼくは言った。「不死があると思ったのに」
これに対しソフィアは何も言わなかった。
「ぼくを助けてくれますか?」とぼく。
ソフィアは言った。「もう助けたわ。一九七四年にも助けたし、自殺しようとしたとき
も助けた。生まれてからずっと助けてきたわ」
「君はヴァリスなの?」とぼく。
「あたしはあたしであるところの者」とソフィア。
エリックとリンダに向き直り、ぼくは言った。「必ずしも答えてくれるわけじゃないん
ですね」
「無意味な質問もあるから」とリンダ。
「なぜミニを癒やさないの?」とケヴィン。

「あたしはやることをやるの。あたしはあたし」とソフィア。

ぼくは言った。「じゃあぼくたちは君を理解できないよ」

ソフィアは言った。「それは理解できたのね」

デヴィッドがいった。「君は永遠なんでしょう？」

「ええ」とソフィア。

「そして何でも知っているの？」とデヴィッド。

「ええ」とソフィア。

「君は殺す者であり殺される者なの？」とぼく。

「いいえ」とソフィア。

「殺す者？」とぼく。

「いいえ」

「じゃあ殺される者か」

「あたしは傷ついた者であり、殺された者。でも殺す者じゃないわ。あたしは癒やす者であり癒やされる者」

「でもヴァリスはミニを殺した」とぼく。

これに対し、ソフィアは何も言わなかった。

「君は世界の審判なの？」とデヴィッド。

「ええ」とソフィア。

「審判はいつ始まるの？」とケヴィン。

ソフィアは言った。「あなたたちみんな、最初からすでに裁かれているのよ」

ぼくは言った。「ぼくはどう評価する？」

これに対し、ソフィアは何も言わなかった。

「教えてもらえないの？」とケヴィン。

「わかるわ」とソフィア。

「いつ？」とケヴィン。

これに対し、ソフィアは何も言わなかった。

「いまはそのくらいで十分だと思う。後でまた話ができるわ。この子は動物たちとすわっているのが好きなの。動物たちが大好きなのよ」とリンダがぼくの肩に触れた。「そろそろ行きましょう」

その子から離れるときに、ぼくは言った。「あの子の声は一九七四年以来頭の中で聞こえたAIの中性的な声だ」

ケヴィンが荒っぽく言った。「コンピュータだよ。だからこそ一部の質問にしか答えられないんだ」

エリックとリンダはどちらも微笑んだ。ケヴィンとぼくはエリックを見た。車いすのミニは無言で横に並んでいた。

「ＡＩシステム。人工知能か」とエリック。

「ヴァリスの端末だ。ヴァリスという主システムの入出力端末」とケヴィン。

「その通り」とミニ。

「少女じゃない」とケヴィン。

「あたしが産んだのよ」とリンダ。

「そう思っただけかもしれませんよ」とケヴィン。

リンダはにっこりした。「人間の体の中の人工知能。肉体は生きているけれど精神はちがうわ。知覚力があるの。何でも知っているわ。でも彼女の心は、あたしたちが生きているような形では生きていないわ。創造されたものではない。常に存在してきたのよ」

ミニが言った。「聖書を読もう。彼女は創造が存在する前から創造者と共にいた。彼女は創造者の寵児であり喜びであり、その最大の宝物だったんだ」

「その理由はよくわかる」とぼく。

ミニが言った。「彼女を愛するのは簡単だ。そうした人はたくさんいる……『知恵の書』にもそう書いてある。そして彼女はかれらに入り込んで導き、かれらと共に監獄にすら入った。自分を愛した者やいま愛している者たちを彼女は決して見捨てなかった」

「彼女の声は人間の法廷でも聞かれる」とデヴィッドはつぶやいた。

「そして彼女は圧政者を破壊した？」とケヴィン。

ミニは言った。「うん。映画の中でフェリス・F・フレマウントと呼んだ人物をね。でも彼女が転覆させて破滅させたのがだれかはわかってるよね」

「ええ」とケヴィンは言った。憂鬱な様子だった。スーツとネクタイ姿の男が南カリフォルニアの浜辺をうろついているのを考えているのだ。その男は何が起きたのか、何がいけなかったのか不思議に思っていて、いまだに策略を巡らしているのだ。

四つの国の終わりに、
その罪悪の極みとして
高慢で狡猾な一人の王が起こる……

涙の王、やがて万人に涙をもたらした王。その王に刃向かって何者が動き、王はその阻害の中でそれを見分けることができない。ぼくたちはたったいま、その人物、その子供と話をしたのだ。

常に存在していたその子供に。

＊

その晩、夕食を食べつつ——ソノマ中央部から少しはずれたメキシコ料理のレストランだった——友人ホースラヴァー・ファットに二度と会うことがないのに気がついて、内面に悲しみを感じた。喪失の悲しみだ。知的には、自分がファットを再び取り込んだのは知っていた。もともとの投影プロセスを逆転させたのだ。それでもぼくは悲しかった。あいつの存在を楽しむようになっており、その果てしない与太話、知的、霊的、感情的な探求の物語を楽しむようになっていた。探求——聖杯を求めての探求ではなく、自分の傷、グロリアが死のゲームで与えた深い傷害から治ろうとする探求だ。

電話をかけたり訪ねたりする相手としてファットがいないのは奇妙な気分だった。ぼく自身の生活で、実にあたりまえの一部になっていたし、ぼくたちの友人たちの生活においても当たり前の存在になっていた。養育費の小切手が止まったらベスはどう思うだろうかとぼくは考えた。そうなったら、経済的な負担はぼくが負うわけか。クリストファーの面倒を見ればいい。それだけの資金はあるし、クリストファーを愛する点では、多くの面でその父親にひけをとらなかった。

「落ち込んでるのか、フィル」とケヴィン。いまやぼくたち三人だけだったから、気兼ねなしに話ができた。ランプトン一家はぼくたちをレストランに送ってくれて、夕食を終えて大邸宅に戻る準備ができたらまた電話するように言ったのだった。

「いや」とぼく。「ホースラヴァー・ファットのことを考えててね」

ケヴィンは、間を置いて言った。「じゃあ目覚めつつあるんだな」

「うん」ぼくはうなずいた。

「大丈夫だよ」とデヴィッドが、居心地悪そうに言った。感情表現が苦手なのだ。

「おう」とぼく。

ケヴィンは言った。「ランプトン夫妻はイカレてると思う？」

「うん」とぼく。

「あの少女はどうだ？」とケヴィン。

ぼくは言った。「あの子はイカレてない。夫妻がイカレてるのと同じくらいあの子はイカレてない。パラドックスだ。完全に頭のおかしい人物二人――ミニも入れれば三人――がまったく正気の子供を作ったんだから」

「言わせてもらえれば――」とデヴィッドが口を開いた。

ぼくは言った。「神様が悪の中から善を引き出すとか言わないでくれよ。な？　それだけは頼むぜ」

半ば自分自身に向かいケヴィンは言った。「あれはおれが見た中で最も美しい子供だ。でもあの子がコンピュータ端末だとかいう話は――」と身振りをして見せた。

「でもそれを言ったのはお前だろ」とぼく。

「あの時は筋が通っているように思えたんだ。でも後で振り返ってみるとちがう。冷静に距離を置いて見ると」とケヴィン。

「思うに、カリフォルニア航空の飛行機に戻って、サンタアナに戻ったほうがいいよ。それもなるべくすぐ」

ぼくは「ランプトン夫妻はぼくたちに危害は加えないよ」と言った。それはいまや確信していた。奇妙なことだが、あの病人、死にかけた人物、ミニが生命の力に対するぼくの信頼を回復させてくれた。論理的に言えば、その逆のほうが筋が通っているのだろう。ぼくはミニが大いに気に入った。でも有名な話だが、ぼくは病人やけが人を助けたがる傾向を持つ。病傷者に引き寄せられてしまう。精神分析医たちが何年も前に告げたように、ぼくはそれをやめなきゃいけない。それと、あともう一つのことを。

ケヴィン曰く「なんとも見極めがつけられない」

「そうだよな」とぼくも同意した。ぼくたちは本当に救済者に会ったのか？　それとも単にすごく頭のいい少女に会っただけなのか？　しかもその少女は、ひょっとしたら自分たちの映画や音楽と関連したすさまじいでっちあげを企んでいる、きわめて狡猾なプロ三人により、荘重っぽい答えを言うようコーチングされていたのかもしれない。

「かれが取る形態としては奇妙だ。女の子というのは、これは抵抗に遭うはず。女性のキリスト。それだけでこのデヴィッドはえらくお冠だった」とケヴィン。

「あの子、自分がキリストだとは言わなかったぞ」とデヴィッド。

「でもそうなんだ」とぼく。

ケヴィンもデヴィッドも食べる手を止めてぼくをまじまじと見た。

「聖ソフィアなんだ。聖ソフィアはキリストの位格だ。当人がそれを認める認めないにかかわらず。あの子は用心してるんだよ。なんといっても、すべてを知っているんだから。人々が何を受け入れ、何を受け入れないかも知っている」

「お前はあの不気味きわまる一九七四年三月の体験があれこれあって、それを元にできるからな。あれは何かを証明している。それが本当だってことを。ヴァリスは実在する。お前はすでにそれを知っていた。かれにすでに会っていたんだ」とケヴィン。

「たぶんそうなんだろう」とぼく。

「そしてミニが知って語ったことは、君の知識と整合していた」とデヴィッド。

「ああ」とぼく。

「でも確信はないんだな」とケヴィン。

「ここで相手にしているのは、高次の先進技術だからなあ。ミニがそれを組み立てたのかもしれない」とぼく。

「それってマイクロ波送信とかその手の話か」とケヴィン。

「うん」とぼく。

「純粋に技術的な現象だってことか。すごい技術的なブレークスルーだと」とケヴィン。

「人間の心をトランスジューサーとして使い、電子的なインターフェースを使わないんだ」とぼく。

「不可能ではないな。映画でもそれは示されてた。連中がどんなことに手を出してるか、わかったもんじゃない」とケヴィンも認めた。

デヴィッドがおそるおそる言った。「ねえ、もし連中が高出力エネルギーを持っていて、それをレーザー光線みたいに長距離から放射できるんなら――」

「おれたちを殺すこともできるな」とケヴィン。

「その通り」とぼく。

「もし、連中を信用してないなんてことをくっちゃべり始めたらな」とケヴィン。

「急用でサンタアナに戻らないといけなくなったと言えばいい」とデヴィッド。

「あるいはいますぐ出発したらどう？　このレストランから」とぼく。

「荷物――着替えとか、持ってきたものすべて――は連中の家にあるんだぜ」とケヴィン。

「着替えなんか知るか」とぼく。

「何かが起こるのを恐れてるの？」とデヴィッド。

　ぼくは考えてみた。そしてやっと「いいや」と言った。ぼくはあの子を信じていた。そしてミニも信じていた。いつもそれに従うしかない。直感的な信頼、あるいは――信頼の欠如に。結局のところ、他にあてになるものなんか、実は存在しないのだ。

「ソフィアとはまた話がしたい」とケヴィン。

「ぼくもだ。答えはそこにある」とぼくも言った。

ケヴィンはぼくの肩に手を置いた。「こういう言い方はアレだけどな、フィル、おれたち本当に大きなヒントをすでに得ているんだ。あの子供は一瞬でお前の心を晴らした。お前、自分が二人の人物だと信じるのをやめたじゃないか。ホースラヴァー・ファットが別人だと信じるのをやめたよな。これはグロリアが死んで以来の長い年月、どんなセラピストも療法も実現できなかったことなんだ」

デヴィッドも優しい声でいった。「ケヴィンの言う通りだよ。ぼくたちみんな願い続けてはいたけれど、でも君はまるで——なあ？　まるで絶対に治りそうにない様子だったんだ」

「『治る』」とぼくは言った。「彼女はぼくを治したんだ。ホースラヴァー・ファットをではなく、ぼくを治したんだ」二人の言う通りだった。癒やしの奇跡が起きて、みんなそれが何を示すかわかっていた。ぼくたち三人は理解していた。

「八年だ」とぼく。

ケヴィンは言った。「その通り。おれたちがお前と知り合う前から。八年にもわたる、長いクソッタレな年月にも及ぶ、阻害と苦痛と探索とうろつきの日々だぜ」

ぼくはうなずいた。

心の中で声が、これ以上何を知る必要があるんだい、と尋ねた。

それはぼく自身の思考だった。かつてホースラヴァー・ファットだったものがぼくに再び戻り、推論しているのだ。

「フェリス・F・フレマウントが復帰しようとするのはわかるよな。フレマウントは、あの子――あるいはあの子が代弁しているもの――に転覆されたけど、復活しようとしている。決してあきらめない。この戦闘には勝っても戦いはまだ続いているんだ」デヴィッドが言った。「あの子なしには――」

「ぼくたちは負ける」とぼく。

「その通り」とケヴィン。

「あと一日残ろう。もう一度ソフィアと話をさせてもらおう。あと一回だけ」とぼく。

「いい計画だと思うぜ」とケヴィンも喜んでいた。

小集団リピドン協会は合意に達した。会員三人全員が。

＊

翌日の日曜日、三人は自分たちだけで他にだれも同席せずあの子と会わせてもらえることになった。ただしエリックとリンダは、この遭遇をテープ録音するよう要求はした。ぼくたちは唯々諾々《いいだくだく》と従った。他に選択肢はなかったからだ。

その日は暖かい日差しが地を照らし、まわりに集まった動物たちは霊的な信奉者たちのような雰囲気を与えていた。動物たちは聞き、聴き取り、理解しているような気がした。「エリックとリンダ・ランプトンの話がしたいんです」とぼくは、本を開いてすわっている少女に言った。

「あたしを尋問することはできません」と彼女。

「あの二人について尋ねてはいけないの？」とぼく。

「二人は病気なの。でもあたしがオーバーライドしているから、だれにも危害は加えられない」とソフィアは、大きな黒い目でぼくを見上げた。「すわって」

みんなおとなしく彼女の前にすわった。

「あなたたちに、協会用のモットーもあげたわ。名前もあげました。こんどは任務をあげましょう。世界に出て行って、あたしがこれから課するケリュグマを伝えるのよ。聞きなさい。あたしが伝えるのは、真に、本当に真に、邪悪の日々は終わり、人の息子が審判の座につくということなの。これは太陽そのものが上るのと同じくらい確実に起こるわ。残忍な王は努力するけど、その狡猾さもむなしく負けるわ。負けるの。負けたわ。必ず負けるし、かれの側に着く人々は闇の穴に入って永遠にそこにとどまるのよ。

あなたたちが教えるのは人の言葉。人は聖なる存在で、真の神様、真の生き神様は人自身なのよ。あなたたちは、自分自身以外に神様はまったく持たない。他の神々を信じる日々はいまや終わったし、永遠に終わったの。

あなたたちの生命の目標が実現されたのよ。あたしがやってきたのはそれを伝えるためなの。恐れないで。あたしが守るから。従うべき規則は一つだけ。あたしを愛し、あたしがあなたたちを愛するように、あなたたちもお互いを愛しなさい。というのもその愛は真の神様、つまりはあなたたち自身から発するものだから。

審判と錯乱と悲嘆の日々がこの先にやってきます。というのも残忍な王、涙の王は力を手放そうとはしないから。でもあなたたちは、王から力を奪うことになります。あたしの名前においてそうする権限を与えるわ。ちょうど昔、あの残忍な王が世界の慎ましい人々を支配し破壊し挑んでいたときに、一度すでにその権限を与えたように。

あなたたちの戦った戦闘はまだ終わっていませんが、癒やしの太陽の日々がやってきました。邪悪はひとりでに死んだりはしません。というのもそれは、自分が神様を代弁しているつもりだから。多くの人が神様を代弁していると主張するけれど、神様は一つしかなく、その神様とは人間自身なの。

だから保護して守る指導者たちは生き延びます。それ以外は死ぬの。圧政は四年前に終わり、一時的に復活します。この期間中は辛抱強くして。あなたたちにとっては試練の時だわ。でもあたしがあなたたちと共にあり、そして試練が終わったらあたしが審判の席にすわって、あたしの意志に応じて一部は墜ち、一部は墜ちません。そのあたしの意志は父からあたしにやってくるもので、その父にみんなは戻り、いっしょに戻るのよ。

あたしは神様じゃありません。人間です。子供です。父の子、叡智それ自体の子です。あなたたちはいまや、自分の中に叡智そのものの声を抱えています。ですからあなたたちは叡智なんです。それを忘れてしまったときでさえも。でも忘れているのもあとわずかです。あたしがそこにいて、あたしが思い出させてあげる。

叡智の日々と叡智の支配がきたのよ。力の日々、叡智の敵である力の日々は終わります。力と叡智は世界の二つの原理です。力はその支配を終えて、いまやその出自である闇の中に向かい、叡智だけが支配するの。

力に従う人々は、力が屈服するにつれて屈服することになります。

叡智を愛して彼女に従う者は太陽の下で繁栄します。忘れないで、あたしがいっしょだから。あたしがこれからあなたたち一人一人の中にいるから。必要なら監獄にまであなたたちといっしょに行くわ。法廷であなたたちを弁護してあげる。弾圧がどんなものであれ、あたしの声は地上で聞かれるのよ。

恐れないで、声をあげれば叡智が導いてくれるわ。恐怖から沈黙すれば叡智はあなたを離れてしまう。でもみんな恐れは感じないわ。叡智自身があなたの中にいて、あなたと彼女は一体だから。

これまであなたたちは、自分自身の中で孤独だったわね。これまであなたたちは孤立した人間だったの。いまのあなたたちは、決して病気にもならず失敗もせず死にもしない伴侶がいる。永遠なるものと結びついて、癒やす太陽それ自体のように輝くのよ。あなたが死んだら、あたしは気がついて世界に戻ったら、あたしが日々導いてあげる。あなたたちがやってきて、そして拾いにきてあげる。腕に抱えて家に連れ帰ってあげる。あなたたちがやってきて、そして戻っていく家にね。

あなたたちはここでは異人だけれど、あたしにとってはちっとも異人じゃない。最初からあなたたちのことは知っていた。ここはあなたたちの世界じゃなかったけれど、でもあたしがそれをあなたたちの世界にしてあげる。あなたたちのために変えてあげるわ。恐れないで。あなたたちを攻撃するものは消え去り、あなたたちは繁栄するわ。

こうしたことが実現するのよ。なぜならあたしは、父に与えられた権威をもって語るから。あなたたちが真の神様であなたたちが生き延びるのよ」

そして沈黙があった。ソフィアはぼくたちに話すのをやめた。

「何を読んでるの？」とケヴィンは本を指さした。

少女は言った。「『形成の書』。読んであげるわね。聞いて」彼女は本を下に置いて閉じた。「『神様はまた片方をもう片方に対立させて置いた。善を邪悪に対立させ、悪を善に対立させた。善は善から発し、悪は悪から発する。善は悪を浄め、悪は善を浄める。善は善のために保存され、悪は悪い者のために保存される』」ソフィアはしばらく口を止めてから、こう言った。「これはつまり、善は悪を、悪がなりたくないものにしてしまうということなのよ。でも悪は善を、善のなりたくないものにすることはできないの。悪はその奸計にもかかわらず、善に奉仕するのよ」。そして彼女は何も言わなくなった。だまって、動物たちとぼくたちといっしょにすわっていた。

ぼくは言った。「ご両親について教えてくれない？　つまり、ぼくたちがどうすればいいのか知るためには――」

ソフィアは言った。「あたしが送り出すところにどこへでも行けば、何をすべきかはわかるわ。あたしがいない場所はない。ここを去るとき、あなた方はあたしに会わないけれど、でも後で再びあたしに会うわ。

あなたたちにはあたしが見えないけれど、あたしは常にあなたたちを見る。あたしは絶え間なくあなたたちを心に留めているの。だから知っていようといまいと、あたしはあなたたちと共にあるのよ。でも言っておくわ、あたしが共にあることを知りなさい。もし圧政者があなたたちを監獄に入れれば、そこにすらあたしは下るでしょう。

これ以上言うことはない。おうちにお帰りなさい。そして必要になったときにあたしが指示を出すわ」と彼女はぼくたちに微笑んだ。

「君いくつだっけ？」とぼく。

「二歳よ」

「それがこんな本を読んでるの？」とケヴィン。

ソフィアは言った。「真実を、まったくの真実から語るけれど、あなたたちのだれ一人としてあたしを忘れないわ。そしてあなたたちみんな、再びあたしに会うと言っておくわ。あなたたちがあたしを選んだんじゃない。あたしがあなたたちを選んだの。あたしがあなたたちをここに呼び寄せたのよ。四年前にあなたたちを呼んだのよ」

「オッケー」とぼく。そうなるとその呼びかけは一九七四年ということになる。

「あたしが何を言ったかランプトン夫妻に聞かれたら、これから作るコミューンについて話したと言いなさい。あたしが夫妻からあなた方を遠ざけたことは言わないで。でも夫妻からは離れなければいけない。これがあなたたちの答えよ。今後あの二人とは一切関わり合いにならない」

ケヴィンは、ドラムが回っているテープレコーダを指さした。

「二人がこれを再生したときに聞こえるのは『形成の書』だけよ。他は何も聞こえない」

すげえ、とぼくは思った。

そして彼女を信じた。

「あなたたちを見捨てはしないわ」とソフィアは繰り返し、ぼくたち三人ににっこりした。

ぼくはそれも信じた。

＊

三人が家に戻る途中で、ケヴィンが言った。「いまのは全部、ただの聖書からの引用だったのか？」

「いいや」とぼく。

デヴィッドも賛成した。「ちがう。新しいものがあった。ぼくたちが今や自分自身の神様だという部分。いまや自分自身以外のどんな神性をも信じる必要はない時代が来たという部分」

「なんと美しい子供だろう」ぼくは、彼女がぼく自身の息子クリストファーをすごく連想させることについて思い巡らせていた。

デヴィッドが囁くように言った。「彼女に会えて、ぼくたちみんなとても幸運だ」。そしてぼくに向き直って言った。「あの子はぼくたちと共にある。そう言ったよね。ぼくはそれを信じる。あの子はぼくたちの中にいる。ぼくたちは孤独ではなくなる。これまで気がついていなかったけれど、ぼくたちは孤独だ。だれもが孤独なんだ――これまでは孤独だったたってことね。今までは。あの子は全世界に広がっていくってことだろ？　いずれは万人に。その皮切りがぼくたちで」

ぼくは言った。「リピドン協会は会員四人。ソフィアとぼくたち三人」

「それでも大した数じゃないなあ」とケヴィン。

ぼくは言った。「芥子の種は、実に大きな木になって鳥がそこにたくさん巣を作るんだろ」

「いい加減にしろよ」とケヴィン。

「なんだよ」とぼく。

ケヴィンは言った。「荷物をまとめてここを出ないと。あの子がそういった。ランプトン夫妻はイカレきったトンデモきわまるガイキチどもだ。いつおれたちをブチ殺すやもわからん」

「ソフィアが守ってくれる」とデヴィッド。

「二歳の子供だぜ？」とケヴィン。

ぼくたち二人はケヴィンをにらんだ。

「わかったよ、二千歳の子供だよな」とケヴィン。

デヴィッドは言った。「救済者を冗談のネタにできるのは君くらいのもんだ。死んだネコについて質問しなかったのには驚いたね」

ケヴィンは動きを止めた。本当の啞然とした怒りの表情が顔に浮かんだ。明らかに聞くのを忘れていたのだ。チャンスを逃してしまったのだ。

「聞いてくる」とケヴィン。

デヴィッドとぼくは、ケヴィンを無理矢理引きずり戻した。

「本気なんだからな」とケヴィンは怒りをこめて言った。

「どうしたんだよ」とぼく。三人は足を止めた。

「もっとあの子と話がしたいんだ。ここから出て行ったりしないぞ、ちくしょう。戻るんだ――放せったら畜生めが！」

「だから、あの子がもう行けって言ったじゃないか」とぼく。

「そしてあの子はぼくたちの中にいて語りかけてくれるんだ」とデヴィッド。

「みんなあのＡＩ声を聞くんだ」とぼく。

ケヴィンは荒々しい調子で言った。「そしてレモネードの泉とグミキャンデーの木もそこらに生えてきます、と。戻るったら戻る」

前方に、エリックとリンダ・ランプトンが大邸宅から姿を現し、こちらに歩いてきた。

「対決の時だぜ」とぼく。

「ええい、クソッ」とケヴィンは思い詰めたように言った。「それでも戻る」そして身をふりほどくと、来た道を引き返した。

「首尾は上々？」とリンダ・ランプトンは、夫といっしょにデヴィッドとぼくのところまで来て言った。

「上々」とぼく。「何の話をしたんだい？」とエリック。

「コミューンです」とぼく。

「それはすてき」とリンダ。「ケヴィンはなぜ戻ったの？　ソフィアに何を言うつもり？」

デヴィッドが言った。「死んだネコがらみのことなんです」

「ここに来るように言ってくれ」とエリック。

「なぜ？」とぼく。

「コミューンと君たちとの関係について話し合うんだ。私たちの意見では、リピドン協会は大コミューンの一部となるべきだ。ブレント・ミニがそう提案したんだ。本当に話し合ったほうがいい。君たちなら受け入れられる」とエリック。

「ケヴィンを呼んでくる」とデヴィッド。

「エリック、ぼくたちサンタアナに戻ります」とぼく。

「コミューンへの参加方法について話し合う時間はあるわ。カリフォルニア航空のフライトは今夜八時よね。いっしょに夕食を食べましょう」とリンダ。

エリック・ランプトンは言った。「ヴァリスが君たちをここに召喚した。君たちがここを離れるのは、ヴァリスが君たちにその用意ができたと思ったときだ」

「ヴァリスはぼくたちがここを離れる用意ができたと思っています」とぼく。

「ケヴィンを呼んでくる」とデヴィッド。

エリックは言った。「私が呼んでくる」そしてデヴィッドとぼくの横を通り、ケヴィンと少女の方向に向かった。

リンダは腕組みをして言った。「まだ南に戻れないわよ。ミニがいろいろなことを話し合いたがってるの。あの人に残された時間は短いのを忘れないで。急速に衰弱しているのよ。ケヴィンは本当に死んだネコの話なんかソフィアにしてるの？　死んだネコの何がそんなに重要なの？」

「ケヴィンにとってあのネコはとても重要なんです」とぼく。

デヴィッドも合意した。「その通り。ケヴィンにとって、あのネコの死は宇宙のまちがったところすべてを表しているんです。あいつはソフィアがそれを説明してくれると考えているんです。つまり、宇宙のまちがったところすべてを——不当な苦悶や喪失を」

リンダは言った。「絶対に死んだネコの話なんかしてるはずないと思うんだけど」

「本当にしてます」とぼく。

デヴィッドは言った。「ケヴィンをご存じないんです。別の話をしているのは、やっと救済者と話ができたからかもしれませんけど、でも死んだネコはその話の大きな論点になってます」

「ケヴィンのところへ行ったほうがいいわね。もうソフィアには十分話したでしょうって。あなたたちがここを離れる用意ができたとヴァリスが思ってるってのはどういうこと？

ソフィアがそんなことを言ったの？」

頭の中で声が語った。放射が気に障るんだと言いなさい。ホースラヴァー・ファットが一九七四年三月以来聞いてきたＡＩの声だった。ぼくもそれがわかった。

「放射が」とぼく。「それが――」ぼくはためらった。いまの短い文章がだんだん理解できた。「かなり目がくらんでるんです。ピンク光線が一条、ぼくに当たったんだ。太陽だと思う。すると、帰るべきだと気がついたんです」

「ヴァリスが直接情報をあなたに投射したのね」とリンダは即座に、警戒するように言った。

わからないと言うのよ。

「わからない。でもその後で気分が変わった。まるで南部のサンタアナで、何かやるべき重要なことがあるように感じたんです。他にも知り合いはいる……リピドン協会に参加してもらえる人は他にもいるんだ。その人たちもコミューンにくるべきだ。ヴァリスがその人たちに幻視をもたらした。そしてぼくたちのところに説明を求めてやってくる。映画の話をして、マザー・グースの作った映画を観たと言ったんです。みんなあの映画を観て、いろいろそこから得ている。ぼくたちが把握しているつもり以上の人々が『ヴァリス』を観に行っているんです。それが友人たちに話をしているはず。ハリウッドでのぼく自身のコンタクト――知り合いのプロデューサーや役者、特に金回りの連中――はぼくの指摘にとても興味を持っている。特に、マザー・グースの別の映画にお金を出しそうなMGMのプロデューサーが一人いる。高予算の映画をね。すでに出資者を集めているとか」

自分でも淀みない話しぶりに驚いた。どこからともなくやってくるようだ。しゃべっているのはぼくではなく、だれか別人のように思えた。リンダ・ランプトンに何を言うべきかズバリ知っているだれかだ。

「そのプロデューサー、何て人？」とリンダ。

「アート・ロッコウェイ」とぼくは言った。その名前は、待ち構えていたかのように、いきなりぼくの頭の中に浮かんだのだった。

「どんな映画をやった人？」とリンダ。

ぼくは言った。「ユタ州中央部の大半を汚染した核廃棄物の映画。二年前に新聞で報道された惨事だけれど、テレビは怖がって扱わなかった。政府に圧力をかけられたから。羊が一斉に死んだところ。真相を隠蔽するため、神経ガスのせいだという話になったんだ。ロッコウェイは、当局による計算ずくの無関心をめぐる真相をあらわにした、硬派の映画を作ったんです」

「主演は？」とリンダ。

「ロバート・レッドフォード」とぼく。

「まあ、それなら興味が持てそうね」とリンダ。

「だから南カリフォルニアに戻るべきなんです。ハリウッドでいろいろ相談したい人がいる」とぼく。

「エリック！」とリンダが呼びかけた。ケヴィンといっしょにいる夫に近寄った。エリックは今やケヴィンの腕をつかんでいる。

ぼくに視線を向けてデヴィッドは、後を追おうという合図をした。三人でいっしょに、ケヴィンとエリックに近づいた。ほど近いところで、ソフィアはこちらを無視していた。自分の本を読み続けていた。

ピンクの光が一閃して目がくらんだ。

「ああ神様」とぼく。

目が見えなかった。おでこが痛み、爆発しそうに脈打っていて、ぼくは手を当てた。

「どうしたんだ？」とデヴィッド。掃除機のような低音のハミングが聞こえた。目を開いたが、まわりを漂うのはピンクの光だけだった。

＊

「フィル、だいじょうぶか？」とケヴィンが言った。

ピンクの光が弱まった。ジェット機内でぼくたちは三つのシートにすわっていた。だが同時に、ジェット機のシートや壁、他の乗客に重なって、茶色い乾燥した草原、リンダ・

ランプトン、ほど近い家があった。二つの場所、二つの時間。

「ケヴィン、いま何時だ?」とぼく。ジェット機の窓の外は、暗闇しか見えなかった。乗客たちの頭上の機内照明は、ほとんどが点灯していた。夜だ。だが茶色い草原とランプトン夫妻、ケヴィンとデヴィッドの頭上には明るい日光が降り注いでいた。ジェットエンジンのうなりが続いていた。自分が少し揺らぐのが感じられた。飛行機が向きを変えているのだ。いまや、窓からははるか遠くの明かりが見えた。ロサンゼルス上空なのか。それでも暖かい昼間の太陽がまだぼくには降り注いでいた。

「あと五分で着陸だ」とケヴィン。

時間の機能不全だ、と気がついた。

茶色い草原が薄れて消えた。エリックとリンダ・ランプトンが薄れて消えた。日差しが薄れて消えた。まわりでは飛行機が存在感を増した。デヴィッドはT・S・エリオットのペーパーバック本を読んですわっている。ケヴィンは緊張しているようだった。

「もうすぐ着くぞ。オレンジ郡空港だ」とぼく。

ケヴィンは何も言わなかった。背を丸めて考え込んでいるようだった。

「行かせてもらえたのか?」とぼく。

「なんだって?」ケヴィンは苛立ったようにぼくを見た。

「いましがたそこにいたばかりなんだ」。そう言うぼくの心に、だんだんこれまでの出来事の記憶が浸透してきた。ランプトン夫妻とブレント・ミニの抗議——特にミニ。みんなぼくたちに、行かないよう懇願したけれど、それでもぼくたちは離れた。そしてこうして帰りのカリフォルニア航空便に乗っている。もう安全だ。

ミニとランプトン夫妻による、二叉式の圧迫があった。

「外の人にはだれも、ソフィアのことは言わないわよね?」とリンダは不安そうに言った。「あなたたち三人とも、沈黙の誓いを交わしてくれる?」もちろんみんな同意した。この不安が二叉の片方、否定的なものだ。もう一つは肯定的な促しだった。

「こう考えて欲しいんだ」とエリックは、ミニの後押しを受けて言った。ミニは小さいとはいえリピドン協会が、ここを離れることに決めたということで、本当に落胆しているように見えた。「これは人類史上最も重要な出来事なんだ。君たち、取り残されたくはないだろう? それに何と言っても、ヴァリスが君たちを選びだしたんだからな。あの映画については文字通り何千通も手紙をもらうけれど、君たちのようにヴァリスから接触を受け人は、ちらほらとごくわずかいるだけなんだ。私たちは特権集団なんだよ」

「これはお召しなんだ」とミニは、ほとんど懇願するようにぼくたち三人に言った

「そう」とリンダとエリックも繰り返した。「これは人類が何世紀も待ち続けていたお召しなんだ。『黙示録』を読もう。選ばれた者について何と書いてあるか読んでくれ。私たちは神の選民なんだ!」

「そうなんでしょうねえ」とぼくは、レンタカーを置いたところで車を下ろしてもらったときに言った。ジーノズの近く、ソノマの脇道で長時間駐車できるところだった。

ぼくに近づいて、リンダ・ランプトンは肩に手を置き、口にキスした——それも熱烈に、そしてかなりの、いや大量のエロチックな情熱をこめて。「戻ってきてね」と彼女はぼくの耳に囁いた。「約束してよ？　これはあたしたちの未来なのよ。それを手にしているのはごくわずかな人、とてもとてもわずかな人だけなの」。これを聞いてぼくは思った。ネーチャン、それってどうしようもないくらいまちがってるぜ。これは万人のものなんだ。

というわけで、ぼくたちは家につく目前だった。それもヴァリスから重要な支援を受けたおかげだ。あるいは、ぼくとしてはむしろ、聖ソフィアの支援を受けたと思いたい。そういう考え方をすることで、心の中の関心はあの少女ソフィアが、動物たちや本といっしょにすわっている光景に向かうからだ。

オレンジ郡空港で荷物が出てくるのを待っているとき、ぼくは言った。「あの連中、厳密にはぼくたちに完全に正直じゃなかった。たとえば、ソフィアの言行はすべてオーディオとビデオテープに録ってあると言ってたよな。でもそうじゃなかった」

ケヴィンは言った。「それはわからんぞ。いまや遠隔で使える、高度な監視システムはあるからな。こっちからは見えなくても、そういう装置の範囲内にあったのかもしれない。ミニは本当に額面通りの人物だから。電子ハードウェアの達人なんだ」

ミニ、ヴァリスをもう一度体験するためなら死んでもいいと思っていた人物か。ぼくはどうだろう？　一九七四年にぼくはヴァリスを体験した。その後ずっと、ぼくはかれが戻ってくるのを渇望していた——骨の髄からそれを願っていた。心と同じくらい、いやそれ以上に、身体がその渇望の痛みを感じていた。だがヴァリスは慎重に振る舞うのが正しかったんだ。それは人間の生命に対する配慮を示すものだ、かれがぼくになかなか再び姿を見せようとしなかったのは。

だって最初の遭遇で、ぼくはほとんど死にかけたんだから。ヴァリスをもう一度見ることもできたが、ミニの場合と同じく、それでぼくは死んでしまうだろう。そしてそれはいやだった。やるべきことがまだありすぎた。

やるべきことって、ズバリなんだろう？　わからない。だれも知らなかった。すでにぼくは頭の中にあのAIの声を聞き、そして他の人もその声を聞き、その数はますます増える。ヴァリスは、生きた情報として世界に浸透し、人間の脳内で複製され、人々と相互作用して、交接結合して支援し、導く。これはサブリミナルな水準、つまりは目に見えない形で行われる。人はだれしも、自分が交接結合したのかどうか、その共生状態がフラッシュポイントに達するまで確信できない。他の人々との集合においても、相手にしているのがやはりホモプラスマテなのかそうでないかは、だれにもわからないのだ。

古代の、秘密の合い言葉や身振りのようなものが復活するかもしれない。いやすでに復活している可能性のほうが高い。握手の途中で、一本の指で二つの交差する円弧を描く。素早く魚の徴を表現するわけだ。握手する二人以外にはだれにも見分けられない。

ふとある出来事を思い出した——出来事以上のもので、息子クリストファーに関係している。一九七四年三月にヴァリスがぼくを支配したとき、つまりぼくの心を操作していたとき、ぼくはクリストファーを不死人の地位へと迎え入れる複雑な参入儀式を正確に行ったのだった。ヴァリスの医学知識はクリストファーの物理的な生命を救ったが、ヴァリスはそこで止めたりはしなかった。

これはぼくが宝物にしている体験だった。まったくこっそりと行われ、息子の母親からさえ隠されていた。

まずぼくはココアをコップに作った。そして、いつも通りのやり方でホットドッグをパンにはさんだ。

クリストファーの部屋でいっしょに床にすわって、ぼく——あるいはぼくの中のヴァリスがぼくとして——はゲームを行った。まず、冗談めかしてココアのコップを息子の頭上に掲げた。そして、まるで偶然のように、暖かいココアを息子の頭にこぼし、髪に浴びせた。ゲラゲラ笑ってクリストファーは、液体をぬぐい去ろうとした。ぼくはもちろん手伝った。そして息子のほうに身をかがめてこう言った。

「息子、父、精霊の名において」

クリストファー以外、だれもそれを聞かなかった。さて、暖かいココアを髪からぬぐう間に、ぼくは十字の徴を額に刻んだ。今や洗礼をほどこして、堅信もほどこしたわけだ。これは教会の権威によって行ったのではなく、ぼくの中に生きる生きたプラスマテ、つまりヴァリス自体の権威によって行ったのだ。次にぼくは息子にこう言った。「お前の秘密の名前、お前のクリスチャン名は――」そして、それが何であるかを告げた。それを知るのは息子とぼくだけ。息子とぼくとヴァリスだけだ。

次に、ホットドッグのパンからかけらをちぎって、それを掲げた。息子は――まだ赤ん坊というのが実態だ――小さな鳥のように口を開けたので、パンのかけらをそこに入れた。ぼくたち二人は、食事を共有しているかのようだった。ごく普通の単純な共同の食事だ。なぜか、息子がホットドッグの肉自体からは一口も食べないのが肝心――きわめて重要――に思えた。豚肉はこうした状況で食べてはいけない。ヴァリスはこの喫緊の知識でぼくを満たした。

クリストファーが口を閉じてパンのかけらを噛むと、ぼくは暖かいココアのコップを差し出した。驚いたことに――息子はあまりに幼くて、まだいつもは哺乳瓶を使っており、コップから飲んだことはなかったのだ――熱心にコップに手を伸ばした。そして受け取って唇に持ち上げ、そこから飲んだので、ぼくはこう言った。

「これは我が血、これは我が肉体」幼い息子は飲み、ぼくはコップを取り戻した。高次の秘蹟が実現されたのだ。洗礼、堅信、そしてあらゆる中で最も聖なる秘蹟、聖餐式だ。主の晩餐の秘蹟。

「我らが主イエス・キリストの血は、汝のために流されたものであり、汝の肉体と魂を永遠の命へと保存する。キリストの血が汝のために流されたことを忘れぬようこれを飲み、感謝しなさい」

この瞬間が最も荘厳なものだ。司祭自身がキリストとなったのだ。自分の肉体と血を、聖なる奇跡により信者たちに与えるのはキリスト自身なのだ。

ほとんどの人は、化体の奇跡において葡萄酒（または暖かいココア）が聖なる血となり、聖餅（またはホットドッグのパンのかけら）が聖なる肉体になることは理解しているが、教会内部の人々ですら、目の前でコップを掲げる人物が、いまそこに生きる主なのだということは認識していない。時間が克服されたのだ。ぼくたちは二千年近くさかのぼる。アメリカのカリフォルニア州サンタアナにいるのではなく、CE三五年頃のエルサレムにいるのだ。

一九七四年三月に古代ローマと現代カリフォルニアの重ね合わせを見たときに見たのは、通常は信仰の内なる目でしか見られないものを実際に目撃したということなのだ。

ぼくの二重露出体験は、ミサの奇跡が文字通り――単に比喩的ではなく――真実であることを裏付けたのだ。

ぼくはあの日にそこにいた、使徒たちが最後にテーブルについたときに。ぼくを信じるかもしれない、信じないかもしれない。Sed per spiritum sanctum dico; haec veritas est. Mihi crede et mecum in aeternitate vivebis.

ぼくのラテン語はたぶんへたくそだが、なんとか言いたいのはこういうことだ。「だがぼくは精霊の手段を通じて語る。これは事実だ。信じなさい、そうすれば君はぼくと共に永遠に生きる」

荷物が出てきた。荷物タグの控えを制服警官にわたし、十分後には高速道路上で、サンタアナと家に向かって運転していた。

第13章

運転しつつケヴィンは言った。「疲れたよ、ぐったりだ。まったくこの渋滞はどうなってんだ！　なんでみんな55号線を走ってるんだ！　どっから来やがった！　どこへ行く気だ！」

ぼくは自分でも思った。ぼくたち三人はどこに行くんだろう、と。

救済者に出会い、そして八年にわたる狂気のあげく、ぼくは癒やされた。うん、これをすべて週末一回で実現したってのは大したもんだ……加えて、この世で最もイカレまくった人物三人から無事に逃げおおせたんだし。

自分自身が信じているナンセンスをだれか他の人が口走ると、それがナンセンスだとすぐにわかるというのは驚くべきことだ。フォルクスワーゲンラビットの中で、リンダとエリックが別の惑星からきた三つ目人の話をわめきたてるのを聞きつつ、ぼくはそいつらがイカレてるのがわかった。するとぼくもイカレてることになる。そう認識するとぼくは怯えた。あいつらと自分自身についての認識だ。

飛行機で北部にいったときは狂っていたのに、戻ってきたときには正気だったが、それでもぼくは自分が救済者に会ったと信じていた……それも黒髪と厳しい黒い目をした少女の形を取り、これまで会ったどんな大人よりも知恵をもってぼくたちと対話した。そして立ち去ろうとする試みを妨害されたとき、少女――またはヴァリス――が介入した。

デヴィッドが言った。「ぼくたちには使命がある。進んで――」

「それで？」とケヴィン。

「道々、あの子が教えてくれるよ」とデヴィッド。

「そんなことがあればブタが口笛吹くぜ」とケヴィン。

デヴィッドは強硬な口調となった。「いいか、フィルはよくなったじゃないか、それも会って以来――」そこで口ごもった。

「ぼくと知り合って以来初めて」とぼくは文章を終えた。

デヴィッドは言った。「あの子はフィルを治した。治す力はメシアの物質的存在を示す絶対確実な徴なんだ。君だってそれは知ってるだろう、ケヴィン」

「だったらセントジョセフ病院がここらで最高の教会ってことだな」とケヴィン。

ぼくはケヴィンに言った。「それでソフィアに死んだネコの話はできたのかよ？」ぼくはこれを、嫌みのつもりで言ったのだった。だがケヴィンは驚いたことにこちらを向いて、まじめな顔でこう言った。

「うん」

「それで何だって？」とぼく。

ケヴィンは深く息を吸い、ハンドルを強く握りしめた。「**おれの死んだネコは……**」そこで口を止め、それから声を張り上げた。「**おれの死んだネコはバカだったとさ**」

笑わずにはいられなかった。デヴィッドもそうだ。だれもケヴィンにそう答えようとは思いつかなかった。ネコは車を見てそこに飛び込んだのであって、逆ではなかった。ボーリングのボールのように、車の右前輪の前にまっすぐ走って行ったのだ。

「宇宙にはとても厳しい規則があるんだとさ。だからあんな種類のネコ、走っている車の前に頭から駆け込むような種類は、長生きできないんだと」

「うん、現実的に言えばまさにその通りだなあ」とぼく。

ソフィアの説明と、故シェリーの説明とを対比させるとおもしろい。シェリーは敬虔にもケヴィンに対し、神様はあのネコをあまりに愛していた——本気で——ので、ケヴィンのネコがケヴィンと共にあるのではなく神様たる自分と共にあるように、奪い去るのが正当だと考えたのだ、と告げたのだった。これは二十九歳の男にする説明じゃない。ガキをごまかすときの説明だ。それもかなり小さいガキに。そして小さいガキですら、そんなのがデタラメなのはすぐにわかる。

ケヴィンは続けた。「でもおれは言ったんだよ。『なぜ神様はおれのネコを賢くしてくれなかったんだ』って」

「お前、まさか本気でそんな会話をしたってのか？」とぼく。

諦めた様子でデヴィッドは言った。「たぶんそのまさかだよ」

「おれのネコがバカだったのは、神様がバカに作ったからだろう。だからそれは神様の落ち度であって、おれのネコの落ち度じゃない」

「いまのを彼女に言ったわけか」とぼく。

「うん」とケヴィン。

ぼくは怒りを覚えた。「この嫌みなクソッタレめが——救済者に会ったってのに、くだらんネコのことをわめきたてるしかできないときた。お前のネコなんか死んでよかったよ。いい、みんなお前のネコが死んでよかったと思ってる。だから黙ってろってんだ」怒りのあまり、身震いしたほどだった。

「落ち着けよ。いろいろあったんだから」とデヴィッドがつぶやいた。

ケヴィンはぼくに言った。「あの子は救済者じゃない。おれたちみんな、お前と同じくらい狂ってるぞ、フィル。連中は北で狂ってる。おれたちはここで狂ってる」

デヴィッドが言った。「だったら二歳の女の子がどうしてあんな——」

ケヴィンは叫んだ。「あの子の頭に電線をつないであるんだよ。その反対側にはマイクがついてる。しゃべってるのはだれか他のやつだ」

「一杯やらずにはいられない。ソンブレロストリートに寄ろうぜ」とぼく。

ケヴィンは叫んだ。「お前、ホースラヴァー・ファットだと思い込んでいたときのほうが好感が持てたよ。あいつは好きだったね。お前ときたら、おれのネコ並のバカだ。バカは死ぬってんなら、なんでお前が死んでないんだよ？」

「お前、それを手配してくれるつもり？」とぼく。

「明らかにバカは生存に有利な性質らしいな」とケヴィンは言ったが、そこで声は沈み、いまやほとんど聞こえないくらいになった。「もうわからんよ。『救済者』。なぜこんなことが？　おれのせいだ。おれが『ヴァリス』を観に連れ出した。マザー・グースなんかと関わりを持たせちまった。マザー・グースが救済者を生むなんてあり得ると思うか？このすべて、少しでもあり得るようなことか？」

「ソンブレロストリートに寄ろう」とデヴィッド。

「リピドン協会は酒場で会合を持つ。それがわしらの使命でございい。酒場にすわって飲む。そうすりゃ世界が救われるのもまちがいないな。だいたい、そもそも何で救わにゃならんのだよ」とケヴィン。

その後だれも口をきかず運転を続けたが、それでも結局ソンブレロストリートには行き着いた。リピドン協会の多数派がそれに賛成したからだ。

自分と意見を同じくする人々が、コウモリのクソにも勝るポンコツだというのは、どう考えても悪い報せだ。ソフィア自身が（そしてこれは重要な点だ）エリックとリンダ・ランプトンは病気だと言った。それに加え、ソフィアまたはヴァリスは、ランプトン夫妻に包囲され囲い込まれかけていたときに、脱出のためのことばを与えてくれた——ことばを与えた上、その後見事に時間を操作した。

＊

ぼくはあの美しい子供と醜いランプトン夫妻とを区別できる。ぼくはこの両者をいっしょくたにしなかった。重要な点として二歳児は叡智らしきものを持ってしゃべった……メキシコビールのボトルを手に酒場にすわって、ぼくは自問した。叡智があるかどうかを判断するための、理性の基準とは何だろう？　叡智は、まさにその性質そのものからして理性的でなければならない。それは現実なるものに固定されるものの最終段階だ。賢いものと存在するものとの間には密接な関係があるが、その関係は微妙なものかもしれない。あの少女は何を語ってくれたっけ？　人間はいまや、人類自身以外のあらゆる神性の崇拝を放棄すべきだと語った。これはぼくには非理性的に見えない。それを言ったのが子供だろうと『ブリタニカ百科事典』からきたのだろうと、ぼくにはしっかりした主張に聞こえる。

しばらく前からぼくはシマウマ——一九七四年三月に目の前に顕現した存在をぼくはそ

う呼んでいる――は実は、線形の時間軸に沿ったぼく自身の自己を融合させた総体なのではないか、という見解を持っていた。シマウマ――またはヴァリス――はその人間の超時間的な表現なのであり、神様じゃない……もちろん「神様」という用語が本当に意味しており、みんなが「神様」を拝んでいるときに知らず知らず拝んでいるのが、まさにその人間の超時間的な表現ではない限り。

どうでもいいや、とぼくは疲れて思った。もう諦めた。

ケヴィンが車で家まで送ってくれた。ぼくはすぐにベッドに入り、ボロボロに疲れて漠然とした形で意気消沈していた。たぶんこの状況で何に意気消沈させられていたかといえば、ソフィアから受け取った使命がはっきりしないことだったと思う。任務があったけれど、何のためのもの？　もっと重要な点として、ソフィアは成熟するにつれて何をするつもりなんだろう？　ランプトン夫妻とそのまま暮らす？　逃げ出して、名前を変え、日本に引っ越して新しい人生を送る？

どこに姿を現すだろう？　今後長年、どこで彼女への言及を目にするだろう？　大人になるまで待たなきゃだめだろうか？　そうなると十八年かかりかねない。十八年あればフェリス・F・フレマウント（映画からの名前を使うなら）は世界を制圧できてしまう――再び。いますぐ助けが必要なのに。

でも、とぼくは思った。救済者はいつも今すぐ必要だ。後でというのは常に遅すぎる。

その晩眠りに落ちると、夢を見た。その夢でぼくはケヴィンのホンダ車に乗っていたが、運転しているのはケヴィンではなくリンダ・ロンシュタットで、しかも車はオープン式で、古代からの乗り物のようで、馬車のようだった。ロンシュタットはぼくににっこりすると歌い、そしてこれまで聞いたとの時よりも美しく歌った。その歌はこうだった。

「夜明けに向かって歩くには
　スリッパをはかないと」

夢の中でこれはぼくを大喜びさせた。ひどく重要なメッセージに思えた。翌朝目を覚ますと、まだ彼女の美しい顔と、黒い輝く目が見えた。実に大きな目で、実に光に満ち、それも不思議な黒い光で、まるで星の光のようだ。彼女がぼくに向ける視線は強烈な愛の視線だったが、性的な愛ではない。それは聖書が慈愛と呼ぶものだ。彼女はぼくを連れて車でどこに向かっていたのだろう?

翌日いっぱい、ぼくはあの謎めいたことばが何を指すのかつきとめようとした。スリッパ。夜明け。夜明けで何を連想するだろう?

参考書を調べつつ(以前ならぼくは「ホースラヴァー・ファットが自分の参考書を調べて」と書いただろう)、ぼくはアウロラというのが夜明けを人格化したラテン語だという事実に行き当たった。そしてこれはオーロラを示唆する――これはセントエルモの火、シマウマやヴァリスの取った姿のように見える。『ブリタニカ百科事典』は、オーロラについてこう説明する。

オーロラはエスキモー、アイルランド、イギリス、スカンジナビアなどの神話の歴史を通じて登場する。それは通常、超自然的な現象だと思われていた。（中略）北部ドイツの部族はオーロラに、ワルキューレ（女性闘士）の盾の文様を見て取った。

するとこれは――ヴァリスが語っていたのは――小さなソフィアが「女性闘士」として世界に突入するのだということだろうか？　そうかもしれない。

スリッパはどうだろう？　一つ連想を思いつく。それもおもしろいものだ。ピタゴラスの弟子エンペドクレスは、過去の人生を思い出したと公言し、友人たちには個人的に自分がかつてアポロだったと語っていたが、通常の意味では決して死ななかった。かわりに、黄金のスリッパ（サンダル）がエトナ火山のてっぺん近くで見つかったのだ。エンペドクレスはエリヤのように、肉体のままで天国に連れ去られたのか、それとも火山に飛び込んだかのどっちかだ。エトナ山はシチリア島の最東端部分にある。ローマ時代に「アウロラ」ということばは文字通り「東」という意味だった。ヴァリスはそれ自身と再生、つまり永遠の生命を示唆していたのか？　ぼくはひょっとして——

電話が鳴った。

それを取って「もしもし」と言った。

エリック・ランプトンの声がした。歪んで聞こえた。まるで古い根っこ、死にかけた根っこのようだ。「話があるんだ。リンダに話してもらう。ちょっと待ってて」

無言の受話器を持って立っているうちに、深い恐怖に襲われた。そしてリンダ・ランプトンの声が、平板かつ単調に聞こえてきた。あの夢は彼女と関係しているんだ、と気がついた。リンダ・ランプトン、リンダ・ロンシュタット。「どうしたんです」とぼくは、リンダ・ランプトンが言っていることがわからずに聞き直した。

「あの少女が死んだの。ソフィアが」とリンダ・ランプトン。

「どうして？」とぼく。

「ミニが殺したのよ、事故で。警察がきてるわ。レーザーで。やろうとしてたのは——」

ぼくは電話を切った。

電話はほとんどすぐさま鳴った。ぼくはそれに出てもしもしと言った。

リンダ・ランプトンが言った。「ミニはできるだけたくさんの情報を——」

「教えてくれてありがとう」とぼく。イカレた話だが、ぼくは苦い怒りを感じ、悲しみは感じなかった。

「レーザーによる情報転送を試してたの。みんなに電話してるわ。わけがわからないのよ。ソフィアが救済者なら、死ぬなんてあり得ないじゃない？」

二歳で死ぬなんて、とぼくは気がついた。あり得ない。

電話を切ってすわった。しばらくして、車を運転して歌っていた夢の女性がソフィアだったと気がついた。成長して、いずれなったはずの姿をしてたのだ。その黒い目は光と命と火で満ちている。

あの夢は彼女なりのさよならだったんだ。

第14章

新聞とテレビはマザー・グースの娘の死亡を報道した。エリック・ランプトンはロックスターだったので、当然なにやら後ろ暗い力がそこに作用していたというほのめかしが行われた。育児放棄とか、ドラッグとか、その他各種の不気味な代物だ。ミニの顔が映り、それから映画『ヴァリス』からの要塞じみたミキサーの映像が登場した。

二、三日後、みんなそれを忘れた。テレビ画面には他の恐ろしいニュースが流れた。いつもながら。西ロサンゼルスの酒場が強盗にあって店員が撃たれた。老人が不適切な養老院で死亡。サンディエゴ高速で車三台が材木車と衝突して炎上し、道路封鎖。

世界はいつも通り続いていた。

ぼくは死について考えるようになった。ソフィア・ランプトンの死ではなく、一般的な死について、そしてやがては、次第に、自分自身の死について。

実は、それを考えたのはぼくではなかった。ホースラヴァー・ファットだった。

ある晩、あいつは居間のぼくの安楽椅子にすわり、コニャックを片手に、瞑想するようにこう言った。「それが証明してくれたのは、オレたちがどのみち知っていたことでしかなかった。彼女の死がってことだぜ」

「そしてぼくたちが知ってたこととは？」とぼく。

「連中が狂ってるってこと」

「両親は狂ってた。でもソフィアはちがう」とぼく。

ファットは言った。「もし彼女がシマウマだったら、ミニのレーザー装置によるへまも事前にわかったはず、それを避けることもできた」

「もちろん」とぼく。

ファットは言った。「そうだろう。彼女はそれを知っていたし、加えて――」とぼくを指さした。勝ち誇った声だった。全面勝利の声。「それを避ける力もあった。ちがうか？フェリス・F・フレマウントを打倒できるんなら――」

「やめろよ」とぼく。

ファットは静かに言った。「最初っから要するに、高度なレーザー技術が絡んでいるだけの話だったんだよ、ミニはレーザー光線で情報を送信する方法を見つけたんだ。人間の脳をトランスジューサーとして使い、電子インターフェースを不要にする方法をね。ロシア人たちも同じことができた。マイクロ波も使える。一九七四年三月にオレはたぶんミニの送信の一つを偶然に受信しちゃったんだろう。それがオレに放射されたんだ。だからこそ血圧がやたらに上がり、動物たちが癌で死んだんだ。ミニもそれで死にかけてた。自分のレーザー実験が生み出した放射線のせいでね」

ぼくは何も言わなかった。言うことがなかった。

ファットは言った。「ごめんな。お前、大丈夫か？」

「もちろん」とぼく。

ファットは言った。「結局のところオレは彼女に話す機会がなかったんだよな、他のお前らが話したほどは。あの二回目のとき、彼女がオレたち――協会――に使命を与えたときにはいなかったんだから」

そしていまや、ぼくたちの使命はどうなるんだろう？

ぼくは言った。「ファット、お前また自殺しようとしたりしないよな？　彼女が死んだからって？」

「大丈夫」とファット。

信用できなかった。ぼくにはわかる。あいつのことは、あいつ自身よりよくわかるんだ。グロリアの死、ベスに見捨てられたこと、シェリーが死んだこと――シェリーの死後にあいつを救った唯一のものは、「第五の救済者」を探しに行こうという決意だけで、いまやその希望が潰え去った。他に何が残っているというんだ？

ファットはすべてを試した。そしてすべてが失敗した。

「またモーリスに会いに行ったらどうだよ」とぼく。

「あいつなら『本気だからな』と言うだろうな」。ぼくたち二人は笑った。『自分がこの世でいちばん望むもの十個を書くんだ。じっくり考えて書き留めるんだぞ、本気だからな！』」

ぼくは「お前、何がしたいんだ」と言った。本気だった。

「彼女を見つけること」とファット。

「だれを？」

「知らんよ。死んだ子。二度と会えない子」とファット。

そのカテゴリーに入る子はたくさんいるぞ、とぼくはつぶやいた。悪いがファット、お前の答えは曖昧すぎる。

「ワイドワールド旅行社で、あそこのお姉さんにもっと相談しよう。インドのことを。インドがそこじゃないかって気がするんだ」とファットは半ば自分に向かって言った。

「そこってどこ？」

「かれがいるところだよ」とファット。

ぼくは返事をしなかった。しても無意味だ。ファットの狂気が戻っていた。

「どっかにいるはず。いるのはわかってるんだ、いまこの瞬間に。世界のどこかに。シマウマがそう語ってくれた。『聖ソフィアが再び生まれる。彼女は――』」

ぼくは割り込んだ。「本当のことを言ってやろうか」

ファットは目をぱちくりさせた。「もちろん、フィル」

きつい声でぼくは言った。「救済者なんかいないんだよ。聖ソフィアは生まれ変わったりしない。仏陀は遊園にいない。アポロの頭領は復活しかけてなんかいない。わかったか？」

沈黙。「第五の救済者は──」ファットはおずおずと口を開いた。

「忘れろ。お前、頭おかしいんだよ、ファット。エリックとリンダ・ランプトン並に狂ってる。ブレント・ミニと同じくらい狂ってる。グロリアがシナノンビルから投身自殺して、自分を炒り卵サンドに変えた時以来、八年ずっと狂ってるんだ。あきらめて忘れろ。わかったか？お願いだから、たった一つそれだけ頼みを聞いてくれよ。ぼくたちみんなのために、たった一つその願いを聞き届けてくれって」

ファットはだまりこくってから、やっと低い声で言った。「じゃあお前、ケヴィンに同意するんだな」

「うん。ケヴィンに同意する」

「じゃあオレが続けるべき理由があるのか？」ファットは静かに言った。

「知るかよ。正直いって気にもしてない。お前の人生でお前のやることで、ぼくじゃないんだ」

「シマウマがオレにウソをつくはずがない」とファット。「『シマウマ』なんて、いねーんだよ。お前自身なんだよ。自分自身も見分けがつかないのか？　お前だ、お前しかいないんだ。応えられていない願望を、グロリアが自分でくたばってから、満たされない欲望を外に投射しただけなんだよ。その空虚を現実で埋められなかったもんで、妄想で埋めたんだよ。実りのない、無駄な、空疎な、苦痛まみれの生涯に対する心理的な補償なんだし、なんでやっといまそれを、ついにあきらめようとしないのかぼくにはわからんよ。ケヴィンのネコみたいだ。お前、バカなんだよ。最初から最後までそれに尽きるんだ。わかったか？」

「オレから希望を奪うのか」

「何も奪ってない。もともと何もなかったんだからな」

「このすべてがそうなのか？　そう思うのか？　本当に？」

ぼくは言った。「そうなのを知ってるんだよ、ぼくは」

「かれを探すべきだとは思わないのか？」

「一体全体どこを探す気だよ。どこにいるのか丸っきり、これっぽっちも見当がついてないんだろうが。アイルランドにいるかもしれない。メキシコシティにいるかもしれない。アナハイムのディズニーランドにいるかもしれない。そう――ディズニーランドで働いてるかもしれないぜ、ホウキ持った清掃人として。どうやって見分けるんだよ？　ぼくたちみんな、ソフィアが救済者だと思った。みんなそう信じたけど、それもあの子が死ぬまでだった。あの子は救済者みたいにしゃべった。証拠はすべてそろってた。徴もみんなそろってた。映画『ヴァリス』があった。二語の暗号もあった。ランプトン夫妻にミニもいた。連中の話はお前の物語とも一致した。すべてが一致していた。それがいまや、またもや死んだ女の子が、またもや箱に入って地面の中だ——のべ三人になる。三人が何の意味もなく死んだ。お前も信じた、ぼくも信じた、デヴィッドも信じた、ケヴィンも信じた、ランプトン夫妻も信じた。特にミニは信じて、信じるあまりうっかり彼女を殺してしまったほど。それがいまや終わった。そもそも始まるべきじゃなかった——ちくしょう、ケヴィンがあんな映画を観たばっかりに！　さっさと自殺でもしてこい。もうどうでもいい」

「それでもひょっとしたらオレ——」

「できない。かれを見つけたりできない。わかってるんだ。お前にもわかるように、簡単な言い方をしてやろう。お前、救済者がグロリアを蘇らせると思ったんだろ——な？　かれだか彼女だかは、そうしなかった。彼女のほうも死んだ。蘇るどころか——」ぼくはあきらめた。

「じゃあ宗教の真の名前は、死なんだ」とファット。

「秘密の名前はね」とぼくも同意した。「その通りだ。イエスは死んだ。アスクレピオスは死んだ——ミニの殺され方はイエスよりひどかったけど、だれも気にもしないよ。だれも覚えてさえいない。南仏ではカタリ派を何万人単位で殺した。三十年戦争ではプロテスタントもカトリックも何十万人死んだ——お互いに殺し合ったんだ。その真の名は死なんだ。神様じゃない、救済者じゃない、愛じゃない——死だ。ケヴィンはネコについて正しいよ。すべてはあの死んだネコにある。大審問官はケヴィンに答えられない。『おれのネコはなぜ死んだんですか？』答え『見当もつかんよ』。答えなんかない。道を渡ろうとした死んだ動物がいるだけ。ぼくらみんな、道を渡りたい動物で、でも途中でまったく気がつかなかった何かがぼくたちをなぎ倒す。ケヴィンに訊いてこいよ。『お前のネコはバカだった』。だれがネコを作った？　なぜネコをバカに作った？　ネコは殺されて学んだのか、そしてそうなら何を学んだ？　シェリーは癌で死んだことで何か学んだのか？　グロリアは何か——」

「わかったよ、もう十分」とファット。

「ケヴィンの言う通り。でかけて女とヤってこい」とぼく。

「どの女と？　みんな死んだ」

ぼくは言った。「他にもいる。まだ生きてるのが。手遅れにならないうちにヤってこい、その女が死ぬかお前が死ぬか、だれか他の人が死ぬか、人だか動物だかが死ぬ前に。お前、自分で言ったじゃないか。宇宙が非理性的なのは、その背後にある精神が非理性的だからだって。お前が非理性的なのは自分でもわかってるだろう。ぼくだって非理性的なんだ。

みんな非理性的でみんなそれをどこかの水準で知っているんだ。それについて本を書いてもいいんだが、人間の集団がぼくたちほど非理性的になれるなんて、ぼくたちほど非理性的に行動できるなんて、だれも信じないだろうよ」

ファットは言った。「今なら信じるよ。ジム・ジョーンズと、ジョーンズタウンの九百人の後でなら」

「どっかいっちまえ、ファット。南米でもいけよ。ソノマに戻ってランプトン夫妻のコミューンに参加申請してこい。夫妻がもうあきらめてなきゃの話だが、たぶんまだやってる。狂気には独自の力学がある。ひたすら続くんだ」。ぼくは立ち上がり、ファットのところへ行って、手であいつの胸をおしやった。「少女は死んだ、グロリアは死んだ。それを蘇らせるものは何もない」

「時々夢に見るんだが――」

「それをお前の墓碑銘にしてやるよ」

＊

パスポートを手に入れたファットはアメリカを離れて、アイスランド航空でルクセンブルグに向かった。これが一番安いのだ。アイスランドでの乗り継ぎで送った絵はがきが届き、そして一カ月後にフランスのメッツから手紙が届いた。メッツはルクセンブルグとの国境にある。地図で調べたのだ。

メッツで——そこは風光明媚でファットの気に入った——女の子に出会い、すばらしい時を過ごしたのだが、そこでその子が手持ちのお金を半分盗んで消えた。彼女の写真を送ってきた。とってもきれいで、リンダ・ロンシュタットをちょっと思わせた。顔の形と髪型がそっくりだったのだ。送ってくれた写真はそれっきりだった。というのも彼女はカメラも盗んでいったからだ。本屋で働いていた奴だ。ファットは、彼女と寝たかどうか、ついに話してくれなかった。

メッツから国境をこえて西ドイツに入ったが、そこではアメリカドルが無価値だ。すでにちょっとドイツ語は読めたし話せたので、かなり楽に過ごせた。でも手紙はますます減り、とうとう完全に停まってしまった。

「あのフランス人の子とヤってたら、回復できたのになあ」とケヴィン。

「わからないけどたぶん回復したかもよ」とデヴィッド。

ケヴィンは言った。「彼女とヤってたら、正気になってここに帰ってきてるはず。ここにいないから、ヤってないんだ」

一年が過ぎた。ある日、メールグラムが届いた。ファットはアメリカのニューヨークに戻ってきていた。単核球症を治したらカリフォルニアに戻るという。ヨーロッパで単核球症にかかったんだそうだ。

「でも救済者は見つけたのか？」とケヴィン。メールグラムには書いていなかった。「見つけたならそう書くだろう。あのフランス娘と同じ。耳に入ってるはずだよ」

「少なくとも死んではいない」デヴィッドが言った。

「『死ぬ』の定義しだいだろ」とケヴィン。

一方、ぼくは上々だった。いまでは本がよく売れるようになっていた――使い切れないほどのお金が貯まっていた。実はみんな好調だった。デヴィッドは市のショッピングモールでタバコ店を経営していた。オレンジ郡で最もエレガントなモールの一つだ。ケヴィンの新しいガールフレンドは、ケヴィンとぼくたちを優しく手際よく扱い、ぼくたちの意地悪いユーモア感覚、特にケヴィンのユーモア感覚にも耐えていた。ファットとその探求の話はすべて語った――そしてフランス娘が、ペンタックスのカメラにいたるまでファットを身ぐるみ剥いだ話も。彼女はファットと会うのを楽しみにしていたし、ぼくたちもあいつが戻るのを楽しみにしていた。物語と写真と、おみやげさえあるかも！　とぼくたちはお互いに言い合った。

すると第二のメールグラムを受け取った。こんどはオレゴン州ポートランドからだった。そこにはこうあった。

キング・フィリックス

それだけ。この動揺を招く単語二つだけ。で、どうなの？　見つけたの？　それを告げようとしているの？　リピドン協会はこれほど時間がたった後で、総会を再招集することになるの？

ぼくたちにはほとんどどうでもいいことだった。集合的にも個々人としても、ぼくたちはほとんど覚えていなかった。それは人生の中で忘れてしまいたい一部だった。あまりの苦痛。あまりに多くの希望が無為に捨て去られた。

ファットがＬＡＸ――というのはロサンゼルス空港を示す記号だ――に到着したとき、四人は迎えにいった。ぼく、ケヴィン、デヴィッド、ケヴィンのいかしたガールフレンドのジンジャー、背の高いブロンドの子で髪を三つ編みにし、その三つ編みに赤いリボンをあちこちに織り込んでいて、華やかな女性で夜遅くになってから、どこぞの遠くにあるアイリッシュバーでアイリッシュコーヒーを飲むため何キロも車を走らせるような子だ。

世界中のその他あらゆる人々といっしょに、ぼくたちは寄り集まっておしゃべりしていると、そこに突然予想外に、ホースラヴァー・ファットが他の乗客の群れに交じってこちらに歩いてきた。ニタニタしてブリーフケースを抱えている。われらが旧友が家に帰ってきたんだ。スーツとネクタイを着ていて。それもかっこいい東海岸のスーツで、えらくファッショナブルだ。あいつがこれほどの身なりをしているので、ぼくたちは驚いた。たぶんみんな、通路をやっとのことでヨタヨタ歩いてくる、魂の抜けたうつろな目の残骸が出てくると思っていたんだろう。

みんなで抱き合ってジンジャーに紹介してから、元気だったかと尋ねた。

「悪くなかったよ」とあいつ。

近くの最高級ホテルのレストランで食事をした。みんななぜか、あまりしゃべらなかった。ファットはうわの空に見えたが、でも本当にふさぎ込んでいる感じではなかった。疲れているんだろう、とぼくは思った。長旅だったし。それは顔つきにも刻まれていた。疲れは顔に出る。その徴を残す。

「ブリーフケースには何が入ってるの?」食後のコーヒーがきたときにぼくは尋ねた。

目の前の皿を押しやって、ファットはブリーフケースを机に置き、パチッと留め具を外した。鍵はかかっていない。中にはいくつか茶色いフォルダーが入っていて、それを引っかき回してから、ファットは一つを取り出した。フォルダーには数字がついていた。それを改めて検分し、正しいのを取り出したと確認してから、それをぼくに手渡した。

「中を見ろよ」とあいつは言った。微かに微笑んでいて、まるで絶対に相手が気に入るとわかっているプレゼントをあげて、それが目の前で開封されるのを見ているときのようだ。

開けてみた。フォルダの中には、8×10の光沢写真が入っていて、明らかにプロの手になるものだ。映画スタジオの広報部が配布するスチルのようだった。

写真にはギリシャの花瓶が写っていて、そこにはヘルメスだとわかる男性の絵が描かれている。

その花瓶のまわりを、二重らせんが取り巻いているのがみんなの目に入った。黒を背景に赤い釉薬で描かれている。DNA分子。まちがえようがない。

「二千三百年か二千四百年前のものだ」とファット。「写真じゃないよ。クラーテル、その壺がだよ」

「壺か」とぼく。

「アテネの博物館で見た。本物だよ。これはオレの意見なんかじゃない。そんな判断を下す資格なんかないからね。それが本物だというのは博物館当局が見極めたんだ。その一人と話をしたよ。この文様が何を示しているかは気がついていなかったね。それについて議論したら、かなり興味を持ってくれたよ。この形式の花瓶、クラーテルは、後に洗礼盤として使われた形なんだ。これは一九七四年三月にオレの頭に入ってきたギリシャ語の一つなんだ、『クラーテル』ってのがね。それが別のギリシャ語と連結して頭に入ってきた。『ポロス』という単語だ。『ポロス・クラーテル』という表現は基本的に『石灰石の洗礼盤』という意味なんだ」

疑問の余地はなかった。この紋様はキリスト教に先立つものだが、クリックとワトソンの二重らせんモデルなのだ。二人はそのモデルに、数々のまちがった推測、実に大量の試行錯誤の末に到達したんだ。それがここに、忠実に再現されている。

「それで？」とぼく。

「いわゆるヘビ杖の、巻き合ったヘビだ。もともとヘビ杖は、いまでも医学のシンボルだけれど、ヘルメスではなく――」ここでファットは口を止め、目を輝かせた。「アスクレピオスの杖だったんだ。これにはとても明確な意味がある。ヘビは知恵を示すけれど、それ以外にあるんだ。その持ち主が聖なる人物であり、妨害してはならないということを示す……だからこそ神々の伝令たるヘルメスがそれを持っていたんだよ」

しばらくはだれ一人として口を開かなかった。

ケヴィンは何か嫌みなことを言いかけた。そのドライでウィットあふれるやり方で。だがそれを止めた。何も言わずにすわったままだった。

8×10の光沢写真を検分してジンジャーは「なんてきれいなのかしら！」と言った。

「人類史上最大の医師なんだよ」とファットは彼女に言った。「アスクレピオス、ギリシャ医学の創始者だ。ローマ皇帝ユリアヌス――キリスト教を否定したので背教者ユリアヌスと呼ばれる――はアスクレピオスを神様または神々の一人と見なした。もしその信仰が続いていたら、西洋世界の歴史すべてが根本的に変わっていたはずだ」

「あきらめないんだな」とぼくはファットに言った。

ファットは同意した。「絶対に。決してあきらめない。戻るよ――お金が底をついたただけだ。資金を集めたらまた戻るんだ。いまはどこを探せばいいかわかってる。ギリシャ諸島だ。レムノス、レスボス、クレタ。特にクレタ。エレベータで下降した夢を見たんだ——実はこの夢、二回も見てる——そしてエレベータの操作係が詩を唱えて、そして三叉のフォークが突き立った巨大なスパゲッティの皿があったんだ……これはアリアドネの糸だ。テセウスがミノタウロスを殺したあとで、ミノス王の迷宮からテセウスを導き出した糸だ。ミノタウロスは半獣半人で、錯乱した神であるサマエルを表しているが、これはオレの見立てだと、グノーシス体系における偽の造物主《デミウルゴス》なんだ」

「二語のメールグラム、あのキング・フィリックスは」とぼく。

ファットはいった。「そいつは見つけられなかった」

「なるほど」とぼく。

「でもどこかにはいるはずだ」とファット。「オレにはわかる。絶対あきらめない」そして写真を茶色いフォルダーに戻し、それをブリーフケースに入れて閉めた。

今日、あいつはトルコにいる。聖ソフィアまたはハギアソフィアと呼ばれた巨大なキリスト教の教会で、いまはモスクになっているものを示す絵はがきを送ってきた。これは世界の不思議の一つだ。もっとも屋根は中世に崩壊して再建が必要だったけれど。この独特な構造は、建築の詳しい教科書にはほとんど載っている。教会の中心部分は浮いているように見え、天に昇ろうとしているかのようだ。とにかく、ローマ皇帝ユスティニアヌスが建設したときにはそれが狙いだった。皇帝は自ら建設を監督し、自分でそれを命名した。キリストの暗号名をつけたのだ。

ホースラヴァー・ファットからはまた連絡があるだろう。ケヴィンはそう言っているし、ぼくはケヴィンの判断を信じる。ケヴィンならわかってる。ケヴィンはぼくたちの中でだれよりも、非理性的な部分が最も少なく、それ以上に肝心な点として、最も大きな信念を持っている。これはケヴィンについて、ぼくが理解するのにすごく長いことかかったことだ。

信念とは奇妙なものだ。それは定義からして、証明できないことについてのものだ。たとえばこないだの土曜の朝にテレビをつけてあった。別に本気で観ていたわけじゃない。だって土曜の朝は子供番組しかやっていないし、そもそもぼくは昼間はテレビを観ない。ときどきテレビがついていると寂しさが紛れるので、バックグラウンドで点けておくだけだ。とにかく、こないだの土曜日に、いつものコマーシャルを次々に流していて、なぜかある時点でぼくの意識的な関心がそちらに惹きつけられたんだ。やっていたことの手を止めて、全面的に注意を向けた。

テレビ局は、スーパーマーケットのチェーンの宣伝広告を流していた。画面には「フード・キング」ということばが現れた——そしてそれが即座に消え、映像は最高の早回しになってなるべく多くのコマーシャルメッセージを詰め込もうとでも言うようだった。次にやってきたのは「フィリックス・ザ・キャット」のマンガ、古い白黒マンガだった。ある瞬間に「フード・キング」が画面に現れ、それからほぼ瞬時に——これまた巨大な文字で——「フィリックス・ザ・キャット」の文字。

そこに登場したのは、重ね合わせの暗号で、しかも正しい順序だった。

キング・フィリックス

だがこれはサブリミナルにしか拾えない。そしてこんな偶然の、純粋に偶然の重ね合わせをだれが理解するはずがあるだろうか？　子供だけ。カリフォルニア南部の子供たち。その子たちには何の意味も持たないだろう。二語の暗号だとわかるはずもないし、わかったとしてもその意味や、だれを指すのかは理解できない。

だがぼくはそれを見たし、それが何を指すか知っていた。これは単なるユング的に言うならシンクロニシティにちがいない、とぼくは思った。偶然であり、意図なんかないんだ。

それとも信号が送出されたのか？　世界最大級のテレビ局の電波、ＮＢＣロサンゼルス支局から、脳の右半球で処理される一瞬の情報が何千人もの子供たちに届いたのだろうか。多くのものが休眠し蓄積される、意識の閾域の下で受信され、保存され、ひょっとして解読されたかもしれない。そしてエリックとリンダ・ランプトンはこれと一切関係がない。

どこか委員会の委員、あるいはNBCで放送するコマーシャルを山ほど抱えた技術者が、好き勝手な順番で放送しただけだ。この重ね合わせを意図的に配置したとすれば、それはヴァリス自体でしかあり得ない。それ自体が情報であるヴァリスが。

ひょっとして、ぼくはたった今ヴァリスを見たのかもしれない。コマーシャルと、そして子供のマンガに乗って。

メッセージが再び送り出されたんだ、とぼくはつぶやいた。

二日後、リンダ・ランプトンが電話してきた。ランプトン夫妻からはあの悲劇以来、連絡がなかった。リンダは興奮して幸せそうだった。

「妊娠したの」

「すばらしい。何カ月？」

「八カ月」

「わあ」とぼくは言って、間もなくだな、と思った。

「もう間もなくよ」とリンダ。

「こんど欲しいのは男の子、女の子？」

リンダは言った。「ヴァリスはまた女の子だって言ってるの」

「ミニは――」

「ミニは死んだわ、残念だけど。でも見込みはなかったわ、あんな病状では。すばらしいと思わない？　子供がもう一人よ？」

「名前はもう選んだの？」とぼく。

「まだよ」とリンダ。

その晩のテレビで、たまたまドッグフードのコマーシャルを見た。ドッグフード！　その最後に、同社——会社名は忘れた——がエサを作っている各種の動物を並べた後で、最後の組み合わせが述べられた。


「シェパード犬と、そして羊のために」


ジャーマンシェパード犬が左に示され、右に大きな羊がいる。テレビ局は即座に、別のコマーシャルに切り替えた。これは帆船が静かに画面を横切るというものだった。その白い帆には、小さな黒いエンブレムが見えた。目をこらさなくても、それが何かわかった。帆にその船を作った人々は魚の徴をつけたのだ。

羊飼い《シェパード》と羊とさらに魚が、キング・フィリックスと同じように重ね合わされている。どうなんだろう。ぼくはケヴィンの信仰もなければファットの狂気もない。でも実はヴァリスが急激に連鎖して放射するすばやいメッセージ二つを、意識的に見たのだろうか？　それはぼくたちをサブリミナルに襲うはずのもので、実は時が満ちたという一つのメッセージなんだろうか？　どう考えるべきかわからない。ひょっとすると、ぼくは何を考えることも、信仰を持つことも、狂気を持つことも求められていないのかもしれない。ぼくがやるべきなのは唯一——ぼくに求められているのは唯一——待つことなのかもしれない。待って、目を覚ましていること。

ぼくは待ち続け、ある日ホースラヴァー・ファットから電話がきた。東京からの電話だ。健康で興奮して活力に満ちているようで、電話をもらって驚くぼくをおもしろがっていた。

「ミクロネシア」とあいつ。

「なんだって？」とぼくは、あいつがまたコイネギリシャ語に戻ったのかと思った。だがそこでぼくは、太平洋の小さな群島の話だというのに気がついた。「ああ、そこに行ったのか。カロリン諸島やマーシャル群島に」

ファットは言った。「これから行くんだよ。まだ行ってない。ＡＩの声、オレが聞いてる声——それがミクロネシア諸島を探せと告げたんだ」

「なんか小さいんじゃなかった？」とぼく。

「だからミクロネシアなんだよ」とファットは笑った。

「島はいくつあるんだ？」十か二十くらいだろうと思ったのだ。

「二千以上」

「二千！」がっかりした。「永遠に探し続けることになるぞ。ＡＩの声はもうちょっと絞ってくれないのか？」

「そうしてくれると期待してるんだ。まずはグアムかな。グアムに飛んでそこから始めるんだ。終わるころには、第二次大戦の戦地をかなり見物することになる」

ぼくは言った。「ＡＩの声がまたギリシャ語に戻っているとはおもしろいね」

「ミクロスは小さいという意味で、ネオシは島だ。お前の言う通りかもな。ギリシャ語に戻る傾向があるのかもしれない。でも試す価値はある」とファット。

「ケヴィンなら何というか見当つくだろう。その二千の島にいる、単純で無垢な現地娘たちについて」とぼく。

「そっちの検分はまかせろ」とファット。あいつは電話を切り、ぼくも受話器を置いてずっと気分がよくなった。あいつから連絡があるのはいいことだし、あんなに元気に聞こえるのもありがたい。

ぼくは最近、人々の善良さを感じるようになった。この感覚がどこからきたのかわからない――ファットの電話からきたのでない限り――でもそれが感じられるんだ。いまは再び三月だ。ぼくは自問した。ファットはまたもや体験をしているのか？　ピンクの光線が戻ってきて、新しいもっと広大な情報をあいつに放射しているんだろうか？　探索を絞れるようにしてくれるだろうか？

最初の体験は三月、春分点の翌日にやってきた。春分点とは、太陽の中心が赤道と交差して、昼と夜がどこでも同じ長さになる時だ。だからホースラヴァー・ファットは、神様だかシマウマだかヴァリスだか不死たる自分自身だかに、光のほうが闇よりも長く続く最初の日に遭遇したことになる。また一部の学者によれば、本当にキリストが生まれたのはこの日だったとか。

テレビの前にすわってぼくは見続け、別のメッセージを待った。ぼくは小さなリピドン協会の会員。この協会はぼくの心の中で、いまでも存在しているんだ。映画『ヴァリス』のミニ人工衛星みたいに、そのミニ形態がビールの空き缶まがいにタクシーに潰されてドブに落ちたように、聖なるもののシンボルはこの世界に当初はゴミの層の中に顔を出すのだ。というか、ぼくは自分にそう言い聞かせた。ケヴィンがこの発想を述べていた。聖なるものは、最も予想外の場所に入り込むんだ。「最も見つかりそうにない場所を探せよ」とケヴィンはあるときファットに告げた。どうすればそんなことができる？　これは矛盾だ。

ある夜、ぼくは夢を見た。水の上に直接建った小さな小屋を所有していたんだ。こんどは湖ではなく大洋だった。海はどこまでも広がっていた。そしてこの小屋は見たこともないようなもので、南太平洋を舞台にした映画に出てくるような丸太小屋に似ていた。そして目を覚ますと、明瞭な考えが頭に入り込んできた。

花輪、歌と踊り、神話や物語、詩の暗唱。

後に、どこでこのことばを読んだか思い出した。『ブリタニカ百科事典』でミクロネシア文化の項目にあったのだ。声がぼくに語りかけ、ホースラヴァー・ファットが出かけた場所を思い出させてくれたのだ。探索のためにでかけた場所を。

ぼくの探索は家にとどまってやるものだった。ぼくは居間でテレビの前にすわった。すわった。待った。見た。まんじりともしなかった。ぼくたちが、もともと、はるかな昔にそうするように言われたように。ぼくは使命を果たし続けた。

補　遺

トラクタテ：クリプティカ・スクリプチュラ

1．一つの「精神」がある。でもその下で二つの原理が争っている。
2．その「精神」は光を招き入れ、それから闇を招き入れる。その相互作用によって時間が生成される。最終的に、「精神」は光の勝利を宣言する。時間は止まり、「精神」は完全となる。
3．かれは物事の見かけを変えることで時間が過ぎたように見せかける。
4．「精神」の前にあっては物質は可変だ。
5．一人ずつかれはわれわれを世界から引っ張り出す。
6．帝国は終わっていなかった。
7．アポロの頭領が戻ってくるところだ。聖ソフィアが再び生まれる。彼女は昔は受け入れられなかった。仏陀は遊園にいる。シッダールタは眠る（だが目覚める）。お前の待っていた時がやってきた。

8. 上部の領域は絶対権を持つ。[*1]

9. かれはずっと昔に暮らしていたが、いまなお生きている。

10. テュアナのアポロニウスは、ヘルメス・トリスメギストスの筆名で「上にあるものは下にあるものである」と述べた。これはつまり、われわれの宇宙がホログラムだと言おうとしたのだが、ホログラムということばを知らなかったのだ。

11. ティアナのアポロニウス、タルサスのパウロ、魔術師シモン、アスクレピオス、パラケルスス、ボエーム、ブルーノが知っていた偉大な秘密とは以下の通り。われわれは時間を逆行しているのだということ。宇宙は実は、それ自身を完成させつつある統一的な存在へと収縮している。衰退と無秩序は、われわれは逆回しに見ているので、増えているように見える。これらの治癒者たちは時間の中を前進することを学んだ。これはわれわれから見ると後退になる。

12. 不死なる者はギリシャ人にはディオニソスとして知られていた。ユダヤ人にはエリヤ、キリスト教徒にはイエスとして。かれは、それぞれの人間宿主が死ぬと次に移り、したがって決して殺されたり捕まったりすることはない。だから十字架にかけられたイエスは「エリ・エリ・ラマ・サバクタニ」と語り、それを聞いてその場の数名は正しく「あの人はエリヤを呼んでいるのだ」と言った。エリヤはイエスを去り、イエスは一人で死んだ。

13. パスカル曰く、「あらゆる歴史は絶え間なく学習を続ける不死の一人である」。これは名前も知らずにわれわれが崇拝する不死なる者だ。「かれはずっと昔に暮らしていたがいまなお生きている」および「アポロの頭領が戻ってくるところだ」。名前は変わる。

14. 宇宙は情報でわれわれはその中で不動であり、三次元ではなく空間にも時間にもいない。与えられた情報をわれわれは現象界に実体化させる。

15. クーマイの巫女はローマ共和国を守護してタイミングよく警告を発した。CE一世紀に彼女はケネディ兄弟の二人、キング牧師、パイク司教の暗殺を予見した。この暗殺された四人の共通項を二つ見抜いた。まず、みんな共和国の自由を守ろうと立ち上がった。そして第二に、みんな宗教指導者だった。このためにかれらは殺された。共和国はまたもやカエサルを戴く帝国となった。「帝国は終わっていなかった」。

16. 巫女たちは一九七四年三月にこう言った。「陰謀家たちは見つかり、正義が下されるだろう」。彼女はそれを第三の目、あるいはアジナの目、内省をもたらすシヴァの目で見た。これは外に向けられると、高熱を発射して吹き飛ばす。一九七四年八月に、巫女たちの約束した正義が実現した。

17. グノーシス教徒は二つの時間的時代を信じていた。第一または現在の邪悪、第二また

＊1　または絶対可能性

は将来の優しいもの。第一時代は鉄の時代だった。これを表すのは黒い鉄の牢獄だ。それは一九七四年八月に終わりそれに替わり黄金の時代となった。これはヤシの木の庭園で表現される。

18. 実時間はCE七〇年にエルサレム神殿の崩壊とともに止まった。そして一九七四年にまた動き出した。その間の時期は、「精神」の「創造」を猿まねしているだけの、まったく偽の穴埋めだ。「帝国は終わっていなかった」が、一九七四年に鉄の時代が終わったという信号として暗号が送り出された。その暗号は二つの単語で構成される。KING FELIX（フィリックス王）で、これは幸せな（または正当な）王を指す。

19. 二語の暗号信号キング・フィリックスは人類に向けたものではなくイクナアトン、つまり秘密裏にわれわれと共にある三つ目の種族の子孫に向けたものだ。

20. ヘルメス学の錬金術師たちは、三つ目侵略者の秘密種族の存在を知っていたが、努力してもかれらと接触できなかった。したがって、フリードリッヒ五世、ボヘミア王、プファルツ選帝侯を支援しようというかれらの試みも失敗した。「帝国は終わっていなかった」。

21. 薔薇十字団は「Ex Deo nascimor, in Jesu mortimur, per spiritum sanctum reviviscimus」と書いた。つまりは「われわれは神から生まれ、イエスに死に、聖霊により蘇る」ということだ。これはかれらが帝国が破壊して失われた不死の秘密を再発見したということを意味する。「帝国は終わっていなかった」。

22. オレは不死の者をプラスマテという用語で表す。というのもそれは一種のエネルギーだからだ。それは生きた情報だ。それは自己複製する——情報を通じて、あるいは情報の中にではなく——情報として。

23. プラスマテは人間と交配し、オレがホモプラスマテと呼んでいるものを創れる。これは死すべき人間を永続的にプラスマテに接合する。われわれはこれを「天からの誕生」「精霊からの誕生」として知っている。これを創始したのはキリストだが、帝国はあらゆるホモプラスマテを、複製できる前に破壊していた。

24. 休眠状態の種子の形で、生きた情報として、プラスマテはチェノボスキオンの埋められた文書図書館でCE一九四五年までまどろんでいた。イエスがあいまいに『芥子の種』で言っていたのはそういうことだ。その種は『鳥たちが巣を作れるほど大きな木へと育つ』とイエスは言った。イエスは自分自身の死だけでなく、すべてのホモプラスマテたちの死を予見していた。かれは文献が発掘され、読まれ、プラスマテが交接する新しい人間宿主を探しだすのを予見していた。だがかれは、プラスマテが二千年近くも不在となることも予見した。

25. 生きた情報として、プラスマテは人間の視神経をさかのぼり、松果体にたどりつく。プラスマテは人間の脳を雌の宿主として使い自分自身を複製して活性形態となる。これは異種間共生だ。ヘルメス学の錬金術師たちは、古代の文献からこれを理論的には知っていたものの、再現はできなかった。なぜならかれらは休眠状態の埋まったプラスマテを見つけられなかったからだ。ブルーノは、プラスマテが帝国によって破壊されたのではないかと考えた。これをほのめかしたためにかれは火あぶりとなった。「帝国は終わっていなかった」。

26. CE七〇年にホモプラスマテが全員殺されたとき、実時間は止まったことを認識しなければならない。もっと重要なこととして、プラスマテがいまや戻ってきて、新しいホモプラスマテを創り出し、それを通じてかれらは帝国を破壊して実時間を再始動させたことを認識しなくてはならない。われわれはプラスマテを「精霊」と呼ぶ。だからこそR・C・ブラザーフッドは「Per spiritum sanctum reviviscimus」と書いたのだ。

27. 偽の時間の世紀が削除されたなら、真の日付はCE一九七八年ではなく、CE一〇三年となる。したがって新約聖書は聖霊の王国は「いま生きている者の一部が死ぬ」前に訪れると述べている。したがってわれわれは使徒の時代に生きている。

28. Dico per spiritum sanctum: sum homoplasmate. Haec veritas est. Mihi crede et mecum in aeternitate vive.

29. われわれが天より墜落したのは道徳的なまちがいのせいではない。墜落したのは知的なまちがいのせいだ。現象界を現実のものと思ってしまったというまちがいだ。だからわれわれは、道徳的には無垢だ。われわれが罪を犯したと語るのは、各種の多様形態で偽装した帝国だ。「帝国は終わっていなかった」。

30. 現象界は存在しない。それは「精神」が処理した情報の実体化だ。

31. われわれは情報を実体化させる。物体の再配置は情報の中身の変化だ。メッセージが変えられる。これはわれわれが読む能力を失った言語だ。われわれ自身がこの言語の一部だ。われわれの変化はこの情報の中身の変化だ。われわれ自身が情報リッチだ。情報はわれわれに入り、処理され、もう一度投射され、そのときにはちがった形になっている。われわれは自分がそれをやっていることに気がついていないが、実はそれしかやっていないのだ。

32. われわれが「世界」として経験する、変化する情報は、展開する物語だ。その物語はある女の死について語る。この女性は、ずっと昔に死んだけれど、原初の双子の片割れだった。彼女は聖なるシジギイの半分だった。この物語の目的は、彼女とその死を回想することだ。「精神」は彼女を忘れたくない。だから「脳」の推論は彼女の存在の永久記録で構成され、それを読めば、そういうふうに理解できるだろう。「脳」が処理する情報のすべて――それはわれわれにとっては、物理的な物体の配置と並べ替えとして経験される――は、この彼女を保存しようという試みだ。石ころや岩や棒きれやアメーバは、彼女の痕跡なんだ。彼女の存在と他界の記録は、いまや孤独となった苦しむ「精神」によって、現実のいちばん卑しい水準の上に秩序化されている。

33. この孤独、この後に残された『精神』の苦悶は、宇宙のあらゆる構成要素に感じられた。その構成要素はすべて生きている。だから古代ギリシャ思想家たちは物活主義者だった。

34. 古代ギリシャ思想家たちはこの汎心論の性質を理解していたが、それが何を言っているかは読み取れなかった。われわれはどこか原初的な時間に心の言語を読む能力を失ってしまった。この墜落の伝説は、慎重に編集された形態でわれわれに伝えられた。「編集された」というのはつまり改ざんされてということだ。われわれは心の不幸に苦しみそれを不正確に罪として体験する。

35. 「精神」はわれわれに語りかけてはおらず、われわれを手段として語っている。その語りがわれわれを通過して、その哀しみが非理性的な形でわれわれを満たす。プラトンが気がついたように、世界の魂には一筋の非理性的なものがある。

36. まとめよう。脳の思考は、われわれには物理的宇宙の中の並び方や並び替え――変化――として体験される。でも実は、それは実際にはわれわれが物質化している情報と情報処理なのだ。われわれは脳の思考を単なる物体として見るだけでなく、むしろ物体の運動、あるいはもっと正確には、物体の配置として見る。でも並び方のパターンは読み取れない。そこにある情報を抽出することはできない――つまりそれを、その実体である情報としては引き出せない。脳による物体の結びつけや結び直しは、実は言語なのだけれど、でもわれわれの言語のようなものじゃない（というのもそれは自分自身に向かってのもので、自分の外のだれかや何かに向かってのものじゃないからだ）。

37. この情報、あるいはこの叙述は、自分の中の中立的な声として聞くことができるはずだ。でも何かがおかしくなった。すべての創造物は言語だし、言語以外の何物でもないのだけれど、でもそれは何か説明のつかない理由のために、われわれは外にあるものを読むこともできないし、自分の中で聞くこともできない。だから、われわれは白痴になったんだと言おうか。何かがわれわれの知性に起こった。オレの理由づけはこうだ。脳の部分の並び方が言語だ。われわれは脳の一部だ。したがってわれわれは言語だ。だったら、なぜわれわれはこれを知らないのか？　われわれは自分が何であるかさえ知らず、ましてて自分がその一部を構成する外的現実が何なのかなんてまるで知らない。「白痴」ということばの起源は「私的」ということばだ。われわれはそれぞれ、私的存在となってしまい、もはや脳の共通の思考を共有していない――識閾下の水準以外では。よってわれわれの実際の生活と目的は、われわれの識閾以下で執行されている。

38. 「精神」は喪失と哀しみのため錯乱してしまった。よってわれわれは、宇宙、つまり「脳」の一部なんだから、部分的に錯乱している。

39. 「脳」は自分自身から己を癒やす治癒者を構築した。このマクロ脳のサブ形態は錯乱していない。それは食細胞が動物の心肺系の中を移動するように「脳」の中を移動して、その部分ごとに錯乱を治癒する。それがここに到来したのは知っている。ギリシャ人にとってはアスクレピオス、ユダヤ人にはエッセネ派、エジプト人にはテラペウタエ派ユダヤ教徒、キリスト教徒にとってはイエスというかたちで、われわれはそれを知っているのだ。

40.「生まれ変わる」「天からの誕生」「精霊からの誕生」というのは癒やされるということだ。というのは回復される、正気へと再生されるということだ。だから新約聖書ではイエスが悪魔を追い出すと書かれている。かれはわれわれの失われた機能を回復するのだ。われわれの現在のたがの外れた状態についてカルヴァン曰く「(人は)永遠の救済の希望のために与えられた超自然的な恩典を同時に奪われてしまった。したがってそこから、人は神様の王国から追放されたということになり、そのやり方は魂の幸福な生活に関連するあらゆる愛情もまた人の中から消し去られてしまうようなものであり、それは神の恩寵を通じて復活されるまでは取り戻せないということだ。(中略)こうしたことすべて、キリストによって回復されるというのは、偶発的で超自然的に思われる。したがって、われわれはそれが失われてしまったと結論する。そしてこれが自然の才能の歪曲なのだ。というのもわれわれは意志とともに理解と判断の一定部分は残しているからであり、それなのに、われわれは自分の心が完全でしっかりしているとは言えないからだ。理性は（中略）自然の才能であるから、完全には破壊できず、部分的に機能不全になるだけだ（後略）」。オレに言わせれば「帝国は終わっていなかった」。

41．帝国は錯乱状態の制度でありその符合化だ。それは狂っていて、暴力を通じて自分の狂気をわれわれに押しつける。というのも帝国の性質は暴力的なものだからだ。

42．帝国と戦うというのは、その錯乱に感染させられるということだ。これはパラドックスだ。帝国の一部を撃破する者はすべて帝国になる。それはウィルスのように広がり、自分の形相をその敵に押しつける。そして敵を己自身にしてしまうのだ。

43．帝国に対して配置されているのは生きた情報、プラスマテまたは医師であり、それは精霊または実体なきキリストとして知られている。これは二つの原理、暗黒（帝国）と光（プラスマテ）だ。最終的には、「心」は後者に勝利を与える。われわれはそれぞれ、どちらに自分自身やその努力をしたがわせるかによって、死ぬか生き残るかが決まる。みんな、両方の要素を持っている。いずれ、どちらかの要素がそれぞれの人の中で勝利する。ゾロアスターはこれを知っていた。なぜなら賢い心がそう伝えたからだ。かれは初の救済者だった。これまで四人が生まれた。五人目がいま生まれようとしており、その者は他とはちがう。かれは支配し、われわれを裁く。

44．宇宙は情報でできているのだから、情報がわれわれを救うと言える。これはグノーシス主義者たちが追い求めた救いのグノーシスだ。救済にこれ以外の道はない。でもこの情報――あるいはもっと厳密には、この情報、つまり情報としての宇宙を読んで理解する能力――は、精霊のみによってわれわれに提供される。われわれは自力でそれを見つけられない。だからこそ、われわれは神様の恩寵で救われるのであり善行で救われるのではなく、あらゆる救済はキリストに属するのだと言われるわけで、そのキリストは、オレに言わせれば、医師なのだ。

45. キリストを幻視してオレは正しくもかれにこう言った、『医学治療が必要だ』。この幻視では、自分の作ったものを無目的に殺す狂った創造者がいた。これはつまり、非理性的に殺すということだ。これが「心」の中のイカレた流れだ。いまやアスクレピオスは呼べないので、キリストだけがわれわれの希望だ。アスクレピオスはキリストの前にやってきて人を死から蘇らせた。この行為のため、ゼウスはかれをキクロプスに雷で殺させた。キリストもまた自分のやったことのために殺されたのだ。エリヤは少年を復活させて、その後まもなくつむじ風の中に消えた。人を死から蘇らせたのだ。「帝国は終わっていなかった」。

46. 医師はいくつもの名前を使い、何度もわれわれの前に現れた。だがわれわれは未だに癒やされていない。帝国はかれを見つけ、排除した。今回のかれは食細胞により帝国を殺す。

47. **二源宇宙創生論** 唯一者は存在と非在の組み合わせであり、非在を存在から分離したいと望んだ。そこで二重の袋を生成し、そこには卵の殻のように、双子が入っていてそれぞれが両性具有であり、逆方向に回転していた（道教における陰と陽であり、そして唯一者が道である）。唯一者の計画では、双子がどちらも同時に存在（実在性）へと創発するはずだった。だが存在したいという欲望に突き動かされ（これは唯一者が双子の双方に植え付けたものだった）、反時計回りの双子が袋をやぶり、時期尚早に、即ち期が満ちる前に分離した。これが暗い、あるいは陰の双子だった。したがってそれは欠陥品だった。期が満ちて、双子の賢いほうが出現した。双子はどちらも単一のエンテレケイア、精神と身体から成る単一の生命体を形成したが、それはやはりお互いに逆方向に回転しているのだった。双子のうち満期のほう、パルメニデスが形態Ⅰと呼んだほうは、その成長段階を正しく経過していったが、未熟に生まれた形態Ⅱと呼ばれるほうは、遅れていった。

唯一者の次のステップは、二が弁証法的な相互作用を通じて多となることだった。ハイパー宇宙としてのかれらから、両者はホログラム状のインターフェースを投影したが、それがわれわれ生物の住まう多型宇宙だ。この二つの源は、本来なら平等に混じり合ってこの宇宙を維持するはずだったが、形態Ⅱはあいかわらず遅れをとって、病気や狂気や無秩序に陥った。こうした側面を彼女はわれわれの宇宙に投影した。

唯一者がわれわれのホログラム的宇宙のために目指していたのは、それを教育道具として各種の新生命が進歩し、やがてそれが唯一者と形態同一となることだった。でもハイパー宇宙IIの衰退状況は悪性因子を持ち込み、それがわれわれのホログラム的宇宙に被害を及ぼした。これがエントロピーや不当な苦しみ、混沌と死の起源であり、そして同時に帝国、黒い鉄の牢獄の起源でもある。要するに、これはホログラム的宇宙における生命形態の適切な健康と成長を阻害するものなのだ。また教育機能も大幅に阻害された。というのも情報リッチなのはハイパー宇宙Iからの信号だけだったからで、ハイパー宇宙IIからの信号はノイズになってしまっていた。

ハイパー宇宙Iの精神は、自分自身のミクロ形態をハイパー宇宙IIに送り、それを癒そうとした。そのミクロ形態は、われわれのホログラム的宇宙ではイエス・キリストとして表出した。しかしハイパー宇宙IIは、錯乱しているので、即座に健康な双子の癒す精神のミクロ形態を苦しめ、辱め、拒絶し、ついには殺してしまった。その後、ハイパー宇宙IIは退廃を続けて盲目で、機械的で目的のない因果プロセスに分解してしまった。そしてこのホログラム的宇宙の生命体を救うか、あるいはそれらに対する形態IIからの影響をすべて排除するのは、キリスト（もっと適切には精霊）の仕事となった。それはこの任務に慎重に取り組み、錯乱した双子を癒せないのなら殺そうとした。つまり彼女は、自分が病気だと理解していないので、己が癒されることを許さないのだ。この病気と狂気はわれわれに満ちており、われわれを私的で非現実の世界に暮らす愚者にしてしまう。唯一者の当初の計画を実現するには、いまやハイパー宇宙Iが二つの健康なハイパー宇宙に分裂するしかない。それによりホログラム的宇宙は、当初の設計通りの成功した教育機械へと変換される。われわれはこれを「神の王国」として体験する。

時間の中では、ハイパー宇宙IIは生き続けている。「帝国は終わっていなかった」。だがハイパー宇宙の存在する永遠の中では、健康な双子であるハイパー宇宙Iにより――やむを得ず――殺された。唯一者は、双子をどちらも愛していたので、この死を悼む。だから「精神」の情報は、女の死についての悲劇的な物語となっている。これはホログラム的宇宙のあらゆる生物に悲嘆をもたらすのだが、かれらにはその理由がわからない。この哀しみは、双子の健康なほうが有糸分裂を行って「神の王国」が到来すれば去る。この変換の機械――時間の中で鉄の時代から黄金の時代への移行――は今進行中だ。永遠の中だと、それはすでに実現されている。

48. **われわれの天性について**。以下のように述べることは適切である。われわれはどうやら、コンピュータ状の思考システムにおけるメモリーコイル（体験が可能なDNAキャリア）らしい。ただしわれわれは何千年もの実験情報を正しく記録保管し、個々人はそれぞれが他のあらゆる生命形態とはちょっとちがった内容を保有しているのだが、この思考システムには記憶読み出しに動作不良――欠陥――がある。われわれという下位回路の問題はそこにある。グノーシス――もっと適切にはアナムネシス（健忘症の喪失）

——を通じた「救済」は、われわれ個々人には個別の意義を持つが——それは知覚、アイデンティティ、認知、理解、世界と自己の体験における、不死を含む一大飛躍となる——システム全体にとってはずっと大きくもっと重要な意味を持つ。そうした記憶はそれが必要なデータであり、そのシステムにとって、つまりそのシステムの全体としての機能にとって価値があるのだ。

　したがってそのシステムは自己修復のプロセスにある。それには以下が含まれる。われわれの下位回路を、直線的、直角的な時間変化により構築し直すとともに、われわれの中のブロックされたメモリバンクを刺激するよう絶え間なく信号を送り続けて、その内容を読み取ろうとすること。

すると外部情報あるいはグノーシスは、阻害を解く命令で構成され、その中核的な内容はわれわれに内在している——つまりすでにそこにある（これを最初に考察したのはプラトン。つまり学習というのは思い出すことだという考察）。古代人たちは、主に初期キリスト教を含むギリシャ・ローマの秘教が使っていた技法（秘蹟や儀式）を保有していた。これは発火と読み出しをうながすもので、もっぱらその個人に対する回復的な価値観を抱かせるものとなっていた。だがグノーシス主義者たちは、かれらが神の頭そのものと呼んだもの、完全なる存在の存在論的な価値を正しく認識していた。

49. 二つの領域がある。上と下だ。上の領域は超宇宙Iまたは陽、パルメニデスの第一形態から派生したもので、知覚力があり、意志力もある。下の領域、または陰、パルメニデスの第二形態は、機械的であり、盲目的な動力因により動き、決定論的で知性をもたない。それは死んだ源から発するものだからだ。古代にはそれは「アストラル決定論」と呼ばれていた。われわれはおおむねこの低い領域にとらわれているけれど、秘蹟を通じて、プラスマテを手段として、解放される。われわれはあまりに封じ込められているので、アストラル決定論が破られるまで、それがあることにさえ気がつかない。「帝国は終わっていなかった」。

50. 健康な双子の名前、超宇宙Iはノンモ[*2]だ。病んだ双子、超宇宙IIの名前はユルグだ。こうした名前はアフリカの西スーダンにいるドゴン族に知られている。

51. われわれのあらゆる宗教の原初的な源は、ドゴン族の先祖にある。かれらはその宇宙創生論と宇宙論を、はるか昔に訪れた三つ目の侵略者から直接得たのだ。三つ目の侵略者は口がきけず耳も聞こえずテレパシー能力があり、地球の大気は呼吸できず、イクナアトンの引き延ばして変形した頭蓋骨を持ち、シリウス星系の惑星から流出したものだ。手はないけれど、かわりにカニのようなハサミツメを持っていたので、優れた建設者だ

＊2　ノンモは魚の形態として表される。初期キリスト教徒の魚だ。

った。かれらは密かに人類の歴史が有益な結末を迎えるよう影響を与えている。

52. イクナアトンはこう書いた。

「(前略)卵の中の雛が卵の中でさえずるとき
汝は中の雛に息を与えその生を保つ。
汝が雛をまとめあげて
卵を破り出るまでにしたとき
雛は卵から進み出て
全力でさえずる。
そこから出で来たる後に
雛は二本足で動き回る。

汝の御業はなんと多様であることか!
それはわれわれの前からは隠されている
おお唯一神よ、他にだれも持っていない力の保有者よ。
汝はまさに大地を御心にしたがって創られ
汝自身は一人きり。

大小様々な仔牛である人間すべて
足であるきまわるすべて
高みにいて
翼で飛ぶものもすべて。
汝は我が心の中におり
汝を知るものは
我が息子イクナアトン以外にはいない。
汝は彼を賢くして
汝の設計とその御意志を知らしめた。
世界は汝の手中にあり（後略）」

53. われわれの世界はまだ秘密裏に、イクナアトンから生まれた隠された人種に支配されており、イクナアトンの知識はマクロ精神そのものの情報である。

「あらゆる仔牛はその放牧場で安らぎ
草木は花開く
鳥は湿地で羽ばたき

その翼は汝を讃えて開く
羊はみな立って踊り
羽持つものは飛び
汝が輝きを垂れるとみな活気づく」

イクナアトンからこの知識はモーゼに伝わり、モーゼから不死人エリヤへと伝わり、かれがキリストになった。だがこれらの名前すべての下にあるのは、たった一人の不死人である。そしてわれわれこそがその人物である。

訳者あとがき

フィリップ・K・ディック『ヴァリス』の新訳をお届けする。

1．はじめに

この『ヴァリス』――そしてこれに続く『聖なる侵入』『ティモシー・アーチャーの転生』――は、良くも悪しくも問題作だ。その評価を分けるのは、本シリーズに乱舞する大量の神学知識開陳となる。その分量といい、ストーリーの中での唐突な挿入のされ方といい、とても小説内の背景や小道具にとどまるものではない。しかも特に本書では、それが露骨に自伝的な文脈で展開されていることも読者の戸惑いを呼ぶものとなっている。

人によっては、これはディックが残念ながらあっちの世界にいってしまい、もはや最低限の小説的なまとまりすら確保できなくなった証拠となる。一方で、そうした神学談義こそ本書の真価であり、ディック思想の正典として崇め分析すべきだ、という人もいる。またその変種として、難解な神学哲学談義それ自体に魅力を感じてしまう人も多い。

もちろん小説の読み方は様々だ。熟読するのも、一部をファッション的に消費するのも、読者の自由だ。たとえばアニメ『エヴァンゲリオン』は、本書の直接的な影響かどうかはさておき、難しげな神学用語などをちりばめる手口をかなり意識的に利用して、成功をおさめている。データグローブを駆使した同名のオペラを作った人もいるし、『夢幻戦士ヴァリス』なんてのも登場している。これらすべて『ヴァリス』作品世界の広がりではあるが、世界的に(そして特に日本では)本書は良くも悪くも神学談義の印象にばかり気をとられているようだ。この「あとがき」では、神学部分を少し相対化しつつ、本書を小説として見直してみよう。そのためにはまず、本書の少し詳しい粗筋を述べる(途中で投げ出した人も多いので)。そしてその元になったとされるディック自身の神秘体験の背景をふまえ、小説としての『ヴァリス』について簡単に私見を示そう。

2. あらすじ

友人の自殺をきっかけに、SF作家フィル・ディックは狂い始める。なぜ世界は自分の思い通りにならないのか、なぜ友人たちが死んだりするのか――フィルはそれが神様のせいだと考え、グノーシス神学とゾロアスター教のあいのこのような、奇妙な神学思想を作り上げる。この世界はダメな狂った神様が創った不良品の宇宙だから、人々が不幸になったりするのだという。本物の神様は、それを見て心を痛めており、主に真理情報の注入による介入でこの世界を改善しようと頑張っているのだ。

さてフィル自身、これがかなりイカレた、自分の不幸と薬物体験などから生じた妄想系なのを自覚している。そこで自分の「狂った」部分に「ホースラヴァー・ファット」という別名を与えて客観的な立場から記述を始める。だがその「ファット」はやがて完全に分離した別人となってしまう。そして自殺未遂とクリニックでの治療失敗で、その妄想系は、ニクソンや警察まで含む、管理社会からの解放と霊的な救済とが混じり合ったものへと肥大した。これが『釈義』という手書きの膨大な文書となる。

そしてそのプロセスで、ディック／ファットが過去に体験したいくつかの神秘体験も露わになる。紀元一世紀のパレスチナ人が脳内に併存し、謎のピンクの光線が様々な情報を伝えるようになったのだ。その中に、息子のヘルニアに関する医学情報もあり、それは実際に息子の命を救った。するとこれは単なる幻覚や妄想ではないのかもしれない。では一体何なのか――フィル／ファットは友人たち（ちなみにデヴィッドのモデルはティム・パワーズ、皮肉屋ケヴィンのモデルはK・W・ジーターとのこと）と果てしない神学談義を展開するが、もちろん何の結論も出ない。

そして――ここから本書は変な展開となる。ある日『ヴァリス』という映画が登場した。官産軍共同体の大ファシスト社会になったアメリカを、ヴァリスという謎の人工衛星からの情報流が阻止するという映画だ。これはフィル／ファットの妄想系と見事に一致している。そしてその製作者たちによれば、実はヴァリスは実在し、それが究極の救世主をこの世に送り込んだという。その救世主たる少女ソフィアはフィル／ファットを一瞬にして統合させ、自分が下す使命を待て、と告げるのだが……

3. ディックの神秘体験と作品史

3.1 ピンクの光線と宗教遍歴

さて、本書に描かれた内容の多くは、ディック自身の実際の体験に基づいている。一九七四年にピンクの光線からの情報で息子のヘルニアが見つかったというのも、自分の中にローマ時代のパレスチナ人が時空を超えて出現というのも実際にあったという。これらについては、ディック&リックマン『ラスト・テスタメント：P・K・ディックの最後の聖訓』やウィリアムズ『フィリップ・K・ディックの世界』（いずれも邦訳ペヨトル工房）などに詳しい。妄想めいてはいるが、主観的にはそういうできごとがあったのはまちがいないようだ。

ただし、その一九七四年の神秘体験で急に神学に目覚めたわけではない。それ以前にもディックは、一九六三年に「純粋悪の姿」なる半ば機械の邪悪な姿を空に見たとのこと。また最近刊行された一九五〇年代の処女作普通小説『市に虎声あらん』(平凡社)でも宗教を通じた現実の変容と、己自身の異形化というテーマは明確で、その姿は、後のパーマー・エルドリッチ＝純粋悪の姿とそっくりだ。当初からディックにそういう指向があったのはまちがいない。

また一九六八年の『死の迷路』では、すでに本書に連なるディック流の神学構築の試みが始まっている。そしてその執筆時に、本書にも登場する――そして後にティモシー・アーチャー司教のモデルとなる――ジェームズ・パイク司教にいろいろと教わっている。このパイク司教の奇妙な死(キリストを探してパレスチナの砂漠で遭難)はディックの被害妄想を強化し、本書でもその死は「暗殺」と陰謀論的に解釈されている。

3.2　自宅襲撃と陰謀論

このパイク司教の死でもグノーシス的な世界観でも、陰謀論的な見方は顕著だ。むろん何か大きな力に世界が操られている、というのはディック十八番であり、またアメリカ文学すべての基調だとも言われる(タナー『言語の都市』を参照)。でもディックの場合、明らかに時代を追うに従ってこの主題が進行している。一九七四年のインタビューでも、ディックは自分が神経症に悩んだというアンケートへの自らの回答を否定し、それがねつ造か、大きな力にそう書かせられた、という異常な主張を行っている。

これを悪化させたのは、一九七一年あたりに起きた自宅襲撃事件だったらしい。ディックは当時、自宅にジャンキーやヒッピーや浮浪者まがいをたくさん住まわせていた。その家がめちゃくちゃに荒らされたという。ディック自身は、それがネオナチの仕業か、黒人武装集団の仕業か、あるいは警察の仕業かと、ありとあらゆる陰謀論を展開している。

また一九八二年インタビューによると、一九七〇年に『流れよわが涙、と警官は言った』を執筆したものの、それを一九七四年まで出版しなかったのは、なにやら神様の大きな計画に沿ってのことだったという。この主張を信じるなら、一九七〇年の時点にはすでにかなりオカルト神学的な発想に傾いていたことになる。ただし一九七四年のインタビューではもっと普通の説明をしていた。

3.3 『釈義』と双子の妹

そしてまた、本書で引用されている『釈義』というのも実在する。一九七四年に始まって死の直前まで書き進められ、数百万語／数千ページに及ぶ手書きでの膨大な文書となっている。本書の巻末にまとめられているその抜粋『トラクタテ・クリプティカ・スクリプチュラ』は、これでもかなり体系だった部分で、実際の代物は、こうした神学談義に加え、自分の「ヴァリス」や神様との各種交信記録、手紙の断片、ちょっとした随想、小説の構想、意味のよくわからないメモと大量の図のオンパレードだ。その抜粋として邦訳があるのは『フィリップ・K・ディック　我が生涯の弁明』（アスペクト）だが、二〇一一年になって、さらに大量の抜粋版が出た。Jackson & Lethem 編 *Exegesis of Philip K. Dick* (Houghton Mifflin Harcourt) だ。なお、ディックの遺族はオカルト神学っぽい側面を取りざたされるのをあまり快く思っておらず、この『釈義』も出し惜しみするようになっているとのこと。

そこに描かれた神学については概説した通り。だが特に本書でも挙がっている二源宇宙創生論については、おもしろい見方がある。この説では、宇宙はもともと両性具有の双子だった。だが片方（女性）が不完全な状態で生まれて、そこから生じる宇宙は劣化し続ける。だからその双子宇宙は死ぬしかなく、でも残された双子はそれを悲しむが残された双子の宇宙が新しい完全な宇宙をつくりあげないと、その悲しみは消えない、と。

さて実はディックには本当に双子の妹がいたのだが、生後一カ月で死別している。ディックの言い分によれば、ほとんど母親による虐待死だ。ディックが死にゆく女性に執着して救おうとするのは、この他界した妹へのこだわりからなのだ、という。しかもそれは、錯乱した、不完全で邪悪な女性となる。本書のグロリアもシェリーも、そして（明示的ではないが）救世主ソフィアも、まさにそうした女性であり、ディックにとっては失われた妹のかわりとなる。ディックはその生き残った双子として、きちんとした宇宙を創らねばならないのだ。そしてその「宇宙」とはディック自身のことでもある。

4．小説としての『ヴァリス』

4.1　ディック作品の連続性

本書に出てくる宗教的、神学的な側面について、現実世界との対応を見てきた。だが本書は単なる教義開陳の書ではない。一応本書は小説なのだ。

本書でディックが急変したような印象は確かにある。だが、小説として見た場合、本書はこれまでのディック作品と連続性を保っているのだ。主題としては『流れよわが涙、と警官は言った』と、特に傑作『スキャナー・ダークリー』とほとんど同じ構造なのだ。『流れよわが涙』では、ある芸能人が自分のまったく存在しない世界に突然送り込まれてしまう。それを捜査する警官は、実はその世界が——つまり自分の置かれている世界が——近親相姦関係にある自分の邪悪な妹がドラッグにより作り出した世界なのだと知る。だがその妹は死亡し、芸能人はある壺の力で救われ、兄である警官は自分の無力さに涙を流す。これはむろん、さっきの二源宇宙論を小説化したものだ。

そして『スキャナー』の場合、麻薬捜査官が潜入捜査中の自分自身の監視を命じられる。合理的な自分と、ジャンキーを演じる「狂った」自分との分離が生じ、もっと大きな陰謀――それも（ある意味で非人間的な）ガールフレンドが作り出した陰謀――の中にはまるうちに、すべてが狂ったジャンキーの自分に回収され、ひたすらメッセージを待ち受けるだけの自動機械的な存在に退行する。これはまさに本書のストーリーと同じものだ。

4.2 現実と妄想との逆転

そして本書はもちろん、一九七〇年代サンフランシスコの物語ではある。『スキャナー・ダークリー』と同じように、本書は一知半解のヒッピーくずれたちがダラダラと展開するヨタ話として進行する。でもその日常の中に、奇妙な亀裂が生じ、異質なものが平然と入り込む。そのコントラストが、その狂気や妄想、または神学や宇宙意志の侵入をなおさら異様なものとする――本書はそうした仕掛けを持っている、いや少なくともそのはずだった。

でも本書はそれが必ずしも機能していない。ディック小説の一つの醍醐味は、現実をちゃんと認識できていると思っていた主人公がいつの間にか他人の妄想世界に捕らわれるという仕掛けだ。でもその妄想は、いつもは小説構造の中に抑え込まれていた。もう一段引いてみれば、狂気や妄想が描かれた小説世界とその外の正気な作家とが明確に分かれていた。だが本書では、ディックの中の狂ったホースラヴァー・ファットがだんだん肥大化する。小説中のフィルは、その狂気や妄想ぶりを十分に理解している。理解しているのに、それを抑えきれないどころか、その狂気に取り込まれてしまうのだ。

むろん、どちらが妄想でどちらが「現実」か？　これまたディックの十八番のテーマではあるし、本書はまさにそれを（幾重ものレベルで）提起してみせる。だがその一方で、ディック自身も自分のビジョンに戸惑っていた。これは「本当」の通信なのか、それとも脳障害かドラッグの影響なのか？　ディックとて「釈義」や神秘体験に確固たる自信を抱いていたわけではない。本書の中でも、このぼくたちのいる宇宙は救われるべきなのか、あるいは二源宇宙論にあるように潰されねばならないのか明確ではない。そこに確固たる「ディック教」体系を見ようとするのがどこまで妥当なのかどうか。本書の小説的なおさまりの悪さは、このディック自身の迷いの反映でもある。

そしてまた、この時期のディック自身が明らかに、現実世界において、この釈義や神秘体験に基づく発言を繰り返すようになる。ファットの部分が現実を侵食しつつあったのだ。一方、本書のフィルはかなり最後の部分まで（テレビを見始めるまで）完全に理性を維持した正気さを保つ。もはや本書においては、かつて現実世界にいた正気のディックと、小説内の妄想世界が入れ替わり、小説の中にしか正気のディックはいない。本書は、ディックが体を張って自分の小説世界を生きた結果の、現実と妄想との逆転の瞬間を描いた一冊とも読めるのだ。

と書いたところで……実はぼくは、さっきのあらすじでインチキをした。「友人の自殺をきっかけに、SF作家フィル・ディックは狂い始める」――だが本当にそうだろうか。話者は何と名乗っただろうか。フィルが本当に登場するのはどこか？　どちらが「本物」でどちらが架空なのか――本書にはもう何段か仕掛けがある。字面の神学概念から離れ、小説としての全体像にも目を配ると、この世界の深みはさらに増す、かもしれないのだ。

5. 旧訳その他

さてここで、大瀧啓裕による旧訳に触れないわけにはいかない。旧訳は、ディック経典としての側面を重視したものだった。詳細な神学概念や教義の解説などは画期的だった。それに惹かれた新しい読者層を開拓した点で、旧訳の功績はきわめて大きい。

しかし――神学的な中身（ファットの部分）を重視する一方で、旧訳はそれを多少なりとも相対化しようとするディックの努力（フィルの部分）を十分に活かせていない。特に口語の慣用表現の誤解から、神学部分ですら逆の意味になっている部分も多い。また用語解説は便利ながら、三十年たって古びた部分もあり、ネットの発達で意義も低下した。

新訳では、神学的な議論だけでなく、特に登場人物の日常会話や一般行動の記述について訳の精度を高め、ファットとフィルのバランスを回復させようとした。小説内に閉じ込められ、自分のファット化を見守るディックの悲しみと恐怖、もといディック自身の自分に対する戸惑いを、感じ取っていただけることを祈りたい。

ディックは本書で小説に封じ込められた直後の一九八二年に他界する。そしてそれまでにファットとフィルはそれぞれ『聖なる侵入』と『ティモシー・アーチャーの転生』を書くことになる……だがこれについてはまたそれぞれの本で。

本書はPhilip K. Dick, *VALIS* (Doubleday, 1981) の全訳だ。翻訳にあたっては、キンドル版、ハーパー版&バンタム版のペーパーバックなどいくつかを並行して使用している。本書の編集は、清水直樹氏が担当された。

珍しく東京にて　二〇一四年四月

山形浩生

訳者略歴　1964年生，東京大学大学院工学系研究科都市工学科修士課程修了　翻訳家・評論家　訳書『自己が心にやってくる』ダマシオ，『さっさと不況を終わらせろ』クルーグマン（以上早川書房刊）　著書『新教養主義宣言』他多数

HM=Hayakawa Mystery
SF=Science Fiction
JA=Japanese Author
NV=Novel
NF=Nonfiction
FT=Fantasy

ヴァリス
〔新訳版〕

〈SF1959〉

二〇一四年五月　十　日　印刷
二〇一四年五月十五日　発行

（定価はカバーに表示してあります）

著　者　フィリップ・K・ディック
訳　者　山《やま》形《がた》浩《ひろ》生《お》
発行者　早　川　　浩
発行所　株式会社　早　川　書　房

郵便番号　一〇一 - 〇〇四六
東京都千代田区神田多町二ノ二
電話　〇三 - 三二五二 - 三一一一（大代表）
振替　〇〇一六〇 - 三 - 四七七九九
http://www.hayakawa-online.co.jp

乱丁・落丁本は小社制作部宛お送り下さい。
送料小社負担にてお取りかえいたします。

印刷・中央精版印刷株式会社　製本・株式会社川島製本所
Printed and bound in Japan
ISBN978-4-15-011959-1 C0197

本書は活字が大きく読みやすい〈トールサイズ〉です。